主編：陳大為、鍾怡雯

華文散文百年選

臺灣卷

貳

編輯體例

一、時間距度：以一九一八年為起點，到二〇一七年結束。

二、地理範圍：以臺灣、香港、馬華、中國大陸等四個創作質量較理想，而且學術研究成果已具規模的華文文學區域為編選範圍。歐美、新加坡等東南亞九國的華文文學，不在選文範圍內。

三、選文類別：以新詩、散文、短篇小說為主，在特殊情況下，節錄長篇小說當中足以反映全書敘事風格，而且情節相對獨立的章節。

四、編選形式：以單篇作品為單位，透過編年史的方式，讓不同時代作品依序登場，藉此建構一地文壇的百年文學發展脈絡。百年當中，總會有幾個時期的整體創作質量，或直接受到政治局勢左右，或受二戰的戰火波及，而導致嚴重的崩壞；但也總會有那麼幾個時代人才輩出，而且出版業興盛，每個「十年」（decade）的選文結果因此不盡相同，不過至少會有一兩篇重要的作品負責呈現那個「十年」的文學風貌，或文學浪潮。在此一理念下建構起來的百年文學地景，應該是相對完善的。

五、選稿門檻：所有入選作家必須正式出版過至少一部個人作品集，唯有發表於一九五〇年以前的部分單篇作品得以破例。

六、選稿基礎：主要選文來源，包括文學大系、年度選集、世代精選、個人文集、個人精選、期刊雜誌、文學副刊、數位文學平臺。至於作家及作品的得獎紀錄、譯本數量、銷售情況、點閱與按讚次數，皆不在評估之例。

七、作家國籍：華人作家在過去百年因國家形勢或個人因素，常有南遊北返，或遷徙他鄉的行述，部分作家甚至產生國籍上的變化。在分卷上，本書同時考慮「原國籍」、「新國籍」、「異地定居」、「長期旅居」等因素（不含異地出版），彈性處理，故某些作家的作品會分別出現在兩個地區的卷次。

目次

總序

華文文學・百年・選

《華文文學百年選》是一套回顧華文文學百年發展的大書，書名由三個關鍵詞組成，涵蓋了全書的編選理念。

先說華文文學。在中港臺三地以外的華人社會，華文是一顆文化的種籽，從華文小學到華文中學，從華語到華文課本，「華」字的存在跟空氣一樣自然，一般百姓不會特別去思量它的命名有何不妥。華語文不但區隔了在地的異族語文，其實也區隔了文化中國這個母體，它暗示了一種「海外」獨有的、在地化的「非純正中文」或「非純正漢語」，日子久了，發酵成像土特產一樣的腔調。

在一九八〇年代進入中國學術視域的「華文文學研究」，不包括中國大陸的境內文學，因為那是「中國文學研究」，臺港澳文學後來跟海外華文文學融為一體，統稱為華文文學。當時臺灣學界不重視這個領域，命名權自然被中國學界整碗端去，先後成立了研究中心、超大型國際會議、專業學術期刊，甚至主動撰寫各國文學史，由此架設起一個龐大的研究平臺，「世界華文文學」遂成囊中之物。華文文學自此獲得更多的交流與關注，學科視野變得更為開闊，我們對東南亞華文文學的研究，確實獲利於此平臺，中國學界的貢獻不容抹煞。不過，「海外」華文文學詮釋權旁落的問題十分嚴重，除了馬華文學有能力在一九九〇年代奪回詮釋權，其他地區至今都沒有足夠強大的本土研究團隊跟中國學界抗衡，發不出自己的聲音。世界華文文學研究平臺，是跨國的學術論壇，也是話語權的戰場。

近十餘年來，有些學者覺得華文文學是中共中心論的政治符號，必須另起爐灶，重新界定了「華語語系文學」，它的命名過程很粗糙且漏洞百出，卻成為當前最流行的學術名詞。它建基於學理和心理上的「雙重反共」，在本質上並沒有改變任何東西，沒有哪個國家或地區的華文文學創作和研究從此改頭換面。

再度把鏡頭轉向廿一世紀的中國大陸，情況又不同了。原本屬於海外華人專利的「華語」，被中國民間商業團體改了體質，撐大了容量，成了現代漢語全球化的通行證，華語吞噬了漢語的概念版圖，一個懷抱天下的「華語世界」在中國傳媒界裡誕生。其中最好的例子是「華語電影傳媒大獎」（十七屆）、「華語音樂傳媒大獎」（十七屆），和「華語文學傳媒大獎」（十五屆），全都是包含中國在內的影音文學大獎；如果再算上那些五花八門的全球華語詩歌大獎，即可發現華語在非官方的日常使用領域中，正逐步取代漢語或普遍話，尤其在能見度較高的國際性藝文舞臺。

我們以華文文學作為書名，兼取上述華文和華語的慣用意涵，把中國大陸涵蓋在內（一如我們主辦的「亞太華文文學國際學術研討會」），強調它的全球化視野。這種視野同樣體現在馬來西亞「花蹤世界華文文學獎」（九屆），卻在臺灣逐步消失。鎖國多年的結果，曾為全球華文文學中心的臺灣離世界越來越遠。

這套書的最大編選目的，不是形塑經典，而是把濃縮萃取後的華文文學世界，以編年史的形式帶進臺灣書市，學生和大眾讀者可以用最小的篇幅去了解華文文學的百年地景——展讀中國小說家如何歷經五四運動、京海之爭、十年文革、文化尋根，和原鄉寫作浪潮的衝擊，如何在新世紀開創武俠、科幻、玄幻小說的大局；或者細讀香港文人從殖民到後殖民，從人文地誌到本土意識的敘述；以及歷代馬華作家筆下的南洋移民、娘惹文化、國族政治、雨林傳奇。當然還有自己的百年臺灣文學脈動。

現代百年，真的是很長的時間。

這百年的起點，有幾種說法。在我們的認知裡，現代白話文的源頭來自白話漢譯《聖經》及晚清傳教士的衍生寫作，當時有些讚美詩的中文／中譯，已經是相當成熟的「歐化白話」，胡適不過借用現成的歐化白話來進行新詩習作，從這角度來看，《嘗試集》比較像是一筆重要的文學史料或遺產。真正對中國現代文學寫作具有影響力並產生經典意義的，是一九一八年魯迅發表的〈狂人日記〉，此文正式揭開中國現代文學乃至全球現代漢語寫作的序幕，是歷久不衰的真經典。故本書以一九一八年為起點，止於二〇一七年終，整整一百年。

百年文學，分量遠比想像中的大。

我們在過去二十年的個人研究生涯中，花了一半的心力研究中國當代小說、散文和詩歌，另一半心力則投入臺灣、香港、馬華新詩及散文，有關新加坡、泰國、越南、菲律賓的研究成果不及一成，北美和歐洲則止於閱讀。上述研究成果，以及我們過去編選的二十幾冊新詩、散文、小說選，都是這套大書的基石，編起來才不至於太吃力。經過一番閱讀與評估，我們認為只有中、臺、港、馬四地的文獻資料是相對完整的，文學史的發展軌跡十分清晰，在質量上足以獨自成卷，而且我們長期追蹤它們的發展，不時選取新近出版的佳作來當教材，比較有把握。歐美的資料太過零散，東南亞其餘九國都面臨老化、斷層、衰退的窘境，即使有很熱心的中國學者為之撰史，甚至編選出文學大系，但質量並不理想。我們最終決定只編選中、臺、港、馬四地，所以不冠以世界或全球之名，只稱華文文學。

最後談到選文。

每個讀者都有自己的好惡，每個學者都有自己的一部（沒有寫出來的）文學史，大家總是對別人編的選集產生異議。文學本來就是主觀的。為了平衡主編自身的個人口味與好惡，我們初步擬好隱藏其後的文學史發展架構，再從各種文學大系、年度選集、世代精選、選出部分被各地區的主流論述認可的經典之作；接著，從個人文集與精選、期刊雜誌、文學副刊、數位文學平臺，挖掘出能夠跟前者並肩的佳作。我們既選了擁有大量研究成果的重量級作家，和中流砥柱的實力派，同時也選了被主流評論忽略的大眾文學作家與文壇新銳。在同水平作品當中，我們會根據教學經驗挑選一些適合課堂討論，或個人研讀與分析的作品。至於作家的得獎紀錄、譯本數量、銷售情況、點閱與按讚次數、意識形態、族群政治等因素，皆不在評估之例。

編這麼一套工程浩大的選集，確實很累。回想埋首書堆的日子，其實是快樂的——重溫了一路陪伴我們成長的老經典，發現了令人讚歎的新文章。我們希望能夠把多年來在教學和研究方面累積的成果，轉化成一套大書，它即是回顧華文文學百年發展的超級選本，也是現代文學史和創作課程的理想教材，更是讓一般讀者得以認識華文文學世界的一流讀物。

陳大為、鍾怡雯

二〇一八年一月八日　中壢

引領風潮

放眼華文文學的版圖，臺灣散文無疑是非常特殊的存在，無論散文作家或散文出版品的質與量，所開發出的次文類品項之完備，在華文世界都屬異數。現代散文勃興於五四，在現代白話文學史的源頭，散文以文類之母的方式出現，它是新思想的傳播文體，同時肩負著建立現代文學美學範式的責任。散文歷經雜感、雜文、小品文到散文的命名過程，到了國民黨渡海來臺，一九六〇年代再以現代散文之姿出現，再到一九八〇年代歷經都市散文的思索，它比中國大陸的散文更能體現「散文」這個文體的自由，以及與時俱變的特質。

對於古典散文，我們有所謂「扣緊時代的脈動」，或者「有所為而為」，「文章合為時而著」等描述，時至今日，臺灣的散文內容和形式不斷擴張和變化，印證了散文的古典意義，同時也見證時代的脈動。這種實用的文體具有強大且全方位的敘述功能，特別適用於局勢動蕩不安的時代，或者看來平靜，實則波濤暗湧的時局。換而言之，直面現實的能力，一直是散文的重要特質。這個特質放在臺灣散文史的發展脈絡裡值得注意，乃是因為在散文的大文類底下，發展了諸多次文類，自一九七〇年代以降，臺灣散文進入多元發展的時期，從傳統的原鄉和懷舊主題、自然生態的書寫、佛法與哲理的闡釋、現代都市文明的觀察、社會亂象的批判、運動與旅行的記述、飲食文化的描述，到個人的神思與冥想，如今散文底下可以自成類型的寫作包括生態散文、自然寫作、佛法散文、運動散文、旅行書寫、飲食散文等等，其中報導文學和傳記都已獨立出去，自成一類。

散文的起始著重散文美學的內部建構，近三十年的散文發展，卻以外放的模式，跟時代以及地域產生很強的互動和辯證關係。它體現了強烈的流動性和廣大的包容性，涵蓋的次文類愈來愈多，從農業時代進入主體價值崩解的全球化時代，三十年來散文的質和量急速上升，這期間衍生／開發出的次文類遠遠超過前七十年的創作總量，同時影響了整個華人世界的散文創作。

一九八〇年代以後，散文以類型聚集的方式，體現了思潮的急速湧動，以及時代的劇烈變革。臺灣的自然寫作、旅行文學、飲食書寫以及地誌書寫等，均引領全球華人的寫作風潮。當然我們也可以反過來說，臺灣散文的多元發展，跟臺灣社會的多元和自由開放有關。雜文這種針砭時弊，訐直敢言的文類，除了思想的深度和視野的開闊之外，更需要自由的土壤。

散文沒有邊界，除了小說和詩之外，其他類敘事體皆可收入，因此「百年」選的時間長度成為最大的挑戰。從最早的雜感到美文，說理到抒情，無論小擺設或匕首投槍，又或者一九六〇年代有所謂學者散文，將西洋隨筆所具有的特質（無關乎理論），集學問議論為一體，識見深刻，時露幽默之趣者，都是臺灣散文重要的成果。我們對散文的認知，無論文類表徵或美學特質的描述，基本上都建立在「閱讀的默契」或者「武斷的判斷」上；說不清楚散文是什麼，該包括什麼，也因此要為散文史建立一個相對完整的發展脈絡，十分困難。在定義上，散文理當包含傳記和報導文學，實質選文裡，則無法容納這麼大這麼廣的篇幅。

這部散文選基本上仍然可以讀出從賴和以降的時代脈動，此外，個人化的抒情和敘事逐漸成為時代的潮流。尤其是女性作家在近二十年開發出獨特的散文寫作風格，是臺灣散文史最不能忽略的現象。從五四以來，女性作家的書寫一直在男性的書寫視野之下，盧隱固然在現實生活中有追尋自我的勇氣，卻未能在書寫上特立獨行。生活跟寫作顯然是兩回事，那還牽涉到現實跟文字之間的距離。散文是跟個性緊密結合的文類，胡蘭成有所謂散文單是寫性情的說法，雖非放諸所有散文皆準，大體上卻最接近散文的特質。所謂「文如其人」，實最適用於散文。日本小說家柳美里曾有「寫作有愈寫愈讓自己的影子逐漸稀薄」的感觸，這或許正是散文創作者最能深刻感受的。當作者凝視（自己的）生活或自身，或對世界發出提問，皆離不開「我」，「我」被抽絲剝繭被一再書寫，焉能不薄？散文是一種帶著自戀自棄的書寫，強調「自戀自棄」並非視散文為「肚臍眼」文學，而是特別強調其主觀的書寫特質，當這種特質被推到極致，便是催生風格的要因。女性作家尤其能夠突出這種特質，特別是歷經一個世紀的探索，女性作家累積的能量前所未有。

散文在一個多元化、全方位開展的社會，以及高度媒體化的時代，面臨更多的可能和挑戰。現代散文的作者可以潛入歷史與文化衍生的每一個切面，去追索群體或個體的記憶，也可以在部落格或臉書，宅記自身的生活、零碎的情感片段。只是，當作家的生活越來越虛擬，跟土地和生活徒手作戰的經驗愈來愈少，臺灣散文的未來，將面臨來自它內部的嚴峻挑戰。

這本選集終於塵埃落定，要特別感謝《文訊》雜誌、美國《世界日報》、國家人權博物館、東海校友室，以及施懿琳教授在聯繫作者授權方面的鼎力相助。

鍾怡雯

二〇一八年八月一日

溫州街到溫州街

1991

林文月

從溫州街七十四巷鄭先生的家到溫州街十八巷的臺先生家，中間僅隔一條辛亥路，步調快的話，大約七、八分鐘便可走到，即使漫步，最多也費不了一刻鐘的時間。但那一條車輛飆馳的道路，卻使兩位上了年紀的老師視為畏途而互不往來頗有年矣！早年的溫州街是沒有被切割的，臺灣大學的許多教員宿舍便散布其間。我們的許多老師都住在那一帶。閒時，他們經常會散步，穿過幾條人跡稀少的巷弄，互相登門造訪，談天說理。時光流逝，臺北市的人口大增，市容劇變，而我們的老師也都年紀在八十歲以上了，辛亥路遂成為咫尺天涯，鄭先生和臺先生平時以電話互相問安或傳遞消息；偶爾見面，反而是在更遠的各種餐館，兩位各由學生攙扶接送，筵席上比鄰而坐，常見到他們神情愉快地談笑。

三年前仲春的某日午後，我授完課順道去拜訪鄭先生。當時《清晝堂詩集》甫出版，鄭先生掩不住喜悅之情，教我在客廳稍候，說要到書房去取一本已題簽好的送給我。他緩緩從沙發椅中起身，一邊念叨著：「近來，我的雙腿更衰弱沒力氣了。」然後，小心地蹭蹬地在自己家的走廊上移步。望著那身穿著中式藍布衫的單薄背影，我不禁又一次深刻地感慨歲月擲人而去的悲哀與無奈！

《清晝堂詩集》共收鄭先生八十二歲以前的各體古詩千餘首，並親為之注解，合計四八八頁，頗有一些沉甸甸的重量。我從他微顫的手中接到那本設計極其清雅的詩集，感激又敬佩地分享著老師新出書的喜悅。我明白這本書從整理、謄寫，到校對、殺青，費時甚久；老師是十分珍視此詩集的出版，有意以此傳世的。

見我也掩不住興奮地翻閱書頁，鄭先生用商量的語氣問我：「我想親自送一本給臺先生。你哪天有空，開車送我去臺先生家好嗎？」封面有臺先生工整的隸書題字，鄭先生在自序末段寫著：「老友臺靜農先生，久已聲明謝絕為人題寫書簽，見於他所著《龍坡雜文》〈我與書藝〉篇中，這次為我破例，尤為感謝。」但我當然明白，想把新出版的詩集親自送到臺先生手中，豈是僅止於感謝的心理而已；陶潛詩云：「奇文共欣賞，疑義相與析。」何況，這是蘊藏了鄭先生大半生心血的書，他內心必然迫不及待地要與老友分享那成果的吧。

我們當時便給臺先生打電話，約好就在那個星期日的上午十時，由我駕車接鄭先生去臺先生的家。其所以挑選星期日上午，一來是放假日子人車較少，開車安全些；再則是鄭先生家裡有人在，不必擔心空屋無人看管。

記得那是一個春陽和煦的星期日上午。出門前，我先打電話給鄭先生，請他準備好。我依時到溫州街七十四巷，把車子停放於門口，下車與鄭先生的女婿顧崇豪共同扶他上車，再繞到駕駛座位上。鄭先生依然是那一襲藍布衫，手中謹慎地捧著詩集。他雖然戴著深度近視眼鏡，可是記性特別好，從車子一發動，便指揮我如何左轉右轉駛出曲折而狹窄的溫州街；其實，那些巷弄對我而言，也是極其熟悉的。在辛亥路的南側停了一會兒，等交通號誌變綠燈後，本擬直駛到對面的溫州街，但是鄭先生問：「現在過了辛亥路沒有？」又告訴我：「過了辛亥路，你就右轉，到了巷子底再左轉，然後順著下去就可以到臺先生家了。」我有些遲疑，這不是我平常走的路線，但老師的語氣十分肯定，就像許多年前教我們課時一般，便只好依循他的指示駕駛。結果竟走到一個禁止左轉的巷道，遂不得不退回原路，重新依照我所認識的路線行駛。鄭先生得悉自己的指揮有誤，連聲向我道歉。「不是您的記性不好，是近年來臺北的交通變化太大。您說的是從前的走法；如今許多巷道都有限制，不准隨便左轉或右轉的。」我用安慰的語氣說。「唉，好些年沒來看臺先生，路竟然都不認得走了。」他有些感慨的樣子，習慣地用右手掌摩挲著光禿的前額說。「其實，是您的記性太好，記得從前的路啊。」我又追添一句安慰的話，心中一陣酸楚，不知這樣的安慰妥當與否？

崇豪在鄭先生上車後即給臺先生打了電話，所以車轉入溫州街十八巷時，遠遠便望見臺先生已經站在門口等候著。由於我小心慢駛，又改道耽誤時間，性急的臺先生大概已等候許久了吧？十八巷內兩側都停放著私家小轎車，我無法在只容得一輛車通行的巷子裡下車，故只好將右側車門打開，請臺先生扶鄭先生先行下車，再繼續開往前面去找停車處。車輪慢慢滑動，從照後鏡裡瞥見身材魁梧的臺先生正小心攙扶著清癯而微僂的鄭先生跨過門檻。那是一個有趣的形象對比，也是頗令人感覺溫馨的一個鏡頭。臺先生比鄭先生年長四歲，不過，從外表看起來，鄭先生步履蹣跚，反而顯得蒼老些。

待我停妥車子，推開虛掩的大門進入書房時，兩位老師都已端坐在各自適當的位置上了——臺先生穩坐在書桌前的藤椅上，鄭先生則淺坐在對面的另一張藤椅上。兩人夾著一張寬大的桌面相對晤談著；那上面除雜陳的書籍、硯臺、筆墨，和茶杯、菸灰缸外，中央清出的一塊空間正攤開著《清晝堂詩集》。臺先生前前後後地翻動書頁，急急地誦讀幾行詩句，隨即又看看封面看看封底，時則又音聲宏亮地讚賞：「哈啊，這句子好，這句子好！」鄭先生前傾著身子，背部微駝，從厚重的鏡片後瞇起雙眼盯視臺先生。他不大言語，鼻孔裡時時發出輕微的喀嗯喀嗯聲。那是他高興或專注的時候常有的表情，譬如在讀一篇學生的佳作時，或聽別人談說一些趣事時；而今，他正十分在意老友臺先生對於他甫出版詩集的看法。我忽然完全明白了，古人所謂「奇文共欣賞」，便是眼前這樣一幕情景。

我安靜地靠牆坐在稍遠處，啜飲杯中微涼的茶，想要超然而客觀地欣賞那一幕情景，卻終於無法不融入兩位老師的感應世界裡，似乎也分享得他們的喜悅與友誼，也終於禁不住地眼角溫熱濕潤起來。

日後，臺先生曾有一詩讚賞《清晝堂詩集》：

千首詩成南渡後，
精深儁雅自堪傳。
詩家更見開新例，
不用他人作鄭箋。

鄭先生的千首詩固然精深雋雅，而臺先生此詩中用「鄭箋」的典故，更是神來之筆，實在是巧妙極了。

其實，兩位老師所談並不多，有時甚至會話中斷，而呈現一種留白似的時空。大概他們平常時有電話聯繫互道消息，見面反而沒有什麼特別新鮮的話題了吧？抑或許是相知太深，許多想法盡在不言中，此時無聲勝有聲嗎？

約莫半個小時左右的會面晤談。鄭先生說：「那我走了。」「也好。」臺先生回答得也簡短。回鄭先生家的方式一如去臺先生家時。先請臺先生給崇豪、秉書夫婦打電話，所以開車到達溫州街七十四巷時，他們兩位已等候在門口；這次沒有下車，目送鄭先生被他的女兒和女婿護迎入家門後，便踩足油門駛回自己的家。待返抵自己的家後，我忽然冒出一頭大汗來。覺得自己膽子真是大，竟然敢承諾接送一位眼力不佳，行動不甚靈活的八十餘歲老先生於擁擠緊張的臺北市區中；但是，又彷彿完成了一件大事情而心情十分輕鬆愉快起來。

那一次，可能是鄭先生和臺先生的最後一次相訪晤對。

鄭先生的雙腿後來愈形衰弱；而原來硬朗的臺先生竟忽然罹患惡疾，纏綿病榻九個月之後，於去秋逝世。

公祭之日，鄭先生左右由崇豪與秉書扶侍著，一清早便神色悲戚地坐在靈堂的前排席位上。他是公祭開始時第一位趨前行禮的人。那原本單薄的身子更形單薄了，多時沒有穿用的西裝，有如掛在衣架上似的鬆動著。他的步履幾乎沒有著地，全由女兒與女婿架起，危危顛顛地挪移至靈壇前，一路慟哭著，涕淚盈襟，使所有在場的人備覺痛心。我舉首望見四面牆上滿布的輓聯，鄭先生的一副最是真切感人：

六十年來文酒深交弔影今為後死者
八千里外山川故國傷懷同是不歸人

那一個仲春上午的景象，歷歷猶在目前，實在不能相信一切是真實的事情！

臺先生走後，鄭先生更形落寞寡歡。一次拜訪之際，他告訴我：「臺先生走了，把我的一半也帶走了。」語氣令人愕然。「這話不是誇張。從前，我有什麼事情，總是打電話同臺先生商量；有什麼記不得的事情，打電話給他，即使他也不記得，但總有些線索去打聽。如今，沒有人好商量了！沒有人可以詢問打聽了！」鄭先生彷彿為自己的詩作注解似的，更為他那前面的話作補充。失去六十年文酒深交的悲哀，絲毫沒有掩飾避諱地烙印在他的形容上、回響在他的音聲裡。我試欲找一些安慰的話語，終於也只有憮然陪侍一隅而已。腿力更為衰退的鄭先生，即使居家也須倚賴輪椅，且不得不僱用專人伺候了。在黃昏暗淡的光線下，他陷坐輪椅中，看來十分寂寞而無助。我想起他〈詩人的寂寞〉啟首的幾句話：「千古詩人都是寂寞的，若不是寂寞，他們就寫不出詩來。」鄭先生是詩人，他老年失友，而自己體力又愈形退化，又豈單是寂寞而已？近年來，他談話的內容大部分圍繞著自己老化的生理狀況，又雖然緩慢卻積極地整理著自己的著述文章，可以感知他內心存在著一種不可言喻的又無可奈何的焦慮。

今年暑假開始的時候，我因有遠行，準備了一盒鄭先生喜愛的鬆軟甜點，打電話想徵詢可否登門辭行。豈知接電話的是那一位護佐，她勸阻我說：「你們老師在三天前突然失去了記憶力，躺在床上，不方便會客。」這真是太突然的消息，令我錯愕良久。「這種病很危險嗎？可不可以維持一段時日？會不會很痛苦？」我一連發出了許多疑問，眼前閃現兩周前去探望時雖然衰老但還談說頗有條理的影像，覺得這是老天爺開的玩笑，竟讓記性特好的人忽然喪失記憶。「這種事情很難說，有人可以維持很久，但是也有人很快就不好了。」她以專業的經驗告訴我。

旅次中，我忐忑難安，反覆思考著：希望回臺之後還能夠見到我的老師，但是又恐怕體質比較薄弱的鄭先生承受不住長時的病情煎熬；而臺先生纏綿病榻的痛苦記憶又難免重疊出現於腦際。

七月二十八日清晨，我接獲中文系同事柯慶明打給我的長途電話。鄭先生過世了。慶明知道我離臺前最焦慮難安的心事，故他一再重複說：「老師是無疾而終。走得很安詳，很安詳。」

九月初的一個深夜，我回來。次晚，帶了一盒甜點去溫州街七十四巷。秉書與我見面擁泣。她為我細述老師最後的一段生活以及當天的情形。鄭先生果然是走得十分安詳。我環顧那間書籍整齊排列，書畫垂掛牆壁的客廳。一切都沒有改變。也許，鄭先生過世時我沒有在臺北，未及瞻仰遺容，所以親耳聽見，也不能信以為真。有一種感覺，彷彿當我在沙發椅坐定後，老師就會輕咳著、步履維艱地從裡面的書房走出來；雖是步履維艱，卻不必倚賴輪椅的鄭先生。

我辭出如今已經不能看見鄭先生的溫州街七十四巷，信步穿過辛亥路，然後走到對面的溫州街。秋意尚未的臺北夜空，有星光明滅，但周遭四處飄著悶熱的暑氣。我又一次非常非常懷念三年前仲春的那個上午，淚水便禁不住地婆娑而往下流。我在巷道中忽然駐足。溫州街十八巷也不再能見到臺先生了。而且，據說那一幢日式木屋已不存在，如今鋼筋水泥的一大片高樓正在加速建造中；自臺先生過世後，實在不敢再走過那一帶地區。我又緩緩走向前，有時閃身讓車輛通過。

不知道走了多少時間，終於來到溫州街十八巷口。夜色迷濛中，果然矗立著一大排未完工的大廈。我站在約莫是從前六號的遺址。定神凝睇，覺得那粗糙的水泥牆柱之間，當有一間樸質的木屋書齋；又定神凝睇，覺得那木屋書齋之中，當有兩位可敬的師長晤談。於是，我彷彿聽到他們的談笑親切，而且彷彿也感受到春陽煦暖了。

作者簡介

——林文月（1933-），生於上海，臺灣彰化縣人。一九五九年至一九九三年任教於臺灣大學中文系，曾於美國華盛頓大學、史丹佛大學、加州大學柏克萊分校，及捷克查理大學擔任客座教授。臺灣大學名譽教授。已出版學術論著有《中古文學論叢》等多種，傳記《謝靈運傳》等多種，散文集《京都一年》、《遙遠》、《午後書房》、《擬古》、《作品》、《飲膳札記》等多種，翻譯《源氏物語》等多種。

初雨

簡媜

連續幾日雨水的春天早晨，空氣中飄浮著水霧；樓房是軟的，電線桿疲了，巷子像衣袖。妳剛接完一個電話，垂頭坐在書桌前沉思，陷入不確定的浮游狀態。但是妳在笑，讓人摸不清是因為春雨沖刷水泥都市引起縹緲情緒，還是剛才那個人，理直氣壯地用被妳丟棄了十八年的綽號喊了妳。

妳反覆低喚綽號——一個布袋戲偶的名字，懷疑、緊張，妳無法想像被鎖入戲偶箱裡不知多少年的某個布偶，在它「活著」所扮演的諸多角色中的一個名字，突然掉進妳的都會生活，要求結合！我聽到妳發出怪異笑聲，空氣被震出漩渦，漣漪一圈圈地擴散。妳站起，立即輕輕地飄浮半空打了幾個漩，朝書櫃最高層的抽屜遊升；妳清楚地看到蟑螂屎與塵垢包裝著一大疊被妳刻意遺忘的文件，妳拂灰，一粒粒屎蛋浮在水面，像舊時光的痣。那些乾癟的文件吮吸了春雨，居然豐盈起來；其中，一張比巴掌還小的照片趁機溜出來，隨著迴旋的水波翻觔斗。妳追著，喊它回來，忽然聽到一陣喧譁的兒童笑聲從照片裡傳出：妳聆聽著，那些聲音好像在討論郊遊，接著，妳看到前推後擁的一群兒童從照片上浮出來，擠滿妳的書房，空白的相紙變成方框落在他們肩上。妳訝異，這群孩子何等面熟，卻又不敢指認，而他們無視於妳的存在。快速整編隊伍，妳數了數，四十七個。現在，妳決定偷偷跟蹤他們，像一個好奇的間諜。

「嘿喲！嘿喲！左腳右腳，左腳右腳！」穿著吊帶裙、水兵短褲，他們扛起一扇木質方框的玻璃窗踏步前進；穿過榕蔭，風梳著鬍子，大樟樹下，蝴蝶盪鞦韆。來到浮散尿騷的廁所，幾個小男生跑進去，其餘的仍然扛著窗子，卻因吃重不耐煩地大叫：「快點啦，那麼慢！」小男生陸續衝出來，一面扯拉鍊一面喊：「來囉！來囉！」嘿喲嘿喲，踏過黃沙飛揚的小操場，驚走幾隻從籬壁民家溜來上學的小雞，一條土狗以吠聲開路，窗子走到校門——依照規定，向「國父」一鞠躬；他曬黑了，由於沒有腳，只好乖乖罰坐。路上，某位女生受不了後面男生推擠，故意踹他一腳，受到突擊的男生迅速拔出插在褲腰的大彈弓，從口袋摸出石頭，朝她的臀部發射。當私人恩怨即將變成男生與女生的集體戰爭時，正巧來到賣枝仔冰與金柑糖的雜貨鋪。班長喊：「立——定，稍息！」後，逕自跑入鋪裡。隊伍照例狠狠地對罵，直立的窗子在激動的肩頭上起伏，有一點暈。班長捧著日曆紙包的糖果出來，叫他們張大嘴巴，依序放入糖球。「向前——走！」嗯喲嗯喲，口號泡了糖汁變成快樂的呻吟；窗子輕了，像剛出爐的胖麵包。

夏日的鄉村小路，由於熱，看起來比春天時曲折。一股熱氣悠遊於原野，帶著幻想與慵懶的蠱惑；石子是燙的，青草八分熟，厝邊的蓮霧樹竄起火焰，一粒粒烤紅的小蓮霧，掉也就掉了。妳看到四十七個小童如四十七隻小番鴨，走過田埂、踩過河溝・現在踏上小路了；在他們背後無際的金黃稻田，正在一寸寸地縮小，被埋伏在稻浪裡的農人收割了。他們的腳步開始凌亂，妳看到被踩過的石子濕了，濡著蓮霧香的腳汗，他們決定到河邊樹林子乘涼。牽牛花盛著一碗陽光，如同孩子們的口袋裝著心愛的金龜子；妳看到一個束馬尾的女童，獨自騎在樹枝上，雙手捂耳又快速拍放，忽然大叫一聲跳下來，告訴同伴：「這樣聽，好像蟬在你的肚子裡叫喲！」妳學習他們坐在岸邊，拍擊水花，光影浮映著密林以及兒童的臉。也許，這就是他們的歡愉世界：一片黃金平原，三兩農舍，一條清澈的河，茂盛的樹林，讓他們隨意攲臥或與同伴追逐；當他們享有世界，世界也享有他們。忽然，夏雷滾動，「又要炸天了！」他們相信天空需要炸一炸，夏季才有沛雨。一切安靜，蟬群收聲，樹葉沉默。只有三兩兒童捕捉飛蟲的聲音及一粒石子被遠遠踢入河裡的痛。突然，天空迸出裂痕，短暫的靜默後，西北雨摔下，彷彿有位開懷大笑的農夫站在雲端倒一百擔黃豆。「逃啊！——」他們尖叫，故意奔跑讓西北雨追，彷彿每粒雨都是小鬼。妳看到迷濛的雨野上，四十七頂黃布帽亂飛，終於還是被雨捉住了，紛紛捂著頭一面喊「痛啊！」一面朝樹林子聚集。他們決定將窗子打橫擋雨，雙手撐直，一張張潮濕而興奮的小臉在手掌縫、雨豆跳動間繼續向天空鬼叫……。妳看到遼闊的雨野上，一扇窗戶起伏著，軟軟地暈著，漸漸靜止，在時光中凝固，終於變成妳手上這張泛著雨斑的照片，妳已看了許久，在春雨紛飛的早晨。

　　然而，妳在猶豫。把小照片壓在玻璃墊下，立即回在案頭工作，不願再思考那通電話。雖然，爽快地答應赴約，對方高興得主動要替妳買車票，親自送到家裡來。我知道妳不會出席，妳總是答應對方希望妳去做的事，給予肯定，最後再以突然的否定推翻所有肯定。妳太熟稔都市裡的人際遊戲，以偽裝保持和諧。「不麻煩，我自己想辦法！」「可是清明節人多，火車票不好買，我還是替妳買預售票……」「不用，真的……」對方聽不出妳的弦外之音，兀自慨嘆：「十八年了啊！……不知道妳變成什麼樣子！」

我站在妳身旁，刻意撥開桌上文件讓妳看到照片，妳投來冷峻的目光，隨即埋首工作。我囁嚅著：「真的不回去嗎？他們會失望的！」妳丟下一句結冰的話：「回去做什麼？」我一時語塞，無法回答，卻看到玻璃墊下的照片開始發皺，像烈火焚過，汙水淹過一樣；蝕痕愈來愈大，有幾個童臉模糊了。「就算，為了紀念吧！……」妳喝斥我，拒絕討論，彷彿我是一個惡靈。

我們之間的敵意從什麼時候開始的？當天晚上，妳已入睡，不眠的我獨自站在黑暗中，凝視夜雨。窗外的路燈孤伶伶地吐著慘白的光，照亮凌亂的雨腳；遠處一兩扇昏黃的窗戶，隱約有人影移動。我尋思妳我之中誰真誰假？在這幽冥一般的時光裡。我記得妳曾在赴高中同學會的途中，突然反悔，帶著我走進街角的咖啡小店。那是冬天的晚餐時分，窗外冷冽的寒流正在呼嘯，車輛、行人及枯乾的街樹、多彩霓虹壅塞在妳眼前，而妳彷彿看著廢棄場的垃圾堆，什麼都有，什麼都失去意義。桌上點著一盞小燈，無人的小店更空蕩了；妳的手握著咖啡杯，說：「好冷——」眼光穿過玻璃，像孤獨的行者瞭望荒漠。我追問，何以在肯定的最後加以否定，妳說：「我找不到堅強的理由去見他們，除了記憶的重播——像從書架抽出一冊舊課本，翻幾頁又放回去，只是個動作而不是深沉閱讀。我無法從生命內找到大背景，擺上他們，讓自己渴望與他們相會，其實是渴望再次回到大背景。我們以為人跟人之間擁有某段相同的記憶就是感情的保證書，其實不，如果記憶不能扎根於生命的大背景，則只是零散的資料而已。」妳的傾訴低沉緩慢，像桌上的燭火，微弱卻跳動著光：「曾經把一個夢或定義給了一群人，則往後出現的相同屬性的人群，恐怕很難從我心裡獲得同等重量的夢義。理論上，『同窗』可以涵蓋每個學習階段的同伴；我顯然偏心了，只願意把這兩個字給予小學階段的四十七個人。我不願應酬式的跟高中同學共進晚餐，那只會向自己證明：我與他們的距離有多遠，而不是多親密！」

我追溯幾年前妳親口說過的話，與今天的妳對照，驚訝於妳的改變——一個夢消逝了嗎？一種定義溶解了嗎？正當我沉思往事，在黑夜的雨聲中獨自傷感時，忽然，有人拉扯我的衣角；回頭看，一個束馬尾、額髮披散的小女生無助地看著我。她彷彿走了很長的路，淋過大雨，學生衣裙正在滴水，除了無邪的眼睛，緊抿的嘴唇彷彿不到最後一刻不向人傾訴內心的困難。我蹲下來，托住她的小肩膀：「妳……怎麼來的？」她低聲啜泣，努力壓抑哭聲：「……迷路了，找不到家……」一逕低頭站著，雙手不斷擰絞百褶裙，水滴敲響地磚。我牽起她的手，走進妳的臥房：「去問她，肯不肯留妳？」她站在床邊，似乎畏懼妳那張睡眠中仍然嚴肅的臉。她搖晃妳的手臂，又搖了一次，妳從酣眠中被吵醒非常不悅：「做什麼？……妳是誰？」她用蚊子般的聲音說：「可不可以跟妳睡？……」隨即放聲大哭，彷彿已經預料妳會一口拒絕將她趕回夜雨中。妳驚訝地看著她，又看著我，臉色和緩起來，打開衣櫥拉出一件衣服：「別哭了，我沒有童裝，穿我的吧！」妳幫她吹乾頭髮、梳辮子，鏡子映出那張逐漸紅潤的臉，妳的臉被她擋著，看來像她的身體的延長。「妳也留長頭髮呀！」她從鏡中偷偷打量妳，似乎為這個發現開心：「我們班的男生說我像布袋戲的史艷文，頭髮長長的，我長大後還要留！」妳催她：「睡吧，明天早上送妳回家！」她立刻變了臉，彷彿自尊受傷又不得不在陌生人家借宿一晚，悶不吭聲上床，很努力把自己縮成一條小冬瓜擠在床邊面壁側睡，決定僵到天亮一般。妳面對空蕩蕩的大床不知所措，疑惑誰是這張床的主人？妳替她蓋被，她接受了，但當妳躺下，發現她已悄悄踢掉被子•夜雨像一首詠嘆調，黑暗中，思緒忽遠忽近，熟悉的變為陌生，陌生的彷彿熟悉。妳的確不願意春夜的床上仍有敵對，遂向她靠近，她已睡著，發出規律的鼻息。妳鏟起她，讓她的頭枕著妳的臂彎，柔軟的身體散發著兒童身上特有的甜香，僵持的小冬瓜一旦不抗拒，其實會舒放藤葉還開幾朵夢中花。妳不禁撫摸她的頭髮，小小的頭顱像一顆渾圓的星球，彷彿裡面有豐富的想像與愛的信任。妳以手背輕輕撩過細嫩的臉頰，可能是癢意，她不自覺地抓了抓又翻身環抱妳，妳緊緊抱著她，浮升一股不可解的淚意。她忽然伸來一隻腳，跨在妳的肚子上，依舊發出童鼾。「多像一個人啊！……連睡覺的脾氣也像……」次晨，妳對我說。

幾天後，妳站在北迴線自強號快車裡，面朝窗外，像一尊冰冷的石雕。清明節的人潮一波波從月臺湧進來又從車廂往外流，總有回家的人，總有離鄉的人。能夠說服妳上車，已經很難得了——出門時，妳強調：「我不確定要不要見他們，這真是荒謬，丟下一桌子該做的事，要我來回搭火車只為了跟小學同學吃晚飯！妳能給我一個解釋嗎？」所以，妳面朝窗外，背對著安分地忍受擁擠人群巴望早點到站的旅客，這意味妳可能在任何一站下車，折回臺北。出門時，我已答應：「妳可以隨時反悔！」

我無法給妳完美的解釋。我們可以輕易解說種子萌生為花朵的過程，但無法解釋一個浪人獨對暮春殘花時，何以泫然低泣？我們不難稱出嬰兒的體重，但如何換算母親對孩子的愛到底幾斤幾兩？我甚至不能用犀利的言詞向妳解釋為什麼期待妳回去？從那通意外的電話開始，他之所以能在茫茫臺北街頭找到妳的下落，因某日與妳弟弟錯身而過，忽然，他被那張臉吸引。一面走一面回頭看，意外地妳的弟弟也回頭，兩個陌生男子不自主地走向對方，愈看愈覺得對方的臉是一個答案：相詢之後，兩人撫額拍肩一起進了啤酒屋。他的妹妹與妳的弟弟小學同班，事後，弟弟說：「我連他的名字都不知道，就是覺得那張臉我明明認識！」當然，他與妳小學同班，雖然不知道妳有幾個兄弟姊妹，但茫茫人海中一眼看出這個粗粗壯壯的陌生男人絕對跟妳有關，他說：「失去聯絡這麼多年了，以為再也找不到同學，沒想到找到妳！我記得妳坐第二排前面，綁馬尾。」

那通電話有一股不可解釋的厚重。什麼原因使一個到臺北討生活、四處賃居的泥水匠溢出軌道去追探一張童伴的臉而抄下電話而脫口喊出妳的綽號，問妳過得好不好？什麼原因使他牢記不值一文錢的妳的綽號十八年？

那是無法解釋的神祕召引，通過某種氣味、影像、顏色或膚觸，人從既定軌道剝離，徒步往回走，復身為青年、少年、童年，走回所隸屬的根源世界，浸潤其中，被第二度洗禮與祝福。人將更清楚看到自己的生命如何像竹子般節節推進，藏納在內心底域的美麗或醜陋、善良與邪惡、愛或恨、寬恕與嗔怒的種苗，都可以在段落上找到出現的位置——有些被保留下來成為一種信仰而延續到現在，有的被刻意遺忘。當根源世界擁有的愛與美愈多時，人愈渴慕回到過去，甚至痴情地想把那一座樂園播遷到此時此刻的現實，與周圍的人分享。妳的同學——臺北街頭百千萬個泥水匠中的一個，他的雀躍不是為了找到妳，而是通過妳找到他的美麗根源；妳不難從他的聲音想像，彷彿剛跳入柳煙中的藍色湖泊，悠遊著、嬉戲著，忘卻了泥水匠的辛勞與拮据。他甚至慷慨地要把分散各地的小學同學找出來，吃一頓團圓飯。他像一隻興奮的番鴨向天空呼喊其他四十六隻番鴨的名字：

「回來囉！回來囉！我找到遺失的湖泊！」

他找到，因為他信任。而多年來，妳所居住的新式社會暗示妳不應該成為懷舊的濫情主義者。如果想成為新式群體的一分子，則必須揚棄過去——尤其是對根源世界的緬懷，才有可能跟上文明社會的運作。一個舊時代消失了，一群舊族人消失了，舊時代的舊族人像傳家寶般交給妳的「信仰」，在文明社會眼中，看來像不值錢的骨董。

「難道只為了回去跟小學同學吃頓飯？」像空隆的車行聲，這句話在妳的腦海飛繞。妳面朝窗外，翠綠的山巒像翡翠流星劃過，妳安靜地站著，彷彿站在無人的車廂裡，妳的抗拒意識一層層剝落，而記憶的浮木一段段漂出來。從松山到羅東，沿途將停靠八堵、瑞芳、侯硐、雙溪、福隆、頭城、礁溪、宜蘭。妳單純地數著，記起現在置身於臺灣最美麗的鐵道「北迴歸線」上——那是少年的妳給它的祕密命名，為了收藏每次從臺北火車站上車後，凝視窗外起伏的山巒與壯麗海洋時，不斷在心裡安慰自己：「回家了！回家了！」所流下的少年淚。

我相信眼淚裡有「愛」與「信仰」的光，妳對某處土地所流的淚愈多，意味著妳已經用淚磚將那塊不起眼的窮壤砌成「理想國」了。妳不會嫌棄它，那是親手建造的，裡面有虔誠的信仰。哪怕見識到更繁榮的文明之國，妳也不會把名字刻在異國牆上，要寫就寫在茅茨土屋的、自己的信仰裡。

「愛」隱含能夠無限擴大自身的動力，如同「信仰」渴望無限傳播它自身的光；那麼，我終於明白何以妳夢境草原上的「理想國」愈來愈幅員廣闊——一座座由小而大、相互挨築的城堡都被愛與信仰的光鍊銜接了，因著它們的擴大而面積擴大！我不難從中倒推回去，看見所有肯定的來源；

那座最初的、分外美麗的小城堡——這就是使少年的妳不斷在北迴歸線上流淚的母鄉了。我看見原野上的稻秧像綠濤一般湧動，直到連接了湛藍的天空，三兩個耕種中的農人向路頭走來，竹叢下，一位老婦懷抱剛滿月的嬰兒，喜悅地招呼田中的鄉親來看看她的長孫女。他們彷彿瞧著一顆珠寶，靦腆地擦拭泥垢的手，輪流抱著嬰兒，黝黑的臉上竟有敬重的神色，彷彿那是大家的嬰兒、稻田的嬰兒，是河川的孩子，也是浮雲的孩子。他們祝福，信任她絕對可以平安地長大。那一口口餵食的米飯裡，摻有愛與信仰的種子，彷彿是他們的祕密禱文：「讓她長大，讓她身上的愛與信仰比我們的更大，大到足以涵蓋她父母耕種過的土地、曾祖耕種過的土地……讓她總是看到自己的命運在族群的命運之中，不做一個背恩的人！」

車過福隆，海洋現身。她平靜地聆聽我的敘述，凝視無垠瀚海拍擊岩岸；陰鬱的天空掙出蠶絲般陽光，飄在軍毯綠的海面上，像龜山島張口吐出的氣息。妳凝視，被海洋的力量吸引，恍惚間，一座浪頭捲空襲來，破入車窗，銀濤刺穿妳我身體，又從另一扇窗衝出，飛成春深山林的一陣白雨……妳驚醒，看著濕漉漉的我，粲然而笑。車內的旅客或瞌睡、閱報、或交談，全然沒發覺妳我的遭遇。就在整理濕衣時，車廂的門被推開，一位女童探頭探腦地進來——那位曾在妳的床上鬧脾氣，次晨不告而別的小學生。她打出手勢，要我們跟她走。在最後一節車廂，兩排長條椅上空無一人；看來像為了容納返鄉祭祖的人潮，特地掛上一節骨董級的慢車車廂。

她坐在對面，小身體隨著車的節拍擺動，甜甜地對我笑，又假裝對窗外的某間房子笑。從窗口灌進來的風吹飛頭髮，她似乎喜歡風抓她的感覺。兩隻襪子結在百褶裙的吊帶上，大約為了防止遺失；那兩隻小鞋顯然也在遊戲之中，一在椅上順向，一在地板上逆向，車靠站，她立刻挪動鞋子到下一格窗線，非常忙碌的樣子。我有點明白她在測量回家與離家的站數。

「妳怎麼知道我們在車裡？」我問她。

「因為離開家的火車會把大海壓扁，要是回家的火車，海水就會從窗戶衝進來。我剛才趴在窗口唱歌，看見海水跑進妳們的車廂，所以知道了。」

「為什麼？」妳好奇地問。

她睜大眼睛，糾著眉頭，彷彿如此簡單的道理居然有人不知道：「海水在找它的瓶子呀，瓶子回來了，它就自己裝進來了啊！」

我看見妳臉紅，支吾著：「那……為什麼是我們不是妳？」

「我是小瓶子，妳們是大瓶子；小瓶子裝滿了，換大瓶子。」她晃著兩隻腳，像在說一個快樂的真理。

妳移到她身旁，捧起臉蛋，看著她的眼球裡的兩個妳，說：「妳……長得好像一個我認識的人，妳說的事，我好像聽過……」她撥開妳的手，迅速跑到我身邊，彷彿妳是一個有敵意的人：「我不要她去我家！」她的話妳一定聽到了，我看見妳孤單地坐在那兒，默默收拾她的鞋，整齊地放在妳的腳邊，然後看著窗外飛馳的田園，似乎懊悔那一夜為何攆她？妳從不曾如此軟弱，空空洞洞，像一只被踩扁的瓶。

「去吧！她是無心的……」我催促她。

走了幾步，她停住了，猶豫要不要接受妳，我看見妳張開懇求的手，用力抱緊她，彷彿這一抱再也不准她離開了。她低聲說：「好吧，跟我回家！」淚滑下妳的臉，妳從不曾如此無助對一個孩子請求：「不要趕我走！」她揉皺妳的衣，還調皮地咬住鈕扣像掩飾自己的不好意思又像真的要咬下鈕扣才甘心：「妳不趕我，我就不趕妳啊！」妳放任她嬉鬧，彷彿要鑽入妳的身體般忙碌。妳耳語著：「是啊，跟妳回家，然後，然後參加小學同學會，我還是副班長呢！——」

「我也是副班長！」她從妳的懷中鑽出頭來，摟著妳的脖子，像一隻騷動的番鴨：「妳告訴我妳們班長得什麼樣子，看一不一樣？」

我看見妳的臉上浮出神祕的笑，像一只瓶子準備傾倒海水：「我們這一班，叫孝班。」

「誰都不相信我們班從入學第一天到哭哭啼啼唱畢業紀念歌為止，完全沒有分過班。當時，全校只有十二班，每年級分忠、孝兩班。這樣的小學根本不需要智力測驗分班，特殊才藝實驗班或其他把山羊與綿羊分開的教學伎倆。那時候，農村還是農村，我們完全沒聽過課外補習、英文數學輔導課或鋼琴小提琴家教，當然，也沒有近視眼鏡和明星國中。我們全心全意玩六年，男女生一起打躲避球，夏天時打土芭樂、蓮霧；還在地上畫方框組成兩國搶國寶——我總是第一個被推死的，像是敵國用來振奮士氣的牲禮。後來，國王把我調到內宮看守國寶——一粒石頭。我唯一立下的汗馬功勞是當敵軍攻破我國時，把國寶藏在口袋裡一溜煙跑掉了，他們在後面追，我死也不給。」

車到羅東，離晚宴尚早；難得一個不下雨的清明節，妳們決定步行回家，說不定路上還會碰到一兩位同學，在妳講述孝班的故事時突然蹦出來。

妳說最怕跳土風舞了。遊戲時，男女生忘情扭打乃天經地義的事，舞蹈中要求拉手摟肩甚至攬腰，聽了就破膽。小學版本的「愛情檢定法」，拉手就是戀愛，摟肩不就是夫妻嗎？所以操場上，只見老師氣急敗壞、疲於奔命抓姿勢不合格者，終於逮到一對天才，他們用兩根樹枝各執一端避免直接接觸，老師命令他們上司令臺，示範最正確的拉手摟肩法，底下的嚇得臉色發青，勉強拉手總比上臺接受公開表揚「夫妻」事實好些。但是，沮喪揮之不去，人人認為自己在舞蹈中被欺負了，課後紛紛跑去洗手——彷彿不洗的話，這輩子恐怕要嫁給他或娶她當老婆了。

除了不分班凝聚了感情，你們四十七個人都有親戚關係。全班只有十四個姓氏：九個姓林、八個姓賴、七個姓陳……從孿生兄弟、親姊妹，到堂兄弟姊妹，再來為同曾祖或高祖，最遠的也不難找到鄰居關係或從母親娘家串出一條線來，照樣喊得熱呼呼。最尷尬的，還有輩分，叔姪、舅甥，甚至其中一個得天獨厚，與另一位同學的祖母同輩。上一代「論輩不論歲」的宗親觀念落在這群同齡孩子肩上簡直礙手礙腳，叔叔好意思揍姪子嗎？堂弟能欺侮堂姊嗎？親戚關係很自然地要求每一個人在成長過程學習更大的融合，而不是敵對。除了一兩天時限的小爭執外，從來沒有發生尋釁報仇或圍毆的校園暴力；當學校變成家庭、親族、緊鄰關係的延長時，沒有一個小孩會在群體中孤單甚至受欺凌，偶發的私人爭吵很容易變成兩族談判，雙方「長輩」即時出面理論、調停。末了，以一種「我會好好管教我的不肖子弟」的權威表情帶走滋事分子。由於以父姓集結的各個親族間，交叉重疊母親從娘家帶來的另一條宗脈，使得大多數人找不到立場，這面看不見的雙綱大網使你們沒有機會練習敵對或暴力，就連班上唯一具有外省血統的女生——她的父親是撤退來臺的山東人，不知何故流落到小農村來。你們從不曾取笑她的血統，母親方面綿密的宗親網路保護了她及其父親。一切是那麼自然而然，上一代用愛與信仰鞏固了宗親、鄉情，你們延續它。

唯一的衝突是「國語運動」，凡在學校講方言的必須受罰。老師製作兩個木牌，交給擔任副班長的妳執管，誰講方言就把牌子交給他，他得想辦法在放學前把牌子交給下一個講方言的人，否則會在次日受到處罰。這場賊抓賊的國語運動使妳變成班上的「小特務」，連帶地考驗原本和諧的班情。妳不了解為什麼要強迫已經會說國語的你們放棄閩南語交談，那陣子，下了課的教室瀰漫著恐懼的安靜，不說閩南語根本無法聊天，誰能用標準國語即興搬演布袋戲裡「藏鏡人」與「小金剛」大對決呢？妳很快發現自己被孤立了，在球類運動中變成男生們的敵人。他們摒棄賊抓賊的遊戲規則，連成一氣抵制木牌子，所以跑到大樹下講、附在耳畔講，妳束手無策。漸漸，端上檯面了，有一天，妳明明聽到有人用閩語講「狗屎」，跑過去交牌子，對方拒收，把牌子掃到地上，他說他是用國語講「高塞」，「高塞就是高的塞」（狗屎就是狗的屎），雖然心照不宣，但言之成理，當然不能交牌。於是變本加厲了，「加爸」（吃飽）、「來兮」（來死）……紛紛插播到談話裡。某日，有人在黑板上寫「懶覺」，底下開始竊笑，他賊溜地大聲念：「懶覺！懶覺！懶覺！」全班笑成紅臉關公。妳沒有交牌，這的確是標準國語，總統來念也是這個音。沒多久，國語運動就睡懶覺去了。

討厭國語運動並不代表討厭外省人。妳說至今無法用省籍觀念劃分人群，導因於童年時期那兩個外省人留下的好印象。其一是同班同學的父親，住在附近；妳仍記得星空下的大稻埕，他與幾位阿婆坐在長板凳上搖扇子、閒話莊稼的情景。他總是嘰哩咕嚕一大串鞭炮的山東話夾雜幾句荒腔走板的閩南語，她們則氣定神閒地以閩南語對答。事後，妳問她們：「聽有？」「聽無。」「伊講啥妳知？」「知。」那真是神祕不可解的包容。或許，把根扎入泥土深層的人自然而然擁有恢宏的胸襟，去容納飄泊到小村來的異鄉人，撥給他一片抬頭天，娶妻生子，當他釘起自己的門牌，也一樣是地瓜簽稀飯的日子。

另一位是以校為家的級任老師，住在教室後面，用三夾板隔間，只有床及書桌，簡單得像一張草圖，你們打掃教室時也順便打掃老師的家。他很胖，像吃過很多苦頭才胖出來的，自知鄉音濁重，盡量放慢速度講課、加強板書。久之，也適應了。他是那種只要是孩子，就自然流露父性的老師，捨不得對學生凶。你們知道他一個人年節不像年節，總有人拎幾粒粽子、黑草粿說：「老師，請您吃！」後來，學校撥給他一間小宿舍，你們興奮得像準備一起住進去一樣，天天催他搬。某日，他開心地宣布：「現在搬！」立刻搶掃把的、提水桶的、扯抹布的，一溜煙衝出去了，後頭跟著捧書的、扛鋪蓋的、抬書桌的……滿場飛奔，很像一個胖胖的外省爸爸帶四十七個營養不良的閩南孩子準備「成家」了。校樹如此青青，庭草依然萋萋，什麼樣的流浪史讓他掉入這所小學校，你們不知道，只知道師生之間擁有共同的記憶；他教了課本上沒有寫的東西，你們給他成績單上所沒有的安慰。一個人被四十七個孩子記憶著，意味他已不再流浪。的確不再流浪，當他翻閱辭書，想把班上兩個女生的名字改得獨一無二、響叮噹時，也許他正偷偷沉浸在做父親的幸福裡。妳說，雖然只是更動一個字的部首，妳也了解這種幸福的背後很苦，因為妳是其中之一。

在崇山峻嶺與壯闊海洋之間開展的這塊母鄉平原，妳相信它是戰神與美神交鋒下的結晶。在任何一條春日的河域潛游，妳都可以感受地底有一股渴望大變動的力量，在水草招搖間、河蜆吐納間絲絲冒出，與另一股嚮往大安靜的溫柔力量——或為雨水、浮雲、遊煙，相互激蕩，共同匯聚在妳以及所有的童伴身上，妳相信這就是性格的來源。

像神祕的啟蒙者召喚祂們的學徒，妳說山巒與海洋把豐富的想像與飛翔的心靈揉成一粒粒果子，撒在成長的路上讓孩子撿食。妳說當一輪血玉般紅潤的日頭，水淋淋地，從開闊的天空緩緩向山巒降落時，妳凝神注視，被震懾、吸引，寸步不能移，彷彿宇宙間只有妳與它存在，而妳的靈魂已向它飛去，攀升、翻騰，頃刻間站在山之巔峰，伸手，輕易地托住那輪紅球將它嵌在炸了葉的斗笠中間……落日已沉入山背，歸鳥飛掠將熄未熄的天空，妳回復為鄉間路上襤褸的女童，卻有飽滿的喜悅流竄。彷彿，萬里長空也不過是一頂鑲著太陽的桂冠而已。

妳說秋季的海邊，你們在沙灘上躺臥或嬉鬧；海洋呼嘯著，召喚著，像一個憂鬱的女神要求一只能容納她的瓶子。億萬條女臂向陸地抓攫又絕望地退回，妳決定像一只瓶子向她走去，滴水不剩地吸盡她，讓她在妳面前裸露淹溺太久的珊瑚膚體。妳看到自己的靈魂已經俯身吮吸，急速撤退的海水在陽光中飛濺，發出藍寶石似的碎光。妳終於看到乾涸的大陸塊，鯊鯨跳躍、礁岩嶙峋，一艘艘沉船鼓睡著，五彩魚群舔食鏽黑了的船體，妳看到紅珊瑚延展枝椏，很溫柔地像舞蹈中女神的手臂，慢慢露出懸掛其上的一副副銀鑄骷髏……靈魂復位，一座海洋在體內奔竄使妳重重跌坐沙灘，妳掙扎站起，發現身體變成一只透明瓶子，藍色海水正在攻擊紅色的心臟。妳必須釋放海水，在瓶子迸碎之前；遂向天空狂喊，寶藍海水從妳的七竅噴出，歸流，復合，平靜如酣睡中說夢話的女人。

山與海兩股大力量敲鑿童騃的妳，遂相信神祕的天庭裡有兩位神，一化身為陽剛之山，一為豪放女海，妳自此無法拈除戀父戀母情結，在內心底域與之對話、傾訴、爭辯。夏秋之際，颱風肆虐，帶來山洪爆發、海水倒灌，以一種大毀滅的決心襲擊手無寸鐵的小農村；妳看到竹叢連根拔起、屋瓦飛墜，大水像從半空奔蹄而來的億萬惡神，殺氣騰騰地破門而入，妳看到雞雛的浮屍與漂流的空鋁鍋、塑膠碗，彷彿取笑妳及所有的村民不過是討一碗飯吃的乞丐，生命像螞蟻般卑微。妳沒有驚恐，只有鎮定，憤怒即將爆破前的鎮定，妳必須爬上屋頂，以紅磚、石塊鎮住它，暴雨毒打妳的身體，妳怒視汪洋，怒視使嫵媚的綠色平原突然變成汪洋的那兩位神，以祂們教妳的那股生命力痛斥祂們企圖毀滅一切的力量，妳幾近狂怒，大聲叫囂：「來啊！再來啊！把我們全淹死！」妳的心裡清楚明白，為了捍衛家園，不惜在妳所執戀的原父原母座前，叛逆之！叛逆之！叛逆之！

妳說，災難時扎的根比任何時候都深。

你們班全部住在災區，恢復上課後，話題不離：「淹到哪裡？」「穀子浸水了嗎？」「餓了幾頓？」好似一群憂鬱的小農夫。你們的便當多了肉，水厄過後，大人照例要獻上一隻存活著的雞，感謝老天爺慈悲。

你們的家境都清貧，電視、冰箱被視為帝王用品。既然平等地窮著，無從比較物質生活，你們安分地從腦袋裡創造遊戲，自給自足。沒有錢買玻璃彈珠，就用龍眼的黑籽代替；撿汽水瓶蓋，寫將士車馬包，也是象棋；最風靡的是用食指頂住大手帕中間，套上紙臉，手帕兩邊各綁一根筷子當作手，一群花花綠綠的布袋戲演得天昏地暗；男生流行鬥陀螺時，女生揀沙包；他們摔紙牌，妳們跳橡皮筋。妳說一直想要一個洋娃娃，課本上的女孩都有。偷偷從母親的衣櫥揪出一塊布，不會畫比例圖，靈機一動從竹搖籃內抱出小嬰兒，壓手壓腳描人形，躲到稻草堆後做針線，塞去半缸米，做出來的布娃娃比兩歲嬰兒還重。妳說，算是有過一個洋娃娃。

「妳願意永遠做我的洋娃娃嗎？」妳抱著她問時，我們已經來到竹叢裡，一群麻雀驚飛。

廢棄多年的老厝散發一股潮氣，門口的芒草亂藤像水似的，一寸寸往裡淹，瘦小的芭樂樹仍然站著，每年總會結幾粒硬邦邦的土芭樂，像最後一個兵，盡責地看守門扉。大廳內，神明、祖先牌位已遷往臺北，神案、酒杯、長明燈仍在，彷彿給諸神留個原鄉，當祂們想回鄉的時候。妳了解上一代搬人不搬心的播遷手法了，讓子女悄悄回鄉時，仍可以在老厝內煮一壺水，或找枝掃帚拆幾張蜘蛛網。

「那是我的獎狀，妳看，這學期的！」她指著牆壁上一張註明三年孝班、泛黃的獎狀說。

妳抱起她，說：「也是我的，還沒有改名字以前，都二十一年了……」妳端詳那張獎狀，泛了霧的鏡面映出妳的臉及她的臉，黃昏的餘光中，她的小臉蛋漸次擴散、模糊，溶入那張獎狀，凝聚在名字上，妳彷彿聽到她一面揮手一面喊：「再見喲！不要忘了我！」妳確信她不斷地揮手，毛筆寫的名字上揮出一枚小小的指紋，妳確信二十一年前，她已在對妳揮手。

夜色，淹入老厝。「該去見見老同學了，不知道變成什麼樣子？」妳對我說。

走出竹叢，小路上三兩聲狗吠，晚蟬唧唧。妳回眸，看老厝一眼，彷彿聽到她的回音，「再見喲！不要忘了我！」

妳抬頭，早月已經升空。

作者簡介

——簡媜（1961-），宜蘭人。臺大中文系畢業。曾任職聯合文學、遠流出版公司、實學社，現專事寫作。曾獲中國文藝協會散文創作類文藝獎章、梁實秋文學獎、吳魯芹散文獎、中國時報散文獎首獎。自詡為「不可救藥的散文愛好者」。著有《水問》、《只緣身在此山中》、《月娘照眠床》、《私房書》、《下午茶》、《夢遊書》、《胭脂盆地》、《女兒紅》、《紅嬰仔》、《天涯海角——福爾摩沙抒情誌》、《好一座浮島》、《微暈的樹林》、《老師的十二樣見面禮》、《吃朋友》、《誰在銀閃閃的地方，等你》、《我為你灑下月光》等。

海東青

劉克襄

海東青，古時中國人稱呼某種猛禽類的鳥名。然而，牠到底是現在的哪一種鷹隼呢？

前幾日掛電話，請教幾位觀鳥多年的朋友。結果，沒有人敢給予肯定的答案。有的懷疑是展翅如鵬的海雕，也有的猜想是飛行迅速的隼科，莫衷一是。雕者，鷲鷹中最大型的猛禽；隼科體型反而最小。兩者差異如此極端，一時間，我竟有點茫然。中國歷代自然科學的分類又不發達，只會徒然增加更多類別，但求助無門下，只得去翻查《辭源》。

果然未出所料，《辭源》上說：

> 海東青，鷙鳥名。雕的一種，也叫海青。產於黑龍江下游及附近海島。唐人稱決雲兒。遼金元皆極重海東青，金代特置鷹防，掌調鷹鶻海東青之類。……又莊季裕〈雞肋篇〉下：「鷙來自海東，唯青鵃最佳，故號海東青。」

雖說沒有明確證據，不過，它至少提供了海東青取名的緣由與地點等線索。接著，我又到中央圖書館蒐集資料。幸運地，從清初乾隆時代《熱河志》找到下列的敘述，我遂縮小了鑑定的範圍：

海青，雕之最俊者，身小而捷，俊異絕倫，一飛千里。

《熱河志》中還登載有乾隆這位十全老人吟詠「白海青」的七言長句：

東海翻飛下海西，
變青為白斯更奇；
東木西金五配行，
各從其色非人為。……

「身小而捷」，我直接聯想到隼科，斷然放棄了體型碩大的海雕。但「變青為白」似乎另有古人未知的科學知識。面對現代生物知識，今人可不能昧於迷信或傳說，摒棄科學查證之必要。我個人猜想，這種情形恐怕與基因變種有所關聯。心中雖有狐疑，還是迫不及待地翻查東北亞鳥類圖鑑。未料到，棲息在「黑龍江下游及附近海島」的隼科，竟然高達七種！

毫無頭緒下，整個下午，我只好沮喪地躺在床上，反覆咀嚼古人記錄的「海東青」詞句；也不知為何，突然靈機一動，想起清初大畫家郎世寧。

郎世寧是義大利人，二十五歲（一七一五年）時由歐洲耶穌教會派來中國；因擅長繪畫，迅即成為宮廷畫家，創作了許多以當時重大事件為題材的歷史畫，還有人物、肖像、花卉與鳥獸的寫實畫流傳後世。最有名的代表作，就是以馬為題材的「百駿圖」。

印象中，我記得他也畫過好幾種鷹隼。乾隆既然吟詠過「白海青」，郎世寧又頗受乾隆喜愛，想必應該也畫過這種珍禽吧？於是，我借調出郎世寧的畫冊，果然順利找到兩張「白海青圖」。

最吸引我的一幅，繪有一座獨角獸、伏獅木架。架上有織錦掛飾。停棲在架上絛韁的白海青，回首反顧，雄姿英發，盛氣凌人。

這幅畫上留有御題行書〈白海青歌〉：

鷙鳥飛來自海東，以青得名青率同。……雙睛火齊懸為珠，一身梨花飛作雪。鷹房板柙付飼養，支粟支肉有職掌。……

有了郎世寧「白海青」的寫實圖，與今日鳥類圖鑑一比對，海東青的身世遂真相大白。原來，牠就是現今稱呼的矛隼（Gyrfalcon），拉丁學名（Falco rosticolous），是隼科中最大型的一種。棲息範圍在極圈凍土草原，冬天時才南下西伯利亞、中國東北或日本北海道。日本人也喜愛這種珍禽，特別在鳥書說明，牠是昔時王侯貴族狩獵時最喜歡用的獵隼。矛隼也不止在亞洲棲息，阿拉斯加、格陵蘭、北歐等地都能發現，算是相當普遍的世界性猛禽。

然而，是何原因使牠特別受到垂愛呢？我想，除了牠是最大的隼科外，可能因為有一種矛隼全身都是白羽，分布偏北的緣故吧！白色或白變種的動物原本就較為稀奇，加上在極圈之外的地區又不易被人發現，牠們遂變得彌足珍貴。而放眼今日世界各地鳥類，也很少鳥種像牠們一樣幸運，受到近代好幾位鳥繪大師的青睞，成為這些巨匠畫筆下的主角。前幾日，我隨便翻查、統計，就找到下面幾位：奧杜邦（J. Audubon）、古德（J. Gould）、傅提斯（L. Foertes）、雷夫（J. Wolf）與彼得遜（R. T. Peterson）。

矛隼除白色一種，尚有灰、暗、黑等羽色的種類。並非如古人揣想，誤以為有些海東青會「變青為白」。矛隼有如此多種羽色，為何都屬於同一鳥種？鳥類學家們研究到今天，也仍未找到合理滿意的解釋。基因變種問題是相當繁複的，我們何妨留給生物學者傷腦筋，還是進入大家有興趣的習性範疇來了解吧！

一般人提及隼科的特性，最讓人著迷的一幕，大概是牠們極少拍翅，而能夠輕易地在高空翺翔，或停留在高空中快速地原位鼓翼。甚而，更常像風箏般，寂然不動地藉著風力飄浮。但一尋獲獵物，隨即快速俯衝而下。

我們因而也能想像，昔時王公貴族勁裝騎馬，雄姿煥發行獵於大草原的場景。而其中一位，從掛籠中請出訓練有素的海東青，取下頭巾，往空中揚手。海東青順勢掠出，振翅高飛，鼓羽翬翬然。然後，從高空中用視野寬闊而銳利之鷹眼鳥瞰。發現獵物時，隨即鎖定目標，殺氣騰騰地急撲而下，準確地搏噬、攫取獵物。

矛隼追捕的主食獵物多半棲息在空曠的地區，如極地松雞、旅鼠、雪兔、野兔、貂、鼬鼠與水禽。可是，矛隼並非如一般人想像中的英勇無敵，或擁有燕子般的快速與高超的攫捕技巧。不少人都見證過，牠的速度可能還不及一隻鴿子。更令人驚異的，矛隼不像其他隼科，具備燕子似的飛行。矛隼如果狩獵成功，絕不是靠敏捷地飛行，而是更端賴於自己本身「堅忍執著」的習性。

一八四〇年代，美國繪鳥大師奧杜邦，對矛隼的飛行與獵捕就有非常準確而生動的形容：

牠們的飛行類似花梨隼（註：中國北地常見），卻更加高尚、威嚴、迅快。往不同方向飛行時，牠們很少輕快地翱翔、滑行，而是不斷拍翅。當接近善知鳥（Puffin）時，牠們會全然無聲地盤旋在高空，似乎在等候適當的時機到來。然後，收起雙翼，近乎垂直地降下，撲攫那些未料到的犧牲者。

牠們的叫聲也類似花梨隼，高昂、尖銳又刺耳。在海岸，一如沿海岸航行的漁夫，必須藉助燈塔的指引；牠們隨時會站在高大且可以鳥瞰的位置，駐足好幾分鐘。但牠們的立姿不像其他鷹一般豎直挺立，而是像燕鷗一般斜傾著身子。

駐足觀察一段時間後，牠們馬上恢復娛樂，撲向其中的一隻善知鳥。通常，這些可憐的善知鳥都正站在洞穴入口旁的石子地面上，顯然完全沒有察覺矛隼的迫近。面對矛隼的攻擊，善知鳥也毫無招架之力。

矛隼捉起牠們飛上天空，只輕提幾下，彷彿是在整理自己的羽毛。整個過程輕易如魚鷹用爪從水中捉起魚一般。

隼科的頭在身體比例上，向來比其他鷹鷲科大許多。有人即以此為由，認為隼科智商最高，當然這完全沒有科學根據。不過，我們可以確信，矛隼有時候捕捉獵物，並不是為了吃，而是牠的一種「休閒娛樂」。

一九三〇年代，有一位鳥類學家就查證到這種「覓食」行為：

我正駕車經過一條小而草叢茂密的小溪，小溪兩岸是開闊的鄉野。這時，有人開槍顯然失敗了，驚起一隻雌野鴨，倉皇飛出，奔向前方的大湖。一隻大型的隼（註：即矛隼、海東青）突然冒出，在此野鴨之後，保持同樣的高度，迅速追上。就在那一剎間，野鴨突地脫離原本合理的直線飛行，這隻大隼快速掠空。野鴨盤旋，下降到一座冰層覆蓋的小池塘上駐足。

這隻大隼又輕巧地飛來，接近野鴨；接著幾分鐘內，牠一再地飛下來突襲，每一次飛撲，至少都用一隻腳爪朝野鴨身上掠過一回。飛撲結束後，牠也飛降水面，離野鴨幾尺遠。持續幾分鐘，寂然不動。野鴨嘎嘎大叫，但未移動位置。大隼趁機再一次飛起，由上往下攻擊。

這時，我和同伴走近池塘，各自站在一端。當我們接近時，野鴨迅速飛起，又朝大湖飛去。這隻大隼也跟著飛出，卻被我的朋友射中。

在大隼的嗉囊中，約有兩盎司的胸肉，是一隻雄野鴨，因為這些肉殘留有栗色的胸羽。

這位鳥類學者判斷，很可能，這隻矛隼正在誘使雌野鴨飛行；因為大型的隼傾向於在空中將獵物擊倒，而不選擇在地面。不過，從嗉囊中的食物分析，牠的肚子已經填飽；此外，大型隼每天獵食很少超過一次。極有可能，牠只是在戲弄那隻野鴨。

矛隼雖然是隼科中最碩大者，但也非沒有天敵；很多情況下，比牠小型的鳥類也會反擊，如果同伴多了，更會欺侮勢單力薄的矛隼。

有位鳥類觀察者就有以下精采的親身經歷：

一隻矛隼被兩隻烏鴉猛烈地攻擊。這群互鬥的鳥群，在高空飛行一陣後，彼此發出高昂生氣叫喊。緊接著，兩隻烏鴉飛降地面，在一塊岩石上挨肩並坐，岩石下顯然有洞穴，附近棲息著許多旅鼠。矛隼則停降於五十公尺外，在另一塊岩石上凝視。

我向牠們接近。牠們又飛上天空繼續纏鬥。未幾，矛隼擺出要飛走的姿勢，準備逃避烏鴉的粗暴攻擊。

這場戰鬥正巧在我頭頂上空，為了讓牠們公平競爭，我射中一隻烏鴉。

結果，不遠之處，有兩隻矛隼也被驚起，與原先的矛隼和烏鴉在海岸方向不期而遇。原先的矛隼獲得這兩隻矛隼的幫助，這回換烏鴉困窘地落荒而逃了。三隻矛隼回到岩石頂上駐足。

我也見過賊鷗追逐矛隼。八月末，幼小的賊鷗初次站在岩石上徜徉，仍然由雙親照顧、守衛；預防矛隼的攻擊。賊鷗的飛行能力遠勝過矛隼，矛隼往往要避開賊鷗的追逐。每次發生這種戰爭，都有三、四隻賊鷗加入戰鬥，往往在非常高的天空一決勝負。

這位鳥類觀察者並未告訴我們，最後到底誰贏了。若按我過去獲知的資訊判斷，鷹隼科最怕被善飛的小型鳥類圍攻，往往在不堪其擾下，自行狼狽飛離。我自己就在臺灣的大甲溪親眼目睹紅隼被烏鶖追逐過。

但矛隼畢竟不同凡響，這種被中國人稱為海東青的猛禽，擁有鷹隼科最頑強的意志，就像上述被烏鴉欺負了，依然駐足在不遠的石塊上，堅持不肯離去。其個性所顯現的態勢，正如奧杜邦所云：「高尚、威嚴」；彷彿早已擁有更大的決心要去完成既定的任務。

作者簡介

——劉克襄（1957-），綽號鳥人。詩人、自然觀察作家。臺灣臺中縣烏日鄉人，年輕時以鳥類生態為散文題材，嘗試開拓臺灣自然寫作風氣。在多年的散文創作過程裡，不斷進行各種自然寫作文體和題材的試驗，大至地理文史的論述，小及昆蟲花草的研究，都曾潛心著墨。近年來創作主題則以生態旅遊，古道探查，以及野菜蔬果為主。

亭午之鷹

楊牧

一隻鷹曾經來過，然後竟走了，再也沒有蹤影。

這發生在去年秋冬時際。應該就是秋冬之交，陽光最明亮最暖和的時候，而海水也一向湛藍，每天和天空遙遙映照，彼此更深更高。

那時我們才住進這靠海的公寓不久，對於窗外一切都很好奇，覺得若是隨時這樣睜大眼睛向外看，可預期的，將隨時發現一些什麼，例如晨旭和晚霞怎樣起落，風雲如何變化，島嶼的顏色，船過水痕，甚至可能看到沙魚的尾鰭吧——據說這水域是繁殖沙魚的。我們住在九樓高處，若是有耐性的話，是可以看得很遠。起初的確如此，對於這陌生的風景懷抱著一種純樸善良的觀點，熱中，有情，於是便不斷調整著焦距，但願能將它看得仔細。仔細而不太清楚就是最好；但願由它保留某些神祕，使我因此更持久地追尋，不能理解所以便追尋著了，當然我並不知道我在追尋什麼，或者為什麼曾經追尋，雖然熱中，有情。

近午的時刻，我記得那一天是近午的日頭璀璨的時刻，我走近通往陽臺的玻璃門前，神色想當然是稍微疲倦而悚然的，從書稿裡收回來的形容總不外乎稍微如此，而室內悄然無聲，原來只有我一個人在家。那時，本來從東南方向拂照進來的陽光已經撤退殆盡，然而四壁依舊閃著溫暖的，可能傳自遠方海面璘珣的水影。我看到一隻鷹。

原來就是你。

原來前幾天盈盈說她看到一隻大鳥停在陽臺外鐵欄杆上，那大鳥就是你。她說你從那邊怎麼樣怎麼樣就飛過來了，以美麗的姿態飛了過來，並且停駐在我們髹漆蘋果綠的欄杆上。她說你很大而且很英挺，很勇敢的樣子。她說：「不是一隻普通的鳥。」

我說可能是鷹。有人告訴我這一帶本來就是鷹鷲之鄉，尤其靠近山林和海邊一帶，是放任地聽憑那強勁的骨血在生息繁殖的。這個說法有充分的證據，何況五嶺之南自古便是鷹與蛇的世界；這個說法想來比關於沙魚的謠言可靠得多。盈盈雙手一比：「這麼大！」我猜測說道：「是一隻小鷹。」

現在牠的的確確站在那裡，就在離我咫尺的玻璃門外，讓我這樣驚訝地看見牠，並且也以牠睥睨的風采隨意看我一眼，彷彿完全不在乎地，這鷹隨意看我一眼，目如愁胡，即轉頭長望閃光的海水，久久，又轉過頭來，但肯定並不是為了看我。牠那樣左右巡視，想來只是一種先天倨傲之姿，肩頸接觸神經自發的反應，剛毅，果決，凜然。我屏息看牠，在陽光裡站著，蘋果綠的欄杆背後有深藍浩瀚的海水，以及不盡綿亙的天，展開的是無窮神祕亦復平常的背景，交錯升降的一種稀薄的音樂忽遠忽近。這一切我都看見，聽見。

鷹久久立在欄杆上，對我炫耀牠億載傳說的美姿。牠的頭腦猛厲，顏色是青灰中略帶蒼黃；牠雙眼疾速，凝視如星辰參與商，而堅定的勾喙似乎隨時可以俯襲蛇蝎於廣袤的平蕪。牠的翮翼色澤鮮明，順著首頸的紋線散開，聚合，每一根羽毛都可能是調節，安置好了的，沒有一點糾纏，衝突，而平整休息地闔著，如此從容，完全沒有把我的存在，我好奇的注視放在心裡。牠以如鐵似鍊的兩爪緊緊把持著欄杆，左看若側，右視如傾。

或者，我心裡快速閃過許多不同的形象和聲音。或者在遙遠的另外一個世界，我也曾經與牠遭遇過，以同樣的好奇，驚訝，和決心長久記住牠的一份誠意，攫捕牠，不是用網羅箭矢，用詩：

他以屈曲的雙手緊握危崖；
接近太陽在或許的寂寞地點，
他屹立，世界大藍圍他一圈。

皺紋的海在他底下匍匐扭動；
從青山一脈的崇墉，他長望，
隨即翻落，如雷霆轟然破空。

He clasps the crag with crooked hands;
Close to the sun in lonely lands,
Ringed with the azure world, he stands.

The wrinkled sea beneath him crawls;
He watches from his mountain walls,
And like a thunderbolt he falls.

(Alfred, Lord Tennyson)

我們的鷹剎那間似乎受到干擾，就在我默默誦完六行殘缺的英詩剎那，迎著千萬支震撼的金陽，牠真的翻身落下，勁翮二六，機連體輕，兩翼健壯地張開，倏忽而去，在眩目的日影和水光間揚長相擊，如此決絕，近乎悲壯地，捨我而去。我聽到鐘響十二，正是亭午。

這以後牠就不曾來過。盈盈顯然很希望能看到牠回來，穿過海水和日光湧動的大氣，或者晨昏的煙靄，季節的雨霧，但牠都沒有再出現過，我們的鷹。有時我不期然站在通往陽臺的玻璃門前，正午鐘響，總不免悚然凝望，彷彿搜索著，很希望看到牠對我飛來，但牠好像竟走了，我們的鷹。

作者簡介

——楊牧（1940-），臺灣花蓮人，東海大學畢業，美國愛荷華大學（Iowa）碩士，柏克萊（Berkeley）加州大學博士；國立東華大學講座教授。著有散文、詩集、戲劇、評論、翻譯、編纂等中英文五十餘種。

鐵魚

廖鴻基

船尖掘起白漾漾水花衝浪邁出港堤。湧浪聳揚起伏，船顛頰簸搖晃。

曙光從天邊雲縫綻裂出一道道火紅朝霞，點點破曉波光漂搖海面。港堤外，數十艘漁船張展著長杆徘徊穿梭在晨霧中。氣象播報說將有鋒面過境，漁船仍被鱰魚魚群吸引傾巢而出，像螞蟻覓食般集結盤旋在近岸海域。一群鷗鳥啼叫出嘹亮聲音在船群上空盤桓；飛魚鼓動蟬翼般的薄翅滑翔海面；鱰魚輪動跳躍如騎著湧浪緊追竄逃的飛魚。

黑潮脈脈汩動，溫紅色旭陽撐張霞虹雲彩浮起海上。海湧伯握緊舵柄，僅讓船隻擦觸過船群邊緣，船頭旋即右偏，船隻若一顆流星脫離了那熱鬧如早市的豐盛海域。已經好幾天了，海湧伯似乎對那性格暴烈的鱰魚失去興趣。每天出航前，海湧伯總要站上船尖，晨風翻過長堤振動他的衣袂，海湧伯提握住鐵鏢拉直鏢繩抬頭凝望黑底透藍的天空。晨禱儀式默默進行著。我知道，海湧伯在期盼一條大魚。

每個討海人都曾做過大魚的夢。縱然寬廣無垠的大海中，再大的魚也不過是芝麻粒點，憑船隻有限的航程，碰到大魚的機會幾乎微乎其微。但總有少數幾艘像海湧伯這樣的船，他們放棄季節魚群的誘惑，遠離鼓譟成群的漁船，在海上馳騁逐夢。像一匹孤獨的狼在荒漠大海中尋找另一匹孤獨的狼。

好幾天了，我們只順路捕獲少數幾條鰡魚。熱鬧滾滾的港口漁市，擺滿了其他漁船豐收的鰡魚。有人勸海湧伯：「一天兩三百斤放在海底，你在瘋什麼？」海湧伯沒有回答。

船隻離開船群一段距離後。海湧伯爬上塔臺，傾斜晨光將他臉上的皺紋解析突露仿若海面皺起的風痕，他兩眼茫然似無焦點，也許，在海湧伯心中，自有其不同於其他船隻的視野。蓊鬱遠山，清藍蒼穹，如絲如緞揚動無邊的澄藍大海，船隻擺脫繁華巡遊在單調的藍色視野裡。我曾經告訴一位岸上的朋友：「也許我們相距只短短數浬，我站在船隻塔臺最高點，這個高度遠低於你在岸上的任何位置，我看到了你在岸上看不到的遠山，看到了城鎮高樓都被壓縮模糊成一道山海間的雲煙……我在海上，擁有與你迥然不同的視野。」

塔臺一陣抖擻。海湧伯拉緊油線，單手掄動方向盤，船隻傾斜著迴首衝出，海湧伯似是看到了什麼！如在沉藍的夢裡驚醒，我踮起腳尖循著海湧伯直射視線在海面上摸索他眼神的焦點。可能是一根漂流浮木；一片被潮水聚攏的泡沫水波；一條曲捲的斷纜……也可能是一群海豚；一隻探頭的海龜……不是海湧伯殷殷期盼的大魚。

「幹——」海湧伯鬆手緊繃的油線隨口罵出。船隻瞬間癱軟下來，我們如被托上峰頂而後鬆手衝落浪谷。幾天來，我們在高低起伏的海湧間大幅擺盪，從點燃湧聳希望到灰燼冷滅，船隻總是衝得太快。

海洋如一面鏡子反射日光，我們站在塔臺上，酷熱陽光從上從下烤曬我們一整天，我們像懸在竿架上曝曬的魚乾。海水波動無常，有時我們的視線能夠切入水面，看到一絲絲溶在水裡搖擺的金黃陽光絲線，有時，海面像覆蓋一層亮光冑甲，視線變成一把魯鈍的刀如何也切不進堅密光閃的海面冑甲。海洋的寬廣、深沉和善變，提供了大魚無限的迴旋空間，而我們只能在單一平面，用毫無把握的期待來圖繪大魚的夢。

又是一陣聳動，三百公尺外，大片赭紅浮潛水面。引擎捶動雷鳴，海湧伯眼神如犀利鏢尖，顴骨咬牙鼓起，鼻側褶皺，臉頰顫跳不止。

二百公尺，排氣管噴出火花，海湧伯姿態僵硬如隨時就要爆炸的氣球。

一百公尺，一根似是魚鰭的灰黑翼片掃出水面又即刻沒入海水裡。我們怕跌得太重仍不敢縱火燃燒希望。

五十公尺，海湧伯鬆手油門，手掌掃來打中我的胸膛。

「鐵魚！」海湧伯大喊一聲。

喊聲昂揚粗獷如一聲破雷。多日的抑鬱沉悶都隨海湧伯這聲沖天叫嚷剎那煙消雲散。那幾乎有半艘船大小的寬敞魚體，亦裸裸橫躺船前。

鐵魚，一般稱作翻車魚，唯有討海人叫牠鐵魚。事實上，牠周身柔軟，和「鐵」字所呈現的堅硬意思似乎毫無關聯。除了表皮暗褐粗糙，牠體內全是白皙皙軟骨和雪白嫩肉，沒有一根硬骨頭。討海人用鐵鏢刺牠，只要擲鏢手尾使點狠勁，鐵鏢往往都能刺穿牠的身體。

這是一隻我們夢寐以求的大魚，一隻巨大的鐵魚。

「下去！」海湧伯喝斥著，語調裡壓抑不住火樣的亢奮。我從塔臺跳落跌跌撞撞衝進駕駛艙，心跳鼓鼓捶打，氣若哽窒住了喘不開來，面對這樣的大魚，我慌亂得手足無措，我很懷疑我們是否具備足夠能力來對付這樣的大魚。

舵柄仿若舉棋不定在駕駛艙底搖搖擺擺，我伸手碰住舵柄，眼睛一抬，海湧伯以一股永不回頭的氣勢已經釘立在船尖上。鐵鏢夾挾在他右腋下，鏢尖斜向右前指住鐵魚，海湧伯兩腳弓膝身體傾出船尖外，左臂高舉揚動，指尖頻頻點頭向前。這是海湧伯在告訴我，他毫不猶豫的強烈企圖。

在海上，除了罵人海湧伯很少開口說話。平常時候，我在駕駛艙掌舵，他在船尾放鉤或是在船前收拉魚線，他要的方向角度和動力大小，往往都是頭也不抬的就那麼隨手一揮。有時我貪看海上風景看漏了他的手勢，他手上魚線的拉力和角度會讓他立刻查覺到我的疏忽。這時，他挺住魚線緩緩抬起頭，表情像一頭齜牙咧嘴就要衝撲過來的惡狼，一連串既狠又毒的咒罵，蓋過引擎響聲，毫不留情的劈啪刺殺過來。這養成了我在海上的習慣，只要扳著舵柄，我的視線不會離開海湧伯身上。漸漸的，他的每個手勢動作，我都能清楚明白。有一次上了碼頭，海湧伯拍住我的肩膀說：「大聲罵是為著將來。」

海上作業，每個動作必須熟練而且完美，尤其當魚繩拉力遠超過手臂挺得住的氣力時，即使是一個小小繩結錯誤，一個些微疏失，甚或只是一個腳步踩錯繩圈，都有可能危及生命安全或是造成漁獲損失。

我左擺舵柄，輕扯油門，讓船尖與鏢尖順成一直線。海湧伯連串的手勢反覆在告訴我，船隻以正確方向和穩健速度接近浮躺著的鐵魚。他凌空指揮著讓鐵魚從船前右側轉出，這時的距離不到十公尺，海上鐵魚活鮮鮮轉入我的眼網裡——牠隨著波浪搖擺如沉睡海面的一張大搖籃。

我屏住呼吸，唯恐任何多餘的聲響驚嚇到海上鐵魚，儘管船隻和鐵魚的距離已迫在眉睫，但只要驚嚇到牠，只要牠匆匆潛下一、二公尺，我們大魚的夢將即刻瓦解破碎。

鐵魚會在大太陽及南風天浮出海面，像在海上做日光浴般翻倒平躺在水面上。南風徐徐，海波為床，牠大片身體懸浮在波浪頂端，兩片尾翼舒張鬆垂，那是慵懶無骨無比舒適的姿態。看著鐵魚沉睡的模樣，我想到南洋海灘椰影樹下隨風搖擺的吊床。討海人講起鐵魚，總愛用既羨慕又嘲笑的口吻說：「起來吹風曝日頭乖乖在睡呐。」

最後五公尺，海湧伯左掌急轉翻下，指尖向下急躁拍打。我即刻退掉油門，船隻藉慣性衝力順勢緩緩滑行。海湧伯讓船尖以最安靜的腳步躡近鐵魚身邊。

眼看著船尖就要騎上牠的身體，鐵魚睜開眼，瞪看船尖一眼，尾鰭甩動，好像很不耐煩我們吵鬧了牠的睡眠。我從沒看過這樣大塊而且大方的魚體。

鐵魚外形古怪，像正常魚體斷了半截。牠尾側長著一列波浪狀尾裙。兩片大三角尾鰭長在尾裙上下兩端，像魚體伸出去的兩根搖槳。牠動作溫吞緩慢，一副與世無爭聽天由命的慵懶模樣。牠隨波逐流像個海上浪子，牠身軀肥碩龐大，動作雍容自在，又像個海洋貴族。

船隻緩緩停靠在鐵魚身邊，鐵魚瞪大眼仍舊翻躺著身體。海湧伯兩手挺鏢，如高舉一根鋤頭就要搗下泥地。

好幾次夢見大魚，每個大魚的夢境都很相似。我夢見大魚懶懶的被拖拉上岸，大魚眼珠子無塵晶亮耀閃光芒，牠的血水和體液黏答答拖流一地，一股血腥臭味瀰漫。

海湧伯出鏢剎那，一陣北風吹打在我臉上。被鐵鏢刺中後，鐵魚翻身立起，高大的上尾翼緩緩舉出水面，溫吞吞搖擺兩下。海湧伯用淒厲的聲音大叫：「兩隻！」我怔住顫抖了，為牠慵懶的逃生態度，為了我看到兩片尾翼幾乎平行貼住同時豎起。那可是兩條鐵魚一上一下疊躺在一起？就連中鏢翻身間，兩條鐵魚幾乎沒有距離摩擦著肌膚緊緊依偎在一起。

我隱約聞到夢裡那股血腥氣味。

兩隻鐵魚如一對水上芭蕾舞者動作一致的在海面搖擺一陣，拖住鏢繩潛下水裡。海湧伯斜身俯在船尖，眉頭皺起撐住前額髮根，鏢繩磨過他手掌汩汩竄出。我推動船舵，敲響引擎，船尖追住出繩方向盤旋。陽光沒入流雲裡，海面掀起茫茫白波，鋒面下壓天候遽變，原本亢奮的「大魚心情」瞬間翻轉覆沒，一股不安的氣息隱隱擾上心頭。

北風越吹越急，船尾管架裂縫呼嘯出陣陣尖銳哨聲，滾白浪花綻翻在脈脈浪丘稜頂。海湧伯苦苦撐住，鏢繩直挺挺垂下舷邊水面。船隻止住，我想到船底深處苦苦掙扎的鐵魚，海面上，海湧伯有我作伴，有我接手沉甸甸的鏢繩，不曉得海面下牠的伴侶是否仍陪伴依偎在牠身邊？我回想擲鏢前後牠的溫吞模樣和瞋視眼神，牠可是為了用牠大片身軀作為保護傘、作為盾牌，來保護貼身在牠身體下的伴侶？

海上成雙成對出現的魚不多。鱰魚和海豚雖然有明顯的雌雄配對，但牠們通常群體出現，而且在伴侶同游之間保持著有機可乘的間隙。這是我第一次看到，毫無間隙緊緊相擁的一對伴侶。彷彿浩瀚大海無數生命中，牠們是彼此唯一的選擇，牠們珍惜相遇相知的情緣，這樣牢牢相守相貼。

繫在鏢繩上的大型浮筒，一下沒入水面一下翻跳上來，浮筒堅持著一點一滴耗蝕水底鐵魚的性命。我們把長鉤杆、大鐵鉤和鏈條起重機準備在船舷邊，從水底到水面，從水面到甲板，就這最後兩段距離，我們就要來圓這場大魚的夢。我感覺一陣恍惚，難道就這麼輕而易舉我們就要得到這尾以「鐵」字命名的大魚？

我坐船舷邊等待。我真心希望牠的伴侶已經拋棄被鐵鏢刺穿的牠遠遠離開，我又期待親眼見證一場刻骨銘心的情愛。鐵魚無塵晶亮的眼珠子反覆出現在我腦海裡，無論牠的伴侶是離開或是堅持陪伴著牠，從海湧伯出鏢剎那，這對鐵魚就注定了這場矛盾的悲劇，我又如何能夠期待更悽愴的結局？我想起看過一篇捕鯨船手記——母鯨見我們接近，並不害怕，牠盤旋打轉用胸鰭托起幼鯨保護住牠。我知道，先刺殺幼鯨就等於逮著了母鯨。母鯨寧可被殺，也不會丟下受傷的幼鯨……

鱰魚被拉上甲板，會暴烈的用頭部猛力敲打船板，直到鮮血迸出抽搐著死去；被船隻鏢中的旗魚，會瘋狂的衝撞，在海水裡就了結了自己。魚類中鏢或上鉤後，通常都會凶猛的掙扎翻跳，讓生命像一顆易燃燒的火藥，瞬間爆炸燃燒迅速歸於寂靜。面對船隻的拘捕，牠們用火焰樣的生命，燃燒出美麗而沉痛的火花。

鐵魚已經撐過了半個小時，牠溫溫懦懦不衝撞不翻跳，只用龐大的體重和溫吞的生命和我們沉沉耗著。

大約一個小時過後，浮筒像戰死沙場的鬥士橫倒水面。海湧伯仰動下巴，船隻趨前。我和海湧伯上下交手抽拔鏢繩，鏢繩下端仍一陣陣顫動，鐵魚仍活生生搖划著牠的兩根大槳。海湧伯表情嚴肅的說：「沒看過這麼韌命的魚。」

浪濤已高仰到三公尺上下，甲板晃盪不安，高掛在塔臺側的起重機鏈條一陣陣碰撞發出錚錚脆響。遠山陷溺在一片茫茫水煙裡，詭異不安的氣息籠罩包圍著船隻。

鐵魚繞著8字形圈子浮上水面，果然！牠的伴侶緊緊貼住牠跟著浮上來。牠的伴侶始終像牠的影子，跟隨著被拉近舷邊水面。我寧願相信，這是海湧伯一箭雙鵰同時刺穿兩條鐵魚。

海湧伯用起重機彎鉤勾住受鏢那尾鐵魚，我拉動起重機鏈條。鐵鍊唰唰尖噪聲中，鐵魚被一寸寸拉離水面，那不只是鐵魚巨大體重的負荷，我感受到那是非常沉重而且沉痛的拉力，我眼睜睜看著牠和牠的伴侶被一寸寸拉開。

鐵魚被吊離水面，下尾翼仍垂在水裡。牠的伴侶舉著上翼攀貼上去，像是趁著最終一刻緊握住手不忍別離的一對情侶。

「啪啦！」一聲巨響，懸掛住起重機的纜繩爆炸般碎裂出小股繩絮。鐵魚懸空側翻，重重摔下前艙甲板，大股波浪灌進船舷，船側被這重重一擊傾側幾乎翻覆，我和海湧伯一陣踉蹌差點跌下水裡。鐵魚頭部和前段身體跌入甲板裡，尾裙和兩片尾翼橫跨在右舷上，至少上噸重的魚體偏壓在船隻右側。船隻左舷翻仰突起，右舷下沉幾乎探入水裡。

牠的伴侶靠緊右舷，隨著波浪起伏頻頻探頭張望已經跌躺在甲板上的鐵魚。船上這隻鐵魚沒有任何掙扎翻跳，只一下下搧打著尾翼，像是在驅趕牠的伴侶離開。

我和海湧伯用盡所用力氣和辦法，始終無法將甲板上的鐵魚挪進一分一釐。牠身上附生著斑斑綠藻和叢叢紫色水蝨，像一塊肥沃的花園；牠嘴巴一掀一闔發出咻咻重重的嘆氣聲；嘴角咕嚕一聲嘔出一灘血水；眼珠子仰望天空睜著眨著閃出水光。牠撐過了折磨，忍住了性命，但再也看不到牠海上的伴侶。

牠不停的搖搧尾翼，像在對牠海上的伴侶揮手告別。失去牠彷彿失去了魂魄，牠的伴侶徬徨無依呆愣在船邊，像在苦苦哀求我們。

我轉頭想告訴海湧伯，將牠的伴侶一起帶走。海湧伯俯趴在鐵魚身邊像在尋找什麼。我們這才發現，鐵鏢、鏢繩、鐵鉤和起重機……所有能將牠的伴侶鉤拉回去的工具，全被牠緊緊壓死在寬廣沉重的軀體下！像一座堅毅不動的山，牠穩穩鎮壓住船上的所有武力。

船隻啟動回航，船身劇烈傾斜，像跛腳般行走在坑凹不平的北風浪中。海湧伯放低船速，謹慎的在瞬息萬變的波峰浪谷間選擇回航通道。

牠的伴侶從前舷緩緩落到船後，距離漸漸拉開，牠尾翼劃出海面搖擺著切剖浪峰，似在奮力追趕船尾鼓起的泡沫。船前那條鐵魚，沉沉鬆嘆出一口長氣尾翼高高舉起，彷彿在對牠海上的伴侶說：「永別了，我的至愛。」

從來沒看過像鐵魚這樣溫弱、摯情和堅韌的魚。牠溫吞緩慢幾乎毫無抵抗的任我們折磨欺凌；

牠展現鋼鐵般的堅韌生命掙住了別離前夕和牠伴侶相偎相守的每一分每一秒；牠們那相護相持不忍別離的似鐵深情……都讓我們這場海上戰鬥失盡了光采，讓我們大魚的夢沾染了血腥罪惡。

我坐在駕駛艙橫板上，一身潮濕血腥，我想起曾經告訴一位岸上的朋友：「如果能夠選擇來生，我願意是星海裡的一條魚。」我恍然明白了，從刺殺這對鐵魚的剎那起，我已經永不回頭走入當一條魚的輪迴裡。我轉頭看海湧伯篤定的神色，我敢確定，他早就準備好讓自己是一條魚。

船頭破浪高仰，滾白浪花如千軍萬馬在船前崩裂坍塌，港口長堤若一道黑線隱隱浮現浪緣。船隻朝向港堤斜身危危衝浪，隨時都有可能翻覆。我低低垂下頭，不敢再看船前、船尾那兩根遙遙相送的尾翼。

作者簡介

——廖鴻基（1957-），出生於花蓮市，三十五歲成為職業討海人。一九九六年組成尋鯨小組於花蓮海域從事鯨豚生態觀察，一九九七年參與賞鯨船規劃，並擔任海洋生態解說員，一九九八年發起黑潮海洋文教基金會，任創會董事長，致力於臺灣海洋環境、生態及文化工作。榮獲時報文學獎散文類評審獎、《聯合報》讀書人文學類最佳書獎、一九九六年吳濁流文學獎小說正獎、第一屆臺北市文學獎文學年金、第十二屆賴和文學獎以及二〇〇六年巫永福文學獎、二〇一六年花蓮文化薪傳獎、二〇一八當代臺灣十大散文家。出版作品包括《黑潮漂流》、《海童：一本漂流的想像誌》、《大島小島》、《漏網新魚：一波波航向海的寧靜》、《飛魚・百合》、《討海人》、《鯨生鯨世》、《漂流監獄》、《來自深海》、《山海小城》、《海洋遊俠》、《臺11線藍色太平洋》、《尋找一座島嶼》、《漂島》、《腳跡船痕》、《臺灣島巡禮》、《海天浮沉》、《領土出航》、《後山鯨書》、《南方以南：海生館駐館筆記》等。多篇文章入選臺灣的中學國文課本及重要選集。

大冠鷲

凌拂

晨起微寒，窗簾還沒有拉開，我便知道天氣變好了。不用抬頭也知道天空一片清曠，迷離晨光薄薄散下，因為我在屋裡聽見了大冠鷲ㄈㄧㄜㄈㄧㄜ愉快的叫聲。

大冠鷲喜歡這樣的好天氣，盤旋鳴唱的日子，我的心也隨著牠像熱氣流裡升溫的風，上升、展揚，緩緩進入迷霧的邊緣。

天氣潮濕了好久，我踱出來仰首，寧靜的四野，大冠鷲展翅輕輕滑過。雨滴滴的落，綿密濕沉，這一刻是輕暢了，氣流彷彿有形有線，因了大冠鷲的關係，我清楚看到氣流在天空裡浮流的線。動勢之間，大冠鷲一忽向左，一忽向右，一忽又緩降、緩降，而後拔起飛升，沒有開始也沒有結束，漸漸漸漸渺入雲間。一抹淡淡的隻影，可知天空曾經經歷過什麼?大冠鷲並不孤獨，牠喜歡成小群盤旋，然而此刻我用力看著牠那一抹最淡的飄影，正深深進入最渺遠的蒼穹。

大冠鷲遠了，模糊了眼，失離了追索的目標，我不再確定氣流的方向，山樹一叢一叢的抖動，空中不再有翅羽從中破分滑過，我把手插進褲袋裡去。憑虛御風，要有所待，大冠鷲的盤旋必須仰賴熱氣流，選擇日麗風和的天氣是有所待，順著氣流盤旋，天空是牠們的嬉遊廣場，寬大的雙翼讓勁風鼓著，上托，上托，氣流像一堵無形的牆，風一停就掉下來了，急急忙拍翅，再重新滑入氣流裡去。我的行遊廣場在陸地，順風時吹得髮毛飛張，逆風時飛沙擊臉、嗆喉，風和日麗的氣流只能拴一隻風箏天空舞蹈，星雲翩翩，我只在人口稠密的地面，憑虛御風我在心靈的方寸之間。

大冠鷲俗名蛇鷹，以蛇與蜥為主食。朋友曾經看過牠捕食一隻身形尺餘的長蛇，蛇身長大，大冠鷲以利爪搏擊中朋友正好出現，倉皇中蛇身扭曲，大冠鷲因於心有旁騖，分神中幾度無法抓牢蛇身，飛起半途獵物掉落，又驚於一旁觀戰未定的人類，不知到底是何動向，到手的獵物隨即脫去，幾番猶疑，險中不願離去，又捨不得放棄，動乎情由，朋友看牠眼裡銳意充滿憤怒，遂退出距離，好大的一條蛇終於被帶上了從不屬於牠的天空。

銳眼利爪，然而一物總有一物降剋，這樣的猛禽科，牠怕山裡的烏鴉。

好天氣我出外遊山，半山腰裡忽聽得空中惡聲尖嘶，抬頭正見一場廝殺，烏鴉對大冠鷲凌空搏擊。兩隻烏鴉自左右兩翼襲下，大冠鷲倉皇逃離，卻凌空絆了一個大觔斗，腳爪朝天，直直墜落，山谷深淵雙翅竟幾乎等同殘廢。而烏鴉連連窮追不捨，我清晰看到大冠鷲的利爪朝天虯曲，此一刻急險但抓不住任何依憑，急速在空中劃過倉皇落敗的一幕。狼狽中我忍不住愕然，驚疑裡尖聲未叫出口，但見大冠鷲半空翻身揚起，使勁搧翼，低低掠過山谷遁入莽林裡去。而烏鴉，迤迤振翅，高空飛掠，無事一般朝懸崖而去。

大冠鷲怕烏鴉，這真是奇異。到底什麼因由與宿怨我不知，但是山裡人大半都知道大冠鷲怕烏鴉怕得兩腳朝天，大冠鷲被烏鴉攻擊得倉皇而逃是山裡人常見的一幕。我嘗預設和領域、食物有關？然大冠鷲食蛇、食蜥，而烏鴉雜食或嗜腐肉。大冠鷲領域性不強，那麼是烏鴉為護領域主動攻擊囉，可是烏鴉又有移棲行為；想想不得究竟，難不成後來者驅離先至者，烏鴉的海盜行為是與生俱來。有時我試著探索，對著盤旋的大冠鷲發出枯燥而單調的囂聲，像烏鴉一般「啊——啊——」怪叫，果真看到大冠鷲遠遠飛離，不知什麼意思。可也有時不靈，我叫我的，牠依舊凌空盤旋飛翔，在氣流裡滑行如常。我的聲音是假的，想來如果被牠識破，定然亦覺人類可鄙。

不過烏鴉好打群架，顯然不義，笨拙的身體，飛行緩慢，頂著一張巨型的大嘴，一場廝殺，我從不相信憑的是牠勇猛風暴的本領。但是大冠鷲學不會烏鴉一起聯手抗敵，倒也真是生物差異，習性使然吧！

山上有戶茶莊，主人無師自通，學了一身製作標本的本領，家裡八、九、十隻皆是猛禽科的鳥類，大冠鷲、鳳頭蒼鷹全成了標本，展翅的只管展翅，獨立枝梢的只管獨立枝梢，本來挺有趣的生命，可一動也不會動了。

茶莊主人說，猛禽科的鳥類，肉質腥而且硬，連狗也不吃。他是怎麼知道的，我聽了不忍往下細究。他見我神情愕然，又道這些野鷹不知吃了他多少隻雞。鷹鷲守候牠的獵物往往有豹的習性，久久佇立枯樹枝頭，蟄伏半日以上。螳螂捕蟬黃雀在後，他置下網羅捕捉也得以同樣的耐性。說起耐性，豹的習性，守候獵物曾可蟄伏長達一日一夜，凝止、專注、不吃不喝，關於人類，當然是比不上的，只會暗裡設下陷阱。做了標本的大冠鷲與鳳頭蒼鷹，最後的生命被禁錮在灰塵裡了。牠們有的還展著翅，但是永遠不會動了，無法選擇的姿勢，關於生命，我永遠不會需要一個標本。

不會需要一個標本，但是我一直收著一根大冠鷲的飛羽。剛來山裡的時候，在山路上看見山童手裡拿著一根長約三十餘公分的羽毛，雄健、壯美。山童說是老鷹的羽毛。那時我還不認識大冠鷲，只見黑色的飛羽中間有一截帶灰的白色，這一截灰白正好做了我查驗資料的特徵，證實了是大冠鷲的飛羽。山童說是在山上撿到的，我便向他討了一枝，拿在手裡又費人猜疑，一枝雄健成熟的飛羽，是因為戰敗失落，還是更有其他，我持著飛羽，答案在無言的山裡。

好天時，大冠鷲總在山頂盤旋，我難得看到牠停立枝梢。想牠飛行時明顯一條白色翼帶，低空滑翔清晰可見，一條會動的白色翼帶，風呼呼的流過尾梢就成了我指認的特徵。天空闊朗，寬廣、安寧、平和的家是所有生物的夢想，我常坐在書桌前聽牠愉快的鳴唱。ㄈㄧㄜㄈㄧㄜ，愉快來自內心，藍天青麗，盤旋的氣流充滿了溫柔的情意，我希望可以永遠這樣，坐在我的書桌前，不必抬頭，但是知道風雨平和，ㄈㄧㄜㄈㄧㄜ，晴朗的日子永遠有大冠鷲在那兒鳴唱。

作者簡介

——凌拂（1952-），創作文類以散文、兒童文學為主。曾獲時報文學獎、聯合報文學獎、時報開卷好書獎、聯合報讀書人最佳書獎、洪建全兒童文學獎。代表作品：《世人只有一隻眼》、《臺灣的森林》、《與荒野相遇》、《甲乙丙丁：十七個寬容等待的教學故事》、《童詩開門》、《中國兒童寶庫：六朝志怪》、《木棉樹的噴嚏》、《帶不走的小蝸牛》、《有一棵植物叫龍葵》、《無尾鳳蝶的生日》、《五月木棉飛》、《畫字》、《天上的魚與木棉》、《學校一百歲》、《山・城草木疏：綠活筆記》等。

養神

唐捐

我坐在老舊的供桌前，攤開一本書。午後無風，淡淡的檀香在凝滯的空氣中困難地游動。煙霧裊裊，在房間上空構成一條不絕的河流，發源於香爐，再由窗口注入渺茫的大氣。在這夏日沉沉的午後，一縷輕煙從發生以至竄滅，差不多需要十五秒；當然，若是氣流暢順，也可以在十秒內完成。然而新水續舊水，新煙與舊煙攪拌在一起，其實是很難分辨的，如一種渾沌的意念。

我坐在這裡，讀書、寫字、整理一堆雜亂無章的文件。

日過中天，陽光由窗口斜斜地射入室內。我起身拉下窗簾，黑暗伴隨著無法出走的煙霧，慢慢積累下來；溫度上升，汗臭逐步融入空氣中，改變了暫時穩定的氛圍，室內更加沉悶。我好奇地觀察，逐步上升的汗臭怎樣突破同樣逐步上升的檀香，在鼻腔裡取得分量，進入意識且麻痺意識，我怎樣感覺到它的形成、壯大、固定，以至漠然不覺。

我感覺到自己的存在，同時也感覺到不只自己存在。

你冷靜地盤坐在神龕之上，手執寶劍，狠狠瞪視著在煙霧中吃力飛行的蜜蜂。我拉開窗簾，讓頭昏的蜜蜂和黑暗和煙霧和汗臭一起奪門而出。蜂巢用一截挖空的樹幹製成，懸在鄰居的簷下。蜜蜂馴順地到屋前屋後搜尋花粉，帶回人工的巢穴，因為蜂王坐鎮其中。刺眼的陽光持續照耀進來，你坐鎮廳堂，腳下踩著一龜一蛇，年前才換上的錦袍已沾染些許煙垢，臉上的表情卻是日久而長新，這樣威武莊嚴，絕不皺眉瞬目。

我有點怕你，但蜜蜂可能並不，燕子也是。你記得嗎？一個飄著微雨的黃昏，燕子從敞開的玻璃門闖入。面對著陡然變窄變硬的天空，顯得十分緊張，體內的導航機制忽告失效，一時竟無法飛回陽臺上方的巢穴，遂在室內倉皇跌撞，如狂亂揮舞的手掌。我舉起掃帚，想把牠引導出去，沒想到牠更加緊張，終於撞翻了供臺上的酒杯。你好像始終沒有生氣，說不定早就忘了，要不然空著的那隻手，現在可能會捉著燕子。

我跟你開玩笑，但以前可不。

我是怕你的，但並非從來如此，這跟潘老師有關。她是我小學二、三、四年級的級任老師，總是在課堂上熱心地介紹唯一的真神。那時她有五十多歲了吧，白髮、皺紋、微弱平緩的聲調，總是讓人聯想起街上大廟的廟祝。她告訴我們，神明只是無知無識的木偶，祭神拜佛則是愚昧荒唐的行為。打開課本，有一段國父年少時折斷神像手臂的故事，她說，正可見偉人的勇敢與睿智。那時母親向你祈得一包香火袋，繫著紅線圈，要我隨時掛在脖子上。我卻只敢在放學後戴，上學途中就悄悄拿下來，藏入隱密的口袋。你知道，當時我已開始去教會了。我還記得裡面的大人除了老師外，只有打針的郭先生和太太。老師領著我們唱聖詩，聽聖經故事，祈禱，最後分一把糖果。老實說，那是童年許多美好的經驗之一。當時最覺得新鮮的是在教室裡講國語的老師，竟然用臺語領著我們念聖經。

教會就在舊居隔壁的隔壁，園子裡種有柿子、枇杷，平日就是我們玩耍的地方。但一到禮拜天，我卻得悄悄地溜進去，生怕被家人或鄰居看見。「牛羊有出大聲，嬰仔攏無驚，這細漢主耶穌，攏無吼一聲。主耶穌我愛你，懇求你通暝來倚在我身邊，到天光之時……」樂音飄向沉靜的街坊，我的歌聲和別人的混在一起，但我仍然擔心被認出來，刻意壓低嗓子。這並非多慮，有一個禮拜天我和哥哥在屋後的土豆田裡除草，聽到教會裡傳來的歌聲，我就清楚地分辨出阿雞和果仔破爛的聲音在老師流暢的風琴聲裡上下浮沉。拔著雜草，聽著聖詩，我因為自己的缺席而感到惶恐歉疚，想像自己的心裡也長出一些雜草。

是的，我也怕上帝，可是祂住在我家隔壁的隔壁，你卻住在我家。而且對祂的敬畏，足以治癒你帶給我的惶惑不安，何況祂手裡一向不拿武器。

換了級任老師以後，不再有福音濡染耳目，禮拜天我們寧願到野地裡搜求鳥巢與野莓，再也不肯上教會唱歌了。但你只是一塊木頭，這個觀念已植入我的神經。上香膜拜之際，我再也不能像母親那樣虔誠恭敬，聽著她喃喃向你祈求的話語，我的心神恍如飄飛的煙霧無法收束於一個定點。而你，在我往後成長的歲月裡，也絕少入夢現身以相感應，彷彿我們的緣分已盡。

沒想到離鄉多年，竟然常常無端地想起你。起先我想那是一種對於舊「物」的眷戀吧，就像掛念屋左的楊桃樹是否結實纍纍，百尺外的水塘是否滿溢。然而就算是物，也不能與周遭的人事無關。質樸的木石，一旦鑄為神像，供於高堂，便已吸納人間點滴情愫，取得意義與價值。即使你真的漠然無識，我喃喃的傾訴也將成為一場與自我的對話。而若有靈，則我的獨白或許將在某個夢裡得到回應。你的眼睛便是一部無微不至的攝影機，見證著潺潺流過的悲歡愛恨。

你就這樣飄遊於虛實之間，不盡可信也不太可疑。

我點燃三炷清香，試著邀請你一起來回味那些遙遠的典故。回想你出世以前，盤據在一株檜木中央，隨它擴充伸展，直到有一天遭遇一枝斧頭，遂在匠人的敲擊下甦醒過來，永遠凝成這個姿勢。我的曾祖父（你記得他嗎？）用他震顫的手從松柏坑的本廟裡將你捧回。當時你那古老的靈體，剛從母胎中分娩而出，進駐這斧痕猶存的一尺四寸的木頭，應當也有些生疏吧。但是後來你連曾祖父的大腦皮質也很熟稔了，據說你常蒞臨其中，啟示玄機。他終於在山腳找到一塊風水甚佳的田宅，其地陰濕，地脈橫行，正是堪輿家所謂蟹眼。後來果然家道興旺，田產逐漸累積。大家都相信，這是你的福佑所致。

再來便是我那敗家的祖父，你看著他出世、成長、衰病，看他親手把你撤離神龕。據說那時正值刺竹開花田螺產卵的季節，死對頭請得高人偵知我家陽宅的奧妙，竟在四周遍灑石灰。隔日清晨，只見廳前堂後到處布滿暴斃的白蟹，清掃起來，足足有十畚箕之多。從此地靈傷破，據說要等一甲子才會復元。接踵而來的，你知道（如果你能知道的話），是一連串的變故與喪亂。最後，三歲喪父七歲喪母的父親，不得不離鄉背井，由南投遷至嘉義，數年後，又遷來屏東。在戰亂時期，人們頻頻躲避美軍的空投，你也從堂上撤退，躲入鐵筒，藏進地下的倉櫥，以免罹火。幾番滄桑之後，家人各自奔飛，絕少平靜的時日。你竟淪落筒中數年之久，直到父親稍稍安定，才從叔公家把你迎奉過來。

家族的滄桑史像神話般敻遼而難以稽考，你睜了數十年的眼睛仍然堅定可靠。你因有靈而受到膜拜，因失靈而蒙塵；然而歲月流轉，人事消散，你與我們朝夕相對，像家人般親暱熟悉，靈不靈驗似乎不再那麼重要。像家人般，我們和你相互親愛也相互怨懟。記得嗎？我想你應該記得，不記得也沒有關係。在一個全家人都快發瘋的溽夏裡，門窗搖顫、碗盤碎裂，屋宅裡正經歷一場怒火恣虐的災難。平常對你最虔敬的二哥，指著你說，用斧頭把祂劈掉算了。

那是哥哥一時的氣話，他是比誰都愛溺你的。其實年少的時候，我也曾想過將來要把你趕走，只是沒說出來而已，說不定你早就知道了。

二哥在北部成家以後，又另行奉迎了多尊神明。大哥從小就喜歡出入道觀佛寺，家裡堆滿各式各樣的教籍善書。只有我，最與鬼神無緣，偶然路過出名的大廟，總是沒有燒香的興味。可能你已化身為三，在我們兄弟間的胸臆中分別建立神龕，經歷不同的變化，展現不同的形象。就像你的本尊坐鎮九霄雲天，而分靈於人間大小廟宇，再從廟裡分至千門萬戶。那些分身若回到天庭聚會，恐怕氣味未必能相投，甚至已認不得彼此。我胸中供奉著的你，當然也沾染了我的精神意氣。

自私、優柔、脾氣時好時壞。

我要是你，寧願待在天外，通過三、五靈人，偶然惠示神跡聖裁，同樣可以教化蒼生，大可不必住到百姓家裡，委屈於狗屋大小的龕座。可是，話說回來，你可能不是自願的。你的母胎，既非等待斧鑿的樹身，也不是簽發派令的天庭，而是世人「多情多感仍多病」的心。一朝心血來潮，突然認定天公已播下種子，心臟受孕了，終於分娩出一尊神像。你在天上見他們萬分虔誠地膜拜，若有其事，不禁為之悲憫感動，遂分一匙靈駐蹕其中，以坐實他們的想像。人們需要你。你知道。據說在遠古時代，一度民神雜揉，以致天下失去了倫序，聖王憂之，乃擘立許多制度，規定只有廟堂巫者能夠與神溝通，使天上人間保持一定的距離，史稱「絕地天通」。不知道後來仁人君子怎樣又把你們誘騙到擾擾紅塵來？想來無非是利用神性的弱點，不可救藥的慈悲吧。也許，什麼事也沒有，一切都是與生俱來的幻象，搜神錄鬼，不過是人們逼視自我的歷程而已。滌除了絕對的敬懍，我逐漸領會你豐饒多姿的內蘊，這樣與你對坐傾談。

煙霧的形跡已被暮色吸納殆盡，但氣味猶然頑強地鑲在腦海，失巢的燕子在如墨的空中啾啾鳴叫，三兩隻蜜蜂還逗留於晚開的桂花。我從木椅上起身，坐進另一張木椅，斜靠椅背，閉目養神。

作者簡介

——唐捐（1968-），本名劉正忠，詩人、散文家、文學評論者。著有《網友唐損印象記》、《無血的大戮》、《金臂勾》、《蚱哭蜢笑王子面》等詩集，《大規模的沉默》、《世界病時我亦病》等散文集，曾獲五四獎（青年文學獎）、年度詩獎等眾多獎項，目前任教於臺大中文系。

秋風狐狸

柯裕棻

入秋以來下了兩場粉飾太平的小雪，隔夜就謊言般不著痕跡地融了，雪後依舊晴日靜美，滿城楓葉灼灼，秋葉睜著狐狸的眼，亮晶晶的好像什麼都沒發生過。

我住的樓太高，不拘晴雨四季都是與世無爭的靜，幽窗棋罷的涼。窗外徘徊的只有風和日影，遠遠的彷彿可以看見風的浩浩來處，碧清清像太初的光。

偶爾從湖的那一端，沿著群樹枝枒攀緣而來淺淺的霧氣，瀰漫簷下如清夢。陽臺下望盡是人家的後院、屋頂和樹梢，總是悄無人煙（一切的峰頂是寂靜）。教堂一天敲三次鐘。早餐喝咖啡吃麵包。烏群唱孤單的歌。三株白樺兩落梧桐，每棵樹站著一個安分守己的靈魂。

有時又實在靜，絕對沒有風，四處都沒有。外面的橡樹連眉頭也不皺一下（樹尖沒有一絲嘆息）。宇宙清寂，秋山比橘子果凍還要明澄可口。遠處關關無倦的鳥聲啁啾（群鳥在林間歇憩），簡直甜美如承諾，幽遠如未來。

年來生了幾場不大不小的病，進出醫院幾次，休養也修行，竟彷彿有些人生領悟似的，對世事漸漸不聞不問了。入秋之後我用盡一切藉口無所事事。寫長信給從前的朋友，修葺一株回天乏術的盆栽，在網路裡迷途，喝淡一壺凍頂，時常在窗前讀書一下午，心裡靜得完全沒有心得。久慣獨居之後，連咫尺的書店也覺得天涯了。整日整夜不倦醒著，在高而涼的小樓裡魂也似地思索人間煙火。

有的時候朋友來午餐，對話稀稀落落如同三明治夾的生菜，冷冷乾乾在嘴裡反覆嚼著。我因閉門過久，應對遲緩得彷彿古墳裡的壁畫，久久，久久，剝落一小片，窸窸窣窣，一些不規則的碎屑，偶然掉一大塊，嘩啦一聲就沒有下文了。朋友的情況也一樣寥落，像古墳裡的燈，什麼也照不見，黯淡得很。寥寥地，我們討論寂寞與歷史，戰爭與和平。大而無當的主題，說著說著就沒話了。我們的心緒慢慢的，隨著流雲落葉，沉積在他方。低首斂眉中聽完三齣不同版本的安魂曲，死生契闊。這個寂寞的世界，這樣空曠，叫人連眼淚都流不出來。

茶過三巡天色還很好，垂天之雲遠走高飛。沒有一棵楓因為我們的低迷而凋萎。我們是錯置的人物，在扞格不入的時空裡各做各的春秋大夢，朗朗晴空下各自的心裡秋風秋雨，完全不理會林鳥與秋山，和身邊的光陰也絲毫沒有關係。

後來我們決定出門去散步，說我們，其實是兩個人加上心裡的那些人與牽掛，為數頗眾，實在走不遠。說散步也不過是在湖邊的林子裡，這邊看看那邊停停，和松鼠差不多。走來走去，楓葉之外還是楓葉，芒花復芒花。到處是一層一層繁複的色彩，藍果紅莓，黃花橘葉，棕色的松果。林子十分擾攘忙碌，花栗鼠咬一顆橡實，浣熊緩緩踱步，灰兔豎耳傾聽間歇的腳步聲，知更鳥俯視我們穿梭的心事，蜂與蟲子哼哼數落我們的心不在焉。對這一切，我們回以視若無睹的手勢。這裡是另一個太平盛世，與我們心裡的荒蕪皎皎對映。日光從林葉間滲下來，落在地上都是小圓圈，清涼柔滑，幾乎不像真的，反而像某種用來做室內舞臺效果的人造物質。歡鬧的盛秋有種腐頽的美，我們的心情跟著林子騷動起來，彷彿一切就要來不及。我們預見這擾攘之後冬日的死寂，像個灰撲撲的背景道具，懸掛於每株彩楓之後。那是秩序的必然，所以誰也無可奈何。這一點，林子裡所有的生物都比我們更明白。

我們走出林子，來到臨湖的一片草地，將枯的芰荷密不透風覆著小灣，造成陸地的錯覺。細看之下還是很難恍然大悟，簡直可以就那樣踩下去，踏實地踩下去，一點也不懷疑，我的眼睛對心說謊。一條小船動也不動依著岸邊最安靜的柳樹。風從林子的那一邊躡手躡腳靠近，這裡嗅嗅，那邊蹭蹭，三步一回首，未及現身又匆匆踩著蘆葦，牽牽絆絆往山的方向走了。臨走又把豐美的尾端往我們頰邊柔柔一掃，謊言般不著痕跡，我們什麼也沒看見，怔怔的好像什麼都沒發生過，臉上卻沾著果凍般的風色。

這秋風一陣一陣的，像有隻狐狸跑過似的。朋友張望之後這麼說。

什麼意思。我問。

啊，聽說狐狸是這樣的。通常輕手輕腳地來，靜得很。忽地叼起一隻雞，就風一樣嘩嘩地跑了。你什麼都沒看見，運氣好可以瞥見三角形的耳朵和飄搖的尾巴從麥田消失。不過偶爾牠們也會停下來回頭看你，那時你千萬不要盯著狐狸看。

我笑著問，會被迷惑？

你會忘記你見過牠。

原來有這麼魔魅的眼神，這樣驚豔的失憶，可以抹掉自身的出現，否認一切的相遇，而且是以對方的無知無感為其謊言假象的基礎。一種極其妖嬈卻不願意被記得的動物。我莫名其妙為這種虛假的存在關係感動，不知道為什麼，有似曾相識的熟悉感。我忽地感覺時間停了一下，在我胸口輕輕一擰，又流逝了。我什麼都不記得，好像什麼都沒發生過，可是有一星什麼火花，流螢也似在心裡某個幽暗的地方，一閃一閃地旋晃起來了。

可能是為風狐嘲弄的結果，我著了魔一般不由自主絮叨一些沒齒難忘的誓言，以及另一些咬牙切齒想遺棄的前塵。除此之外，還有淺薄的祕密與深切的期盼，倨傲而且充滿偏見的夢想。一大堆的錯。謊言是說不完的，錯誤是犯不盡的，我說著說著，一切漸漸成了格言，有些一不小心就有了寓言的教訓。恍惚想到一隻遠走高飛的狐狸，眼睛明澈得和風一樣。什麼都不記得，又幸福又寂寞。

朋友輕輕唱歌了。聲音飄在風和水的表面。

漸漸晚了，暮色沿著樺樹的刻度，一格一格滑下來，小心翼翼扶著我們的肩，什麼也打不破，不管是承諾還是沉默。什麼都沒發生過。霧起了，錯得更濃了。天涼了，眉目更冷了。我們俯首前行，心無旁騖。這湖邊只有一條路。

秋蟲唧唧復唧唧，晚秋騷夜。我們悄悄的，悄悄的從風的背後走過。小船還在，湖水在晚煙中迷離，以淚眼矇矓相望。實在不知道那一波一波的懇求是什麼，我們回以狐狸般怔怔的沉默。

野渡無人舟自橫。不語似無愁。零星的回憶在原野閃爍若螢火向晚。

（等一等，啊等一等。你也即將安寧。）

歌德安寧在括弧裡。

晚上降霜，秋天輕輕一跳，狐也似的不見了。

作者簡介

——柯裕棻（1968-），臺灣彰化人，生於臺東。美國威斯康辛大學麥迪遜校區傳播藝術博士。現任教於政治大學新聞系，研究主題為電視文化與消費社會。曾獲華航旅行文學獎、時報文學獎、臺北文學獎等。著有散文集《青春無法歸類》、《恍惚的慢板》、《甜美的剎那》、《浮生草》、《洪荒三疊》，小說集《冰箱》，編有對談錄《批判的連結》等。

理想的下午

舒國治

理想的下午，當消使在理想的地方，通常這地方是在城市。幽靜田村，風景美極，空氣水質好極，卻是清晨夜晚都好，下午難免苦長。

理想的下午，有賴理想的下午人。這類人樂意享受外間。樂意暫且擱下手邊工作，樂意走出舒適的廳房、關掉柔美的音樂、闔上津津有味的書籍，套上鞋往外而去。

也只是漫無目的的走，看看市景，聽聽人聲。穿過馬路，登上臺階，時而進入公園，看一眼花草，瞧一眼池魚。揀一方大石或鐵椅坐下，不時側聽鄰客高談時政，嗅著飄來的香菸味，置之一笑。有時翻閱小報，悄然睏去。醒來只覺眼前景物的色調略呈灰藍，像套了濾色鏡，不似先前那麼光燦了，竟如同眾人散場多時只遺自己一個的那股辰光向晚寂寂。然一看錶，只過了十五分鐘。

理想的城市最好有理想的河岸，令步行者視野清敞：巴黎的塞納河恁是得天獨厚。法國人最懂在河的兩岸構建壯觀樓宇，供人幾百年來遠眺景仰歎讚指認，這或許沒有一個城市及得上它。塞納河洵是巴黎最富流暢最顯神奇的動脈。即河上的一座座橋梁亦足教人佇足依依。紐約的東河、赫德遜河，柏林的史普利河，臺北的淡水河等皆非宜於悅目散步的岸濱。

然而理想的下午，也常發生在未必理想的城區。不是每個城市皆如巴黎。便在喧騰雜沓的自家鄙陋城市，能鬧中取靜，亂中得幽，亦足彌珍了。

理想的下午，要有理想的街樹。這也是城市與田村之不同處。田村若有樹，必是成林的作物，已難供人徜徉其間。再怎麼壁壘雄奇的古城，也需有扶疏掩映的街樹，以柔緩人的眼界，以漸次遮藏它枝葉後的另一股軒昂器宇，予人那份「不盡」之感。然而街樹成蔭的城市，舉世實也不多。舊金山先天是一砂丘，僅公園裡有樹、路上及人家皆養不出什麼樹來。高度發展的城市，如紐約、倫敦、東京，則早傾向於權宜之投機、把樹集中在大型公園裡，美其名為都市之「肺」。倒是開發不那麼急切的紐奧良、斯德哥爾摩等中型城市，樹景頗佳。

理想的下午，宜於泛看泛聽，淺淺而嘗，漫漫而走。不斷的更換場景，不斷的移動。蜿蜒的胡同、窄深的里巷、商店的櫥窗，就像牌樓一樣，穿過便是，不須多作停留。博物館有新的展覽，如手杖展、明代桌椅展這類小型展出，或可輕快一看。

走逛一陣，若想凝神專思片刻，見有舊書店，也可進入瀏覽。一家逛完，再進一家。有時店東正泡茶，相陪一杯，也是甚好。進店看書，則博覽群籍，不宜專守一書盯著研讀。譬似看人，也宜車上、路旁、亭下、河畔，放眼雜觀：如此方可世事洞明而不盡知也。

山野農村所見不著者，正是城市之佳處。卻又不宜死眼注看，以免勢利狹窄也。兩車在路口吵架，情侶在咖啡店鬥氣，皆目如垂簾隱約見之即可。

理想的下午，要有理想的街頭點心。以使這下午不純是太過清逸。紐約的披薩、熱狗顯然不夠可口：一杯 Egg Cream（巧克力牛奶冰蘇打）倒是解渴沁脾。羅馬、翡冷翠的甜點蛋糕，鮮潤振人心神，口齒留香。臺北的蔥油餅，員林的肉圓，王功的米糕冰棒，草屯的蚵嗲，北京的烤紅薯，也是好的。最要者，是能邊走邊吃。

有時在廣場或車站，見有人群圍攏，正在欣賞賣唱的或雜耍的，佇足欣賞，常有驚喜。巴哈的〈上帝是全人類的愉悅〉以電吉他鏗鏘流出音符，竟是如此的振你心弦，一波推著一波，教人神往好一片時。流動的賣藝者，一如你我，也是期待一個佳良的下午，一個未知的喜悅。

理想的下午，常這一廂那一廂飄盪著那屬於下午的聲響：人家牆內的麻將聲，劃過巷子的「大餅—饅頭—豆沙包」叫賣聲，修理皮鞋雨傘的「報君知」鐵擊聲等，微微的騷撥午睡人的欲醒又欲依偎，替這緩緩悠悠難作數落的冤家午後不知怎麼將息。聲響，一如窗外投進的斜光，永遠留給下午最深濃的氣味。多年後仍舊留存著。聲響及光線，也竟然將平白的下午能以時代劃分濃淡氛味：四十年前那個時代似就比今天渾郁。

音樂，豈不亦有下午的音樂？沙替（Erik Satie, 1866-1925）的〈我要你〉（Je te veux）像是對美好下午最雀躍的禮讚。

理想的下午，要有理想的陣雨。霎時雷電交加，雨點傾落，人竟然措手不及，不知所是。然理想的陣雨，要有理想的遮棚，可在其下避上一陣。最好是茶棚，趁機喝碗熱茶，驅一驅浮汗，抹一抹鼻尖浮油。就近有咖啡館也好，咖啡上撒些肉桂粉，吃一片橘皮絲蛋糕，催宣身上的潮膩。俄頃雨停，一洗天青，人從簷下走出，何其美好的感覺。若這是自三十年代北京中山公園的「來今雨軒」走出來，定然是最瀟灑的一刻下午。

理想的下午，常伴隨著理想的黃昏：是時晚霞泛天，襲人欲醉，似要替這光亮下午漸次的收攏夜幕；這無疑教人不捨。然下午所以理想，或在於其短暫。

一個世故豐蘊的城市，它的下午定然呈現此一刻或彼一刻悠然怡悅的氣氛，即使它原本充塞著急急忙忙的工作者與匆匆促促的車陣。

為了無數個這樣的下午，你我一逕留在城市。然在隨時可見的下午卻未必見得著太多正在享用的人。

作者簡介

——舒國治（1952-），生於臺北，原籍浙江。先習電影，後心思移注文學。七十年代末以短篇小說〈村人遇難記〉獲時報文學獎而深受文壇矚目。一九八二年寫完《讀金庸偶得》，有頗長時日擱筆。一九八三至一九九〇，七年浪跡美國。返臺後所寫，多及旅行，被譽為臺灣旅行寫作的重要奠基者。著有《門外漢的京都》、《流浪集》、《理想的下午》、《臺北小吃札記》、《水城臺北》、《臺灣小吃行腳》、《臺北游藝》、《宜蘭一瞥》、《雜寫》等書。

佛跳牆

1999

林文月

傳說古早時候有個乞兒，將從富人家分得的殘羹冷炙在某所佛寺牆角冷僻處生火燴煮起來準備充飢，結果香味溢播，竟引得寺廟內的和尚垂涎欲滴，翻牆出來向乞兒索食。

這個說詞顯然屬望文生義，也無從考查；但這一道菜肴多聚山珍海味之葷食，竟能令「佛」跳牆，可見其味美自有源由了。

第一次聽到這個奇特的菜單，是在兒時，於母親傳述外祖父的零星往事之際，無意間耳朵捕得了這三個字。外祖父連雅堂先生中年時代於《臺灣通史》完稿後，曾有一段時間舉家居住於臺北的大稻埕（即今延平北路一帶）。由於地緣近著名的餐館「江山樓」，故而每常與北部的騷人墨客飲宴於其間，而該樓主人也頗好附庸風雅，對於雅堂先生尊崇有餘，逢年過節每以佳肴敬奉至府。其中，外祖父最喜愛的，便是「佛跳牆」。

不過，我真正嘗食佛跳牆，卻是在多年以後。我們的家庭自上海遷回陌生的故鄉臺灣；我個人則已自童年步入少女時期。當時，父親出任華南銀行的戰後第一任總經理之職。猶記得華南銀行招待所有一位資深的廚師，我們都隨父母親稱呼他「吉師」。所謂「師」，是「師傅」的簡稱，亦是對於廚師的尊稱；至於「吉」字，合當是那位廚師的名字，當時大家是以閩南語為稱，我們只知發音不知其字，而到如今長輩都已過世，也無從求證了。巧的是，那個我們都會稱呼的名字，竟與乞兒膾燒佛跳牆彷佛音同或音近，而吉師最拿手的佳肴之一，也正是這一道閩南菜最具特色的佛跳牆。

父親平日忙於事業，只有在星期日才會有較多的時間與子女相處。我們往往會全家去北投的華銀招待所，一方面享受洗硫黃味甚重的溫泉浴，一方面也享用一頓豐盛的臺灣菜。吉師在冬季裡，往往會為父親和我們準備這道味極濃郁的佛跳牆，雖然在其後的日子裡，我也在別的場合吃過同樣的菜，但似乎皆不及少女時代與家人同嘗過的吉師的手藝高妙。

後來，我自己也試著回味往日的記憶去烹調這道閩南佳肴，反覆試驗後，方始悟出原來那個看似附會的故事，竟是寓含著道理在其內的。所謂「乞兒」以乞白富門的冷炙與殘羹燴煮，其實正是佛跳牆烹飪的要訣所在。此菜肴宜將許多分別烹煮過的山珍海味匯集而蒸煮，卻不宜將同樣的材料於一鍋之內燴煮出來。

佛跳牆的素材相當多，卻沒有一定的規格。大體而言，所不可或缺者為：魚翅、海參、魷魚、豬腳、豬肚、香菇、芋頭、紅棗；此外亦可視情況而加入小排骨、鵪鶉蛋等。而這些材料多須事先分別予以調製好，魚翅與海參不但需要煮發好，而且更要分別燜煨或紅燒妥，一如前篇所記。手續相當繁雜，所以我通常都會在製作魚翅或海參之際，預先留下一部分，儲藏在冷凍庫內。佛跳牆是聚眾多素材所成之菜肴，每一種所需要的量不多，約在客人每一碗中各味材料有一小撮或一片、一塊即可，故而魚翅若留兩小碗，海參存下兩、三隻便足夠了。

豬腳及豬肚亦須先按照一般燒滷的方式備妥，唯因尚須與別物匯聚而蒸，所以不必太軟，以略有韌性咬勁程度為宜。若想再配加小排骨，則可先予切塊，在熱油中炸至外帶脆黃而肉呈六分熟者為佳。豬腳切成約寸半許塊狀，肚子則斜切為寸半長。各物都要以適合入口之大小為準。

魷魚以乾貨浸泡水，較市場上已發者為味道鮮美。浸發過的魷魚，切成寸半許長，而在肉上用斜切刀法輕輕劃出縱橫紋路，可收熟後捲曲的美化效果。至於浸泡的水，可以留用。香菇與紅棗亦皆事先浸泡使開張。芋頭則去皮後，切為一寸立方塊狀，並先在油鍋中略炸，可以防止蒸熟後形體毀散。

各種素材準備停妥後，取一個大型有蓋的深瓷容器納入。通常，佛跳牆都有一定的容器，其形制如花瓶，肚大而口略收之白底青瓷器，由於需要蒸煮時久，所以瓷質較為堅固厚實。於此深碗底，先鋪排炸過的芋頭，然後依序再一層層羅列豬腳、豬肚、小排骨、魷魚、香菇和紅棗等物；最後才鋪上魚翅與海參。各色材料鋪排妥當，以不超過全碗的六分滿為準則；此則為預留注入高湯之容量。

佛跳牆所用的高湯，以取自各色材料的製作過程中所自然產生之湯汁為基礎，例如魚翅之羹湯、海參之濃汁，豬腳、豬肚之滷汁少許，以及發泡魷魚、香菇之水分，皆可留用。但這些用料的湯汁都十分濃膩，故不宜多取，僅需少量羼合即可，如若有去油層之清雞湯，可予調入一、兩碗，以沖淡各種素材原汁的濃度。最後嘗試鹹淡，撒入一點胡椒粉，以及約兩茶匙的紹興酒，勿使湯超出碗的九分滿，蒸煮滾沸之際才不致溢出碗外。

大而深的瓷甕，至此因容納了眾多素材，且注入九分滿的高湯，所以相當沉重。口上可以加蓋，但若加了蓋子，往往會變得太高，所以我通常喜歡用鋁箔密封，既能封口使蒸煮的水分不致滴入碗內，又可以減少整個容器的高度。甕口封妥後，需要一個更大的深鍋來隔水蒸煮。一般家庭鮮少有那麼大的鍋子，故而可以使用市面上呈三層式的鋁製蒸鍋，擱置上面二層有洞的部分，只取用下面盛水部分及其隆起的鍋蓋。

將瓷甕放置入蒸鍋中央部位，徐徐注入清水；水無需太多，多則往往令甕浮動不穩，故以淹過甕肚約五、六分高之量為宜。甕本身之重量，加上蒸鍋之內已注入相當多的水，至此全體總量更為沉重，所以不妨將蒸鍋事先安置於爐上，省免搬運之勞。爐火先須旺，等水開沸之後，可以轉弱，維持蒸鍋內之水繼續滾騰即可。這時候，鋁製的鍋蓋可能因水氣不斷沖頂而浮震擾耳，可用一小而有重量之物（例如磨刀石）平置於鍋蓋上鎮壓之，既可防止擾耳之聲，又有助於減少水氣過分外散。

蒸煮的時間大約為四十分鐘到一小時，視甕之大小而定，以甕內諸物熱透且高湯滾沸為準；過久則各色素材本皆為烹製妥備之物，恐會爛熟致諸種味道互犯，故而時間之拿捏相當重要。一般而言，雖云有鋁箔、鋁蓋封加，甕內滾沸時仍不免有濃馥外溢，即可以關熄爐火，打開鍋蓋。

甕在熱水內蒸煮多時，水氣既極熱，甕亦十分燙手，故宜隔三數分鐘才戴厚手套將其提出。把鋁箔移開，香濃美味即刻撲鼻，可以在面上稍微撒一點胡椒粉，取甕蓋蓋上，即可端出饗客。

傳說中，乞兒燴煮富家殘羹冷炙的故事雖未必可信，但佛跳牆的烹製特色即在於各味分製，最後匯聚而隔水蒸煮；同樣的素材同鍋烹煮，卻效果全異，所以傳說之產生，亦不無道理了。

每次饗用這道頗費周章的菜肴時，墊底的芋頭塊往往是大家最欣賞的一味。因為芋頭本身不具特別味道，故而置於甕底，可以全然吸收各色材料及高湯的美味；而且略經油炸成塊狀，雖經長時蒸煮亦不致形體損壞，既鬆軟濃郁，又稍具有咬勁，是別種烹調方式所無法取代的特色。而每當嘗食此道佛跳牆時，我總是會想起少時闔家饗用吉師手藝的快樂時光。雖然父母已經先後作古，姊妹兄弟也都分散各地，有些甜美的記憶卻是永不褪色，舌上美味之內，實藏有可以回味的許多往事。

作者簡介

——林文月（1933-）

詳見本書頁二一六。

今晚飲靚湯

蔡珠兒

山頂纜車，男人街女人街，熾熱的快活谷夜馬，公屋窗口迎風飄展的「萬國旗」……這都是香港特有的視覺風景，至於香港的味覺風景呢？是鏞記燒鵝、阿一鮑魚，還是油麻地的大排檔？

都不是，香港最獨特的味覺景致，是尋常人家的老火煲湯。下午才兩三點，各家的廚房傳來一陣輕微騷動後，不久就開始氤氤氳氳地飄出氣味來，起初縹緲而平淡，還夾有生腥之氣與糙澀之感；漸漸漸漸地，那味道就像釀酒般醇了又洌了，頑冥化為乖馴，腥澀轉成鮮腴，原先的虛無縹緲也坐實為濃郁稠厚，此時已是華燈初上的薄暮時分，湯的氣味混合著萬家燈火，瀰漫懸浮在城市的半空中。

這是一個只有鼻子才能領略的風景，不管是淺水灣的豪宅還是深水埗的屋邨，黃昏夕照時，必定都浸淫在一片芬馥的湯味裡。在這個全世界貧富對比最尖銳的城市，只有一鍋「家常老火湯」鑽破了地域與階級的藩籬，日復一日鋪養著香港人的身體，滋潤著香港人的靈魂。

燒湯不難，大約誰都做得出一兩個拿手湯，各大菜系更少不了本門的招牌湯羹，然而能像廣東人這般取精用宏、鞭辟入裡，深得湯水箇中三昧的，天底下大概是沒有了。

廣東湯水的美味自不待言，而其烹調手法工謹考究，一絲不苟，選材搭配卻靈活多變、汪洋宏肆，充滿創意但又蘊涵格律，簡直自成一門博大精深的「湯學」，令我先是折服繼而著迷，竟喝上了癮，每天無湯不歡。

在此之前，我對自己的煮湯本領頗有幾分自得，紫菜蛋花湯、冬瓜蛤蜊湯這種基本功不算，臺菜中常上檯面的四神湯、苦瓜排骨湯、燒酒雞、酸菜鴨、螺肉魷魚蒜湯等，我都應付得來。嫁給上海人後，我又學了些「本幫菜」，什麼雪菜黃魚湯、油麵筋粉絲湯，還有用鹹肉、腿肉加扁尖筍燉出的「醃篤鮮」等，都能順手輕鬆拈來。坐井觀天，我不免躊躇滿志，以為中菜的湯汁之道殆在其中矣。

直到兩年前遷居來港，見識了道地的「明火靚湯」之後，我總算大開眼界，不禁暗叫慚愧，原來天底下還有這麼多好湯，我那幾招只算入門，離升堂入殿還遠得很哩！於是劍及履及，遂開始下工夫學煲湯。

廣東湯的品目浩瀚，基本上共有煲、燉、滾、燴四大式，其中又以煲與燉最具特色，由於講求火候，故名「老火湯」，一般酒樓餐館則叫例湯，每日必備，內容則隨節令時鮮而變化。港人常把湯水暱稱為「靚湯」，其實老火湯的樣子倒不漂亮，泰半呈茶褐色，上桌供食時先把「湯渣」撈起另置，湯水看來單薄木訥，然而似淡實濃，精華內蘊，一口入喉，令人頓覺齒頰濡香、口舌生津，通體舒暢熨貼，但又說不出究竟好在哪裡，無以名之，只能以一「靚」字來形容概括了。

老火湯的材料無甚出奇，大抵是禽畜魚貝加以瓜果菜蔬，再配佐中藥共治一爐，近似於臺菜中的「燉補」或「補湯」，諸如四物雞、當歸鴨、羊肉爐等湯品。不過我們通常在秋冬才吃補湯，廣東人卻是無湯不補，一年飲到頭，春夏兩季尤其頻密，因為要祛濕解熱、清潤降火——說來也怪，嶺南的中國人一到冬天就腎虛氣虧，夏天又總是肝火旺盛。

所以，煲湯的第一要領並非風味，而是效用，必須視乎寒熱濕燥等時令氣候，炮製出清潤或滋補等不同作用的湯水，以收食療調養之功。例如冬令須補中益氣，常見的湯有淮山杞子煲羊肉、糯米燉鯉魚，北杞黨參煲竹絲雞（即烏骨雞）、南瓜紅棗煲排骨、當歸紅棗燉牛腱、黑豆燉塘虱（即土虱）、杞子燉羊腦、南棗（一種黑棗）煲黃鱔、花旗參燉雞、火腿乳鴿燉花膠（即魚肚，魚鰾的乾製品）等等。講究的則用上較昂貴的材料，如水蛇煲老雞、火腿煲魚翅、鮑魚燉水鴨（即野鴨，秋冬常見的綠頭鴨）、冬蟲夏草燉水魚（即鱉，又叫甲魚），以及取自林蛙（哈士蟆）卵巢的雪蛤燉人參等等。

至於清熱去火的夏令湯水，花樣就更多了，一般的家常湯包括冬瓜盅、荷葉薏米煲老鴨、馬蹄竹蔗煲豬骨、昆布海藻煲豬踭、霸王花（一種仙人掌花）煲瘦肉、粉葛鯪魚赤小豆、沙參玉竹燉螺頭（一種大型的海螺肉）、椰汁鮮奶燉烏雞、眉豆節瓜煲雞腳、紅蘿蔔無花果煲生魚、西洋菜鮮陳腎（新鮮與乾製的鴨肫）、老黃瓜（逾期採收的胡瓜）蜜棗煲豬腱……等等，款式不可勝數。

嶺南自古是瘴癘之鄉，高溫多濕易致人病，南宋詩人范成大親身領教過，所以解釋道：

> 瘴者，山嵐水毒與草莽沴氣，郁勃蒸薰之所為也。（見《桂海虞衡志》）

此說雖不科學，但卻反映出中國傳統的見解，至今仍深入人心牢不可破，為了禦抵炎夏的蒸鬱濕毒，兩粵民間流傳著不少驗方，諸如五花茶、廿四味茶、竹蔗茅根水等飲料，以及用來煲湯的「清補涼」，內含芡實、淮山、蓮子、薏米、百合等藥材，可搭配禽鳥肉類燉煮，其味略似臺灣的四神湯。

粵人在夏日亦常犯「骨火」，周身關節筋肉疼痛，但並非風濕，乃因體內火熱燥氣所致，這時就要煲粉葛鯪魚湯或野葛生魚湯飲用。粉葛為山藥類的塊莖，可解熱發汗、開鬱散火，鯪魚則是一種廣東特產的小型鯉魚，有活血行氣之效，將二物配合生薑與竹葉熬煮，可收「去骨火」的功效，若加入赤小豆（不是紅豆）更能除濕解毒。

而有近似療效的野葛生魚湯，風味尤佳。生魚是一種學名烏鱧的池塘魚，離水之後尚能存活，因生命力強韌而得名，廣東人認為牠不但滋補，而且能健脾生肌、清熱祛風，用處大得很。手術後吃生魚有助癒合長肉，生魚煲紅棗可治肺結核，而與蜜棗、瘦肉共煲的野葛生魚湯，除了去骨火之外，據說還可治喉炎、腎炎、水腫、腳氣諸症，簡直神乎其效。夏季我經常做這道湯，不是要治病，是因為偏愛野葛。

野葛又叫葛菜或塘葛，學名蔊菜，是一種十字花科的野草，華南到處可見，其性寒涼，能清熱解毒。舊式的「涼茶鋪」，夏天常備有現成的葛菜生魚湯、羅漢果葛菜水外賣，可見其普遍程度。野葛微帶辛澀之味，最宜與肉類或魚介共烹，不但減卻湯汁的肥膩，而且平添一股隱約的草葉芳香，嗅之有如置身田野山林，未飲湯已令人暑氣大消。

並非所有的湯水都有寒暑分明的「時效性」，也有不少湯是四季皆宜的，例如青紅蘿蔔排骨湯、蓮藕章魚煲豬踭、木瓜雞腳湯、馬蹄白果（即銀杏）煲豬肚、金銀菜（小白菜與白菜乾的合稱）煲鴨腎、杏汁腐竹煲豬肺等等，都是本地最普遍的老火湯水，一般餐廳的「是日例湯」多在此列，超市也有現成調配好的湯料可買。剛學煲湯時，我就是從這些現成的「湯包」入手，幾次下來，漸漸揣摩出材料的搭配原則與比例。

老火湯重視「湯底」，內含的材料相當豐富，為了增益美味，經常合併使用兩三種葷料，例如雞肉配排骨、瑤柱（即干貝）配火腿、魚肉配豬骨等，主輔分明卻又融洽無間，極具巧思。而用得最多的輔佐葷料首推豬肉，又分豬踭、豬腲、瘦肉以及各式大小湯骨，用法也大有講究。豬踭是豬蹄內側的肉塊，俗名「不見天」，較為肥膩，適合與瓜菜等「瘦物」共烹，如老黃瓜、昆布海藻、蓮藕章魚等，配豬踭才能湯汁香滑。相反地，如果要搭配雞、鴨、魚等會出油的材料，最好選用瘦肉或湯骨。至於豬踬則是腱子肉，質瘦而腴，久煮不渣，適合用於燉湯，與鴿子、水鴨等禽鳥野味極其襯配。

煲湯另一不可或缺的要素，自然是中藥材。廣東湯的中藥不像臺式補湯下手較重，一般點到即止，選用的也多是清淡甘甜的材料，雖有中藥之名，其實更像食品，諸如北芪（又作黃耆）、沙參、（桂）圓肉、玉竹、薏米、淮山、芡實、蓮子、百合、黨參、羅漢果、銀耳、紅棗等等。最常用到的則是陳皮、蜜棗、南北杏、無花果、（枸）杞子等，因為這些材料不但有補益潤燥之功，而且有助調味，可使湯水清甜可口。

粵人喜愛陳皮，蒸魚煲湯煲粥都要用上一塊，說是可以化痰消滯，愈舊的陳皮愈值錢。蜜棗是蜜漬過的棗子，味甜又可治虛羸虧損，老火湯十有八九少不了它。南杏仁味甜，北杏仁味苦，以南十北一的比例混合即是南北杏，有潤肺生津之效，常與蜜棗共用，除煲湯外並可磨成杏汁或杏仁茶。無花果能健腸胃去痰火，枸杞子可滋腎補肺清肝明目，總之多吃錯不了，五臟六腑都能關照到。

要注意的是，陳皮須刮去內瓤才能烹煮，否則有濕熱之弊；紅棗則要去核才能入湯，否則會燥熱；而用粉葛、野葛等性涼之物煲湯，火候務必要足，否則會生寒傷腎。

對於食物的寒涼燥熱，中國人都有些基本概念，而廣東人不但深信不疑，還加以充分引申發揚光大，世代積累，建構出一套壁壘分明的食物指涉系統。例如斑鳩、麻雀性暖，可「補火助陽」；鴿子則清補，可解痘疹濕毒。雞肉屬燥火，但老母雞則不燥，可以補氣療虛。燉鴨有濕毒，老鴨則濕性減弱，可以滋陽補血；野鴨寒涼能滋陰解毒，而臘鴨則能降火氣……凡此種種不一而足，既嚴謹又荒誕，外省人咄咄稱奇大謬不然，老廣卻心領神會，恪奉不渝。至於傳統養生學中「以形補形」的信念，更是廣東湯水的重要靈感，所以花生雞腳湯可補腳力，白果豬肺湯補肺止咳，番茄牛肉湯可補血（二者皆為血紅色），魚頭煲和豬腦湯可止眩補腦，杜仲燉豬腰可治腎虛腰痛，菜乾鴨腎（肫）湯能增強脾胃，核桃排骨湯補腦益髓（核桃的紋路似人腦）；這些都言之成理，只有一樣我始終想不通：用乾墨魚燉豬手或桃仁，說是能調經滋陰，因為墨魚補血。但墨魚花枝這類東西，不是「沒血沒眼淚」，臺語還拿來罵人嗎？

總而言之，喝湯既要滿足口腹，也要有補療功能，進食與醫療的界線十分模糊。我認得一個英國人，在香港已住了好幾年，對此事依然大惑不解：

「他們這哪裡是吃飯？每天喝藥湯，倒像是長期治療，難道個個都有治不完的病？」話是說得外行，然而不無道理。來港後我以身相試，飲了一兩年的湯，也沒能脫筋換骨，體質仍是不好不壞；若說我「湯齡」太淺不足言效，那麼香港人從小喝到大，補了幾十年，似乎也未見奇蹟，此地的十大致命病因和其他國家相若，都是癌症、冠心病、糖尿病什麼的，而港人的平均壽命還比臺灣人低呢！

所以，老火湯未必是有療效的藥湯，倒是另有深刻的社會人倫功能。老一輩臺灣人每以「呷飽未？」來寒暄問候，而粵人的飲湯則更進一步，體現出親密的倫理關係。父母常交代外出的子女：「早啲返來飲湯啊。」而丈夫也常在下班前打電話回家問太太：「今晚飲乜湯呀？」湯水意味著家庭的歸屬與呵護，由身及心，把自家人緊密地綰結相連。

湯水是家庭特有的福祉與權利，無法與外人共享。港人常互相說：「第日（改天）一起飲茶啦。」朋友可以一起去飲茶、喝酒、吃「魚翅撈飯」，但飲湯則是個人私事，只能在私領域與「屋企人」或愛侶分甘同味。雖說酒樓飯館不乏汁濃味香的明火靚湯，但港人最推崇的仍是「住家老火湯」，不只真材實料「落足重本」，而且多了一分可貴的心意情感。

湯水雖然喝進腸胃裡，然而它的終點其實是頭頂上的「心」，這種把抽象情感物質化（或食物化）、身體化的傾向，突顯出廣東人與食物之間的纏綿情結，連帶地也使湯水染上幾分曖昧，例如「阿二靚湯」。阿二今稱二奶，即小老婆或外室，為了爭取歡心拴住丈夫，阿二學會了煲一手好湯水，以是得名。幾年前香港有餐廳以此為名，專賣湯水，問世後大受歡迎，連鎖店迅速蔓延，可見

「阿二靚湯」雖語含譏貶，卻在市場頗有號召力。

不過我想，如果純粹是為了佞媚邀寵，阿二不可能練就一手功夫，烹飪就像其他的技藝一樣，必須高度投入長期磨練，沒有興趣怎熬得住？阿二的煲湯本事，必定是一再嘗試、不斷研究與新創的成果，其中有許多不足為外人道的訣竅。

最後，我綜合了多位阿大阿二、阿爺阿婆、彌敦道上的路人甲乙丙丁，以及我自己的心得，把煲靚湯的祕訣獻曝如下，聊搏此中同好一哂。

一、煲湯前先妥善處理材料，禽鳥、肉類須略加燙煮，沖淨血水骨渣。魚類最好先油煎去腥，乾貨、藥材須先發泡洗淨。

二、等水滾沸後才放入煲湯材料，可防止黏鍋，並保持湯水清澈。如隔水蒸燉，燉盅內須注以沸水，以利受熱。

三、火候要足，粵人講究「煲三燉四」，煲湯至少三小時，燉湯還要更久。先武後文，大火煮沸後轉為小火，使湯面呈「菊花心」滾動。

四、不能中途加水，不宜經常掀蓋察看，以防湯味走漏。尤不可先下鹽或油醬調味，以防湯料變「老」，並保湯料原有的清甜。

五、不妨滴入少許黃酒同煲，既可辟腥又能助味。用加飯紹興或花雕最妙。

六、有人認為煲湯宜一氣呵成，不能半途中斷，我卻發現停火燜煮效果更佳。方法是煲一小時左右便熄火，過三、四十分趁熱力未消時開火續煲，約半小時後又停火，等一陣子再煲完最後的半小時。其理接近燜燒鍋，肉骨得以發揮自熟作用，瓜熟蒂落滋味盡出，香美尤勝於一路煮到底。

畢竟，煲湯之道無他，熟極而流，淪肌浹髓而已。

作者簡介

——蔡珠兒（1961-），臺灣南投人，在臺北長大。臺大中文系畢業後擔任記者多年，一九九〇年代赴英國伯明罕大學，攻讀文化研究。曾獲第二十屆吳魯芹散文獎。著有《花叢腹語》、《南方絳雪》、《雲吞城市》、《紅燜廚娘》、《饕餮書》等多本散文集。

圖書館的雙城現象

張惠菁

圖書館的雙城現象，發生在每天下午四點鐘。

圖書館在日間九點半敞開沉重的木質大門，夜間八點開始趕人。圖書館白天吞人，晚上吐人，由幾個眼袋昏沉的警衛執行。

而圖書館在每天下午四點鐘，開始發生雙城現象。

我還記得圖書館門禁森嚴，因為是全蘇格蘭唯一的國立圖書館啊！館裡藏了許多孤本級的珍貴資料。我提著沉重的手提電腦，用一張貼了照片的閱覽證當作傳票，走到警衛面前。是傳票沒錯！館裡面那幾本線裝小冊傳喚我來的。

警衛斜著眼，打開我的手提袋檢查，裡面自然並無爆炸物。警衛面無表情將斜眼的角度調整朝向天花板。「行了。」他說。

對了，我記得他的字眼兒從牙縫蹦出，帶著嵌在縫裡那根菜屑的味道。

然後將外套提袋寄放衣帽間。衣帽間的管理員用像西部電影裡酒保在吧臺上滑送啤酒杯的架式，把號牌貼在平滑桌面上颼地滑了過來。必須在它掉落地面前快手接住那一塊塑膠暗鏢，然後像電視劇裡的俠客那樣凝目去讀鏢上的字。

噯，三十五號便是。

這樣進了圖書館，要到下午，圖書館的雙城現象才會發生。

那陣子我每天每天到圖書館。至於做了些什麼，現在卻已記不清。

喔！我還記得有個管理員嗜穿夏威夷襯衫，紅色的藍色的綠色的，各種顏色的夏威夷襯衫。我是從到那圖書館看書後，才知道原來夏威夷襯衫有那麼多變化。俗豔的色彩，把他的頭顱襯托得光亮可鑑。初時我感覺這位中年管理員有種異樣的光輝，想必是因為這身年輕打扮使然。仔細一看，才發現不只是夏威夷襯衫的功勞，他的頭臉上計有光禿頭頂、反光鏡片與金牙等三個光源合力作用中。

我把我的閱覽證給他看，他便露出金牙笑了。

我記得我通常直接進入特藏室。在特藏室我又得出示另一張特藏室專用的閱覽證。可是特藏室的館員不穿夏威夷襯衫。特藏室的館員經常西裝筆挺，很有學問的樣子。當他們將書遞給我時，他們的眼睛向我直視，像要檢視些什麼。

有一次一個館員問我，妳在做什麼研究呢？顯然我調閱的書很引起他的好奇。如果妳在研究某某異端審判案，已經有一位加拿大學者在寫博士論文了。

使用特藏室的人不多，管理員對於誰調了哪些書，做什麼用途，想來都瞭若指掌吧！他言下之意，我現在開始寫這題目是太慢了，恐怕在我寫完前，已經有人在大西洋對岸風光通過論文檢定，到時我還要被懷疑抄襲呢！他凝視著我的目光嚴肅，如兩只搜索暗影的探照燈。我遂慌張起來，如同面對論文口試委員吶吶地辯解，不是的，那並不是我的題目，我不過參考這書裡的紀錄當作對那個時代背景的了解罷了。

那管理員點著頭重申了一次：已經有人寫了喔！那個異端審判案。

便是這樣。那天在圖書館，我被懷疑將和某個加拿大博士生鬧出論文的雙城案。

而圖書館的雙城現象，下午四點才會開始。

首先是空氣的密度微妙地轉變了。

我抬起頭環顧四周，有好幾個人從座位上神祕消失。他們桌上還留著攤開的書籍和筆記本，向周遭的人傳遞一組簡短的密碼：我曾在此，並將回來。

另一些人則正在離去中。他們將一管鉛筆扔在桌上，揉了揉眼，伸了個腰，拉開椅子站起來，帶著碎腳步聲推開閱覽室的門。這一切動作在圖書館凝凍的空氣裡，像打水漂似地漾開細密的音紋。

下午四點鐘。

我也會在這時候起身。我會橫過馬路，走到圖書館的對街。那裡是一家以大象為名的咖啡館，那裡是記憶開始變得清晰的地方。

以大象為名的咖啡館，在下午總是生意特別好，這全是圖書館的雙城現象使然。我推開咖啡館的門，身體立刻被新鮮咖啡與烘焙蛋糕的氣味給包圍住了。這時我微笑起來，整天因古書的霉味而疲勞的嗅覺，忽然一下子醒了。

通常在輪到我點餐前，我會轉過好幾個念頭，是否要放縱自己吃塊巧克力蛋糕呢？是否要禁制口慾以生菜沙拉代替甜食呢？是否要點壺咖啡，點壺熱騰騰的肯亞呢？但通常大吉嶺茶與杏仁牛角麵包以其折衷價值戰勝一切可能，脫穎而出。

然後在幾乎客滿的咖啡店裡，我的眼睛來來回回搜尋空位，桌子的一端通常已被素不相識的人占據，因此必須禮貌詢問，我可以坐這裡嗎？

「素不相識」的老人和善地點了點頭，馬上又把眼光挪回面前的獨立報。幾分鐘前這位古史教授才在特藏室裡，用類似的姿勢面對一桌子大部頭圖書。他的大鬍子因沾上了卡布其諾的白色奶泡，而看似膨脹了體積。

那個穿夏威夷花襯衫的圖書管理員，正坐在靠窗的角落，張開他那嘴金牙吃著一個水果塔。至於那從來沒點燃過的壁爐邊，來自荷蘭的金髮交換學生，正在和一個滿臉鬍子的圓臉研究生交談。圓臉研究生彎起手肘舉杯就飲，毛衣在肘子處磨綻了線。

對了！這些都是從圖書館移轉過來的人，這一切都是因為圖書館的雙城現象。他們在四點鐘左右的下午茶時間，各自走出圖書館，在這家咖啡店裡重新排列組合上演重逢。某種魔法將他們手中的書籍與筆置換成咖啡杯與叉子。他們在嘴裡塞滿了食物——那在圖書館裡飽受禁制的器官，此時又是咬嚼，又是噴著唾沫放聲談話。

這個時間的咖啡店是圖書館的雙子城。圖書館裡的勤奮研究者們，終於還是抵擋不住在下午茶時間休息一下的誘惑。不！那不只是休息，食物令休息具象化為味蕾上的感動。咬下一口杏仁牛角麵包的同時，臉類上的肌肉隨那層層酥脆的烘焙物一同散解，大腦也在此時釋走那些執迷不悟的學術推論。

於是研究者們全都露出輕鬆的神色。

咖啡店裡放著流行歌曲，但咖啡館裡通常吵到聽不見音樂。沉默了大半天的研究者們，在食物的幸福意象催化下忍不住張開口唇，和鄰座的人攀談起來。一咖啡館聒噪多嘴的研究者，一場短暫的小型狂歡。

這般歡樂的景色我們怎能在圖書館裡看得到呢？同樣的一群人，在兩個地點表現不同的品行。咖啡店是圖書館的野史，一套被摒擋在正史門外、卻絕非任何公正研究者能夠忽略的說史法。咖啡店與圖書館，兩個地點之間，演繹著奇妙的共存雙生，要了解其中任一地點，必須透過另一個。

一會兒研究者們便會從咖啡店離去，警衛再一次檢查他們的隨身提袋。著夏威夷襯衫的管理員結束了他的下午茶，又回到座位上搖晃著禿頭檢看研究者們的閱覽證。而研究者們迅速置換表情神態，抹去在咖啡店裡談話時的笑容與手勢，重新在眉間黏貼對學術的嚴謹態度，彷彿那也受到了檢查。

圖書館裡的空位，一個一個又重新補滿了。

我也回到我的位子坐下來，不敢偷眼去瞧，剛才言談晏晏的白髮教授此時嚴肅的表情；方才同桌而食，隨口攀談的兩個人，此刻又成陌生人。

有人在翻書時悄悄打了個飽嗝，圖書館的空氣裡遂有覆盆子蛋糕與卡布其諾的味道。我微笑。到底在這知識的殿堂裡，肉體還是洩漏了它們的共謀。

那麼這就是圖書館的雙城現象了，發生在每天下午四點鐘。兩個地點，彼此互邀共赴一場穿梭明暗的雙人舞。

在那時，記憶一所圖書館，必須透過一間咖啡店。如同當你讀到這裡時，便會明白，從此我記憶自己，必須透過你。

作者簡介

——張惠菁（1971-），臺大歷史系畢業，愛丁堡大學歷史學碩士。著有傳記《楊牧》，小說《惡寒》、《末日早晨》，散文《活得像一句廢話》、《給冥王星》、《步行書》、《你不相信的事》、《告別》等。曾獲中國文藝獎章、時報文學獎、臺北文學獎、聯合報文學獎、中央日報文學獎。

死亡之火

愛亞

巨大的焚化爐，水泥造就，平頂，形式與高度都像一幢房屋，尤其焚燒眾多物件時，火焰紅烈烈地自預留的氣孔歡躍地奔出，益發擴展了爐的體積，也像是揮動著多隻火焰之手的，欲招你攬你入懷的，嘶笑著的，巨魔！

十幾本簇新的書一冊接續一冊投擲向巨魔的焚化爐，書頁啦達啦達在空中翻飛，猶如受傷後撲翅掙扎的飛鳥，飛鳥最後力竭，跌入燃燒的爐，隨著早先擲入的他的衣裳，一一被淒藍又熾紅的火焰魔手，捕捉。

我著寫的書，他慣穿的衣裳。

中國自古傳襲而來的習俗，說：經由焚燒儀式，可將陽世的物事捎寄陰世，任何物事焚盡成灰，陰世之魂魄便可「具領」，不論錢鈔、房舍、車輦……甚至活生生殉葬的奴僕、妻妾！初始，焚燒的的確是具象實體，可堪真實使用，但「價值」與「價格」終究使人們在對亡者思慕追念之餘仍具清醒的頭腦，漸漸，發展出「紮紙」，以紙製的手工藝品替代；紙錢、紙屋、紙車、紙電視機、紙美女，甚至也有了紙製的麻將及紙「證券公司」，可以為親友焚寄。

而，當焚盡成灰，陰世的魂魄真的可以具領麼？如同陽世一般，召喚一輛搬家公司的卡車運載，回家後過著便利快活的日子！也可以將錢鈔儲存在陰間的銀行？或是，有郵局或託運公司駛載至家門口，蓋章？簽名驗收？

真的有陰世這樣一個境土麼？

還是，只是一種慰安、一種希望？

依據臨床醫學的認定，死亡是：自然的呼吸停止，心臟跳動停止，大腦活動停止。而宗教認為信仰可以超越一切，當然，也包括超越死亡！因之天主教有「天堂說」，基督教有「天國說」，道教有「精神生命說」，佛教則有「因果業報輪迴轉世說」。

或許，也只是一種慰安，一種希望？

人，死了便是死了，生不平等，但死後則一定平等，或許，富有的土葬，貧困些的火焚而去。不葬，三、五日內便一律腫脹變形，繼之腐壞，繼之生蟲，繼之……一律平等。總之，在實質上完成了生的最後一道儀式，衛生潔淨、光風霽月的葬之。在信仰上，使各種宗教的信使都歸向了伊們的天堂、天國或地府、極樂世界？

人，死了便是死了？

1

一九八一年我初旅印度。

印度便是一個深信人死之後擁有永久靈魂的民族，因此印度人也深信死亡是比活存更具有意義！

瓦拉那西、哈爾多瓦、馬都拉、阿陀亞、溫伽、康基布拉和陀瓦卡等七個地方是印度的七大聖地，前往聖地朝拜是每一個印度人的大心願！而，若是能夠死在瓦拉那西又在瓦拉那西行火葬儀式，則是印度人的終生榮寵了！

瓦拉那西（Varanasi又稱貝那拉斯）位於印度河——恆河之西，全城有印度教寺院兩百座，神像五十萬尊！瓦拉那西之於印度，有一些像回教徒心中的麥加！印度人自幼及長，若是不能到聖城一走，則有眾多人便會用生命中最後的殘年，變賣產業、儲積金錢，不論乘車或步行，到瓦拉那西、哈爾多瓦、馬都拉、阿陀亞……等待，當然，最好是去瓦拉那西，等待死亡。印度人認為在瓦拉那西恆河岸邊的「聖階」舉行火葬是最最神聖的涅槃！同時，靈魂可以直接升天！於是在瓦拉那西的街道上可以看見許多竹子或木板搭成的抬床、推車，床、車子是由家人以車載、以船渡，再加步行，抬來推來的老人或病者。家人與等待之人俱骯髒著衣衫骯髒著身軀，眼眸中俱輝耀著興奮又疲憊的光采，好不容易啊！終於抵得聖城！瓦拉那西！

瓦拉那西的城中，尤其沿河部分，有許多「待死旅社」（Stay and die hotel）可以供待死者與家人居住，看來黑乎乎散發著恐懼與死亡氣息的矮屋，小得不得了！印度政府在瓦拉那西火葬場（聖階）邊也建有免費供應食住的「招待所」，是有著數層樓高的紅磚樓房，不論私營、公營的旅社，據說內裡處處汙血斑斑，穢便之氣也充塞，真正是「死亡的橋梁」。河邊甚至還有專為寡婦設立的居所，內隔更小的一個個小間，原來以前的火葬儀式若死亡的是丈夫，民間有「寡婦殉葬」的惡俗，未亡人得當著親友面前跳入燃燒的屍火陪同丈夫共赴黃泉。民主開放風氣進入印度後，政府明令嚴禁寡婦殉葬，但又阻止不了窮鄉僻壤知識閉塞因為夫死毫無能力生存而執意身殉的寡婦，便只得規定：女子不得參與火葬儀式，寡婦們便如此這般被安置到專屬的建築物中，大約，也可以頗住上一段時日，據說待死之人在待死旅社居停竟有數年、十幾、二十年才真正死亡的！真是恆長的等待啊！

2

在印度，大多數人都以火葬為終結方式，人死後先以聖油塗抹遺體，然後以粗織的新胚布連頭帶腳纏裹成木乃伊，男性以白，女性以紅（橘紅、桃紅），另有腥黃色的便不知是否為未成年兒童了？遺體用木棍、木枝組成的粗糙擔架運送，由兩個家人擔抬，我們旅途之中即曾遇過兩次。由於幾乎都是經過長途跋涉，是以陪伴家屬也是至親，人數自然不多，排成縱列，安靜、疲憊無聲息地跟隨擔架之後，三五七八人，零零落落，既無熱鬧的西樂隊，也無淒涼的嗩吶音，不交談，不誦經，一步步走到火葬場。到了聖階，先將遺體泡浸恆河之中，以聖河之水洗淨，然後就在岸邊水泥石階或泥地上架起木材野草焚燒。在聖階行火葬禮是必須付費的，付給一個名姓為「倫吉特」的家族，私人收費營管火葬場蓋有年矣！世世相襲，印度政府絲毫管不到！據說每年大約有三萬死亡者在聖階行火葬禮，每天平均即有八十件！端地可觀！為了進步與衛生與形象，政府也設立了電動火化，但不論如何宣傳，如何減低價格，印度人堅守著傳統式的火葬。

在聖階的火葬其實非常簡單，遺體放置架上燃燒之後，親人得在火堆四周繞行五次，將構成人體的地、火、水、風、空五種元素送到天界去，使成完整的、不朽的靈魂。

說到聖階這樣的火葬場，有一點我們無法想像。火葬的遺體極多，於是一攤火堆旁不過五步十步之隔便是另一攤火堆，每一攤火堆都正燃燒著一個走過辛苦一生的辛苦印度人，一攤毗連一攤，常是十數數十攤，加上各家的親戚族人，日裡夜間數個小時左右的聚集著，恍若一個熾熱的小小市集。

在瓦拉那西，民族自尊頗強的印度導遊只肯帶觀光客的我們觀看大火葬場，那處火葬場不若一般聖階那樣原始，是個公營的露天水泥大平臺，親人將粗木柴火架疊成層，擔架置其上，一具遺體大約需燒四、五小時，燒著燒著管理的工人會持一枝極長的竹竿去敲打戳攪屍體（以利燃燒？），讓人看著心驚！更有甚者，敲著戳著，竹竿插戳入了屍體的骷髏頭，正好插入眼窩的黑孔洞中，工人使力想將竹竿脫離孔洞，不想竟把骷髏頭憑空挑起，高舉天空，嚇得我一身寒顫！後來才明白是必須將頂蓋骨敲碎的！如此方能解放出被關在頭骨中數十年的靈魂，協助靈魂升天。在河邊的焚後骨灰骨渣就地撥掃到河水之中，大火葬場則以竹編的畚箕（和臺灣式的幾乎完全相同）以掃把掃入，工人揹在肩上，一斜抖肩頭，嘩啦一聲倒在水泥臺下的河邊，一畚箕倒不完再倒一畚箕，而水泥臺下並未完全浸到河水，並且已有「先到者」堆積其下，於是一大堆一大攤的骨骨灰灰渣渣，分不清誰骨誰灰誰渣，聚集成一個小堆山，蔚為奇觀！

印度人生時認為在恆河之中沐浴可以藉聖河之水除去身體的罪惡骯髒，死後，骨灰撒入恆河則可滌淨靈魂，使靈魂潔淨的升天。

火葬後第十日起到三十一日之內，居停在等待旅社的親人將齊齊出迎，將死者的靈魂引導回家，回歸祖先靈籍之中，才算儀式完成。

印度的火葬儀式是我們無以理解的；一如許多人也不理解何以某些人在辦喪事時需要「五子哭墓」、「孝女白瓊」，或脫衣舞秀來「慰安」死者？印度人的死亡觀與我們不同，他們沒有「慎終追遠」的思想，他們耿耿於懷的是靈魂升天，只要靈魂能升天，幫助者都能獲得尊敬與自以為榮寵。

今年春月，朋友自印度歸來。兩人相談，發現一九八一年我赴印度迄今，印度的火葬制度與儀式過程絲毫未變，五千年文化的古老之國，十二年時間不過是區區一指的寬度。

3

較之印度，印尼的峇里島擁有另一種死亡觀與火葬儀式。

峇里島這幾年成為臺灣觀光客的最愛！路途近、價格廉宜，風情獨特種種因素吸引著臺灣客。

我在一九九一年春飛赴峇里島。

在首府登巴沙（Denpasar）的峇里博物館中遇到一名年輕男孩前來兜售。在峇里島，隨時隨地會有人找你交談，或攔路，或敲你旅館的門，其目的即是兜售，他們販賣一切大小物件：木雕、銀器、樂器、糖果、手染布、衣裳，以及他們自己。而這兩手空空的男孩兜售的是「看火葬」。

我們在烏布（Ubud）即曾探聽是否有火葬典禮可以參觀，在得到的訊息俱是失望後，突然有人主動來引，真是意外又興奮！隨男孩快步步行了好長好長的路，在巷弄房舍間穿越，竟然走到一處極大的廣場，廣場上綠草遍布，人群遍布，原來峇里島的火葬是要做一場「鬧熱」的！他們認為死亡是今生到來世的一個過程，一個人的一生中今生占二分之一，來世占二分之一，是以過程是一項重點，一件喜事！親屬友朋甚至不相干的觀光客都在歡迎之列！歡迎大家來參與「肉體被火焚滅後靈魂得到解脫飛升天庭」的盛典！在峇里島，土葬是不可行的，因為那阻礙了靈魂解脫！一般土葬都是等待火葬的暫行措施。火葬的吉日不多，常常得等待許多年，一來為待吉日，二來可以結集許多家庭的許多死者一同辦理，因為火葬典禮是峇里島眾多儀式中花費最可觀的！是以火葬儀式中的遺體常是在墓園中靜候數年的焦慮魂魄。

我們參觀的火葬只有一家辦事，原因當然是富有，無須與別人搭伴。死者男性，六十歲，在全場數百人的環伺下舉行了他的隆重升天大典：這數百人中親屬友朋數十人，俱著黑衣，但黑衣並非喪事禮服，而是該家族的衣著屬色。不知為什麼，年老的未亡人著黑而不停地哭泣（不是喜事麼？），妾及與妾年齡相仿的二十餘歲的女兒卻是穿著金織紗麗上身，紫色桃色下裙的打扮，臉上粉重唇紅頭頂金紫花冠，端的如同新娘，喜氣非常！另外的參與者則包括著名的印尼甘美朗樂團、三個穿著團體服裝的舞蹈團（服裝美極！），觀光客及販賣汽水、花生串、玉米、糖果的攤車小販！

遺體乘坐一頂高塔般的人抬轎前來，轎身由竹及彩色紙紮糊而成，以橙及金色為主，光鮮耀目。我們到時遺體已由塔中移至「牛棺」，據說移靈時抬靈者得將遺體前後左右地亂搖亂移，如同臺灣的「抬神轎」、「起乩」，目的是讓死者的魂魄糊塗、不辨方向！不敢自己亂走，以免他奔回家去。牛棺則是公牛外形的棺木，黑色牛身，無足，張口，紅唇白齒，巨偉的金色牛角十分美麗，牛身中空容遺體，身下則以新鮮割下的香蕉樹幹釘圍成牆柵，柵中即引火焚燒，濕的樹幹則有阻火之功。

觀光客被容許四處遊走，並且歡迎攝影，但見各品牌的照相機、錄影機及V8不斷舉起。牛棺高置於一小草坡上，附近的大樹上懸著一桶汽油，一根長得不得了的塑膠管自桶上垂下直通牛棺。死者周身纏裹著親屬贈送的白布，行蓋棺儀式後便引油燃火了，一時之間牛棺上的金鈴、金拔和紅、綠彩布都飛揚起來，似乎正隨著黃騰的熱流浮空而升。

春日的峇里其實也是夏日的氣溫，牛棺旁的溫度因為火焚而更熾熱！一旁涼棚下的家屬正好整以暇地啃著玉米棒（包括美麗的女兒與美麗的小妾），另一批親人則在一旁焚燒寄到陰世的隨行物品，與我們中國人頗相似地。

4

驕陽與火氣燻騰，我覺得自己的眉眼頭髮都炙熱得足以引火了！藏躲在販賣汽水的攤車篷影下，飲一瓶看來比較衛生的汽水，我最後仍然決定，再靠近牛棺去再探究竟。

我站立在小草坡上，距離牛棺的確極近，牛棺火勢已燒至棺蓋了！這時，「嘎啦」一聲，棺底崩裂，焦黑而可堪分辨出頭部、身軀的遺體在旺旺的火花中顯露，然後，我聽到吱吱嗤嗤的油滴火上的聲音！再然後，是焦濃的肉香！是的，是烤肉的香氣！我覺得自己的血液由胸口升至脖頸，再升至口腔，再升至頭頂，快要，快要衝出頭殼了！一年前，僅只是一年前，我愛的人也是經歷這滴瀝著油與散放了燒烤香氣的火焚！是自己愛的人呢！是自己愛的人的油脂與肉體呢！

而峇里人認定，死亡與火葬根本就是喜事。

我愛的人隨火而去，也如峇里人所言；是度過了一生的二分之一而已？他是趕赴人生的另一個約會，而已？去完成那另一個二分之一，而已？若是我也到那二分之一的世界中，他，會在那裡與我會合麼？他，或會站立某一個出站口，我乘坐一班不知駛向的火車，有莫名的力量推擠我，到站，沒有車票，不收票根，但有他等待，在出站口……

而，我也必須經歷火焚，也必須經過油的膏肉的香麼？

我還是比較喜歡NDE的說法（near-death experiences），瀕臨死亡的人說：那一刻，以為自己是死了，自己飄浮在空中，望見，另一個自己躺在下面，或病床上，或車禍現場，或溺水的河邊，或槍擊的場所……而空中的自己置身溫暖的霧氣中，風在耳邊吹，身體在風中移動，望見地上的另一個自己，空中的自己漸飄漸遠，沒有肉體的傷痛，沒有心理的焦慮，然後，一道金光，金光中望見光的盡頭是一個拱門，門口有人相迎，那是自己的神，神問話，問的全是自己今生自幼及長的功過喜悲，好像最後的審判一般，然後，歡愉充斥在心，一股和平美好充斥在心，讓人想笑……

瀕臨死亡的人後來還是回到了陽間，但，若是他不回來，是不是就此歡愉，就此和平美好地過一種新的生活去了呢？美國心理學家雷蒙・慕迪（Dr. Raymond Moody）所著的《神祕的死亡經驗》（*Life after Life*）在調查過近千名死亡不成又活回人間的案例，結論是：那另一個世界是充滿了愛、和平與諒解的世界，那真的是不同我們人間的另一個世界，或許，經歷了火的焚禮，將身體化為灰，化為澤，靈魂便能到另一個世界去，安恬於愛，安恬於和平，安恬於諒解？

那，倒也真的不壞！值得期待。

作者簡介

——愛亞（1945-），本名李丌，臺灣當代重要女作家，筆耕不輟。最早以散文集《喜歡》引起文壇注意，隨後的長篇小說《曾經》廣獲各方好評，一九九九年以《愛亞極短篇》獲中興文藝獎章的殊榮，並奠定其文壇地位，二〇〇九年更榮獲吳魯芹散文獎。寫作文類廣泛，包含小說、散文小品、雜文評論、兒童文學、青少年讀物、旅遊記事等，尤以散文、小說、極短篇見長。著有《喜歡》、《給年輕的你》、《秋涼出走》、《曾經》、《愛亞極短篇》、《味蕾唱歌》、《昨日告白》等。

思蜀

2000

余光中

1

在大型的中國地圖冊裡，你不會找到「悅來場」這地方。甚至富勒敦加大教授許淑貞最近從北京寄贈的巨型《中華人民共和國國家普通地圖集》，長五十一公分，寬三十五公分，足足五公斤之重，上面也找不到這名字。這當然不足為怪：悅來場本是四川省江北縣的一個芥末小鎮，若是這一號的村鎮全上了地圖，那豈非芝麻多於燒餅，怎麼容納得下？但反過來說，連地圖上都找不到，這地方豈不小得可憐，不，小得可愛，簡直有點詩意了。劉長卿勸高僧「莫買沃洲山，時人已知處」，正有此意。抗戰歲月，我的少年時代盡在這無圖索驥的窮鄉度過，可見「入蜀」之深。蜀者，屬也。在我少年記憶的深處，我早已是蜀人，而在其最深處，悅來場那一片僻壤全屬我一人。

所以有一天在美國麥克奈利版的《最新國際地圖冊》成渝地區那一頁，竟然，哎呀，找到了我的悅來場，真是喜出望外，似乎飄泊了半個世紀，忽然找到了定點可以落錨。小小的悅來場，我的悅來場，在中國地圖裡無跡可尋，卻在外國地圖裡赫然露面，幾乎可說是國際有名了，思之可哂。

2

從一九三八年夏天直到抗戰結束，我在悅來場一住就是七年，當然不是去隱居，而是逃難，後來住定了，也就成為學生，幾乎在那裡度過整個中學時期。抗戰的兩大慘案，發生時我都靠近現場。南京大屠殺時，母親正帶著九歲的我隨族人在蘇皖邊境的高淳縣，也就是在敵軍先頭部隊的前面，驚駭逃亡。重慶大轟炸時，我和母親也近在二十公里外的悅來場，一片煙火燒豔了南天。

就是為避日機轟炸，重慶政府的機關紛紛遷去附近的鄉鎮，梁實秋先生任職的國立編譯館就因此疏散到北碚，也就是後來他寫《雅舍小品》的現場。父親服務的機關海外部把檔案搬到悅來場，鎮上無屋可租，竟在鎮北五公里處找到了一座姓朱的祠堂，反正空著，就洽借了下來，當作辦公室兼宿舍。八、九家人搬了進去，拼湊著住下，居然各就各位，也夠用了。

朱家祠堂的規模不小，建築也不算簡陋。整座瓦屋蓋在嘉陵江東岸連綿丘陵的一個山頂，俯視江水從萬山叢中滾滾南來，上游辭陝甘，穿劍閣，雖然千迴百轉，不得暢流，但一到合川，果然匯合眾川浩蕩而下，到了朱家祠堂俯瞰的山腳，一大段河身盡在眼底，流勢壯闊可觀。那滔滔的水聲日夜不停，在空山的深夜尤其動聽。遇到雨後水漲，濁浪洶洶，江面就更奔放，像急於去投奔長江的母懷。

祠堂的前面有一大片土坪，面江的一邊是一排橘樹，旁邊還有一棵老黃葛樹，盤根錯節，矗立有三丈多高，密密的卵形翠葉庇蔭著大半個土坪，成為祠堂最壯觀的風景。駐守部隊的班長削了一根長竹竿，一端鑽孔，高高繫在樹頂，給我和其他頑童手攀腳纏，像猴子一般爬上爬下。

祠堂的厚木大門只能從內用長木門閂上，進門也得提高腳後跟，才跨得過一尺高的民初門檻。裡面是一個四合院子，兩廡的廂房都有樓，成了宿舍。裡進還有兩間，正中則是廳堂，香案對著帷幕深沉牌位密集的神龕，正是華夏子孫慎終追遠的聖殿，長保家族不朽。再進去又是一廳，拾級更上是高臺，壁頂懸掛著「彝訓增輝」的橫匾。

這最內的一進有邊門通向廂房，泥土地面，每掃一次就薄了一皮，上面放了兩張床，大的給父母，小的給我。此外只有一張書桌兩張椅子，一個衣櫃。屋頂有一方極小的天窗，半明半昧。靠山坡的牆上總算有窗，要用一截短竹把木條交錯的窗櫺向上撐起，才能採光。窗外的坡道高幾及窗，牧童牽牛而過，常常俯窺我們。

這樣的陋室冬冷夏熱，可以想見。照明不足，天色很早就暗下來了，所以點燈的時間很長。那是抗戰的歲月，正是「非常時期，一切從簡」。電線不到的僻壤，江南人所謂的「死鄉下」，當然沒有電燈。即連蠟燭也貴為奢侈，所以家家戶戶一燈如豆，燈臺裡用的都是桐油，而且燈芯難得多條。

半世紀後回顧童年，最難忘的一景就是這麼一盞不時抖動的桐油昏燈，勉強撥開周圍的夜色，母親和我就對坐在燈下，一手戴著針箍，另一手握緊針線，向密實難穿的鞋底用力扎刺。我則捧著線裝的《古文觀止》，吟哦〈留侯論〉或是〈出師表〉。此時四野悄悄，但聞風吹蟲鳴，儘管一燈如寐，母子脈脈相守之情卻與夜同深。

但如此的溫馨也並非永久。在朱家祠堂定居的第二年夏天，家人認為我已經十二歲，應該進中學了。正好十里外有一家中學，從南京遷校到「大後方」來，叫作南京青年會中學，簡稱青中。父親陪我走了十里山路去該校，我以「同等學力」的資格參加入學考試。不久青中通知我已錄取，於是獨子生平第一次告別雙親，到學校去寄宿上學，開始做起中學生來。

3

從朱家祠堂走路去青中，前半段五里路是沿著嘉陵江走。先是山路盤旋，要繞過幾個小丘，才落到江邊踏沙而行。不久悅來場出現在坡頂，便要沿著青石板級攀爬上去。

四川那一帶的小鎮叫什麼「場」的很多。附近就有蔡家場、歇馬場、石船場、興隆場等多處：想必都是鎮小人稀，為了生意方便，習於月初月中定期市集，好讓各行各業的匠人、小販從鄉下趕來，把細品雜貨擺攤求售。四川人叫它作「趕場」。

悅來場在休市的日子人口是否過千，很成問題。取名「悅來」，該是《論語》「近者悅，遠者來」的意思，滿有學問的。鎮上只有一條大街，兩邊少不了茶館和藥鋪，加上一些日用必需的雜貨店、五金行之類，大概五分鐘就走完了。於是街尾就成了路頭，背著江邊，朝山裡蜿蜒而去，再曲折盤旋，上下爬坡，五里路後便到青中了。

比起當年重慶那一帶的名校，例如南開中學、求精中學、中大附中來，南京青年會中學並不出名，而且地處窮鄉，離嘉陵江邊也還有好幾里路，要去上學，除了走路別無他途，所以全校的學生，把初、高中全加起來，也不過兩百多人。

儘管如此，這還是一所好學校，不但辦學認真，而且師資充實，加以同學之間十分親切，功課壓力適度，忙裡仍可偷閒。老來回憶，仍然懷滿孺慕，不禁要叫她一聲：「我的母校！」

校園在悅來場的東南，附近地勢平曠。大門朝西，對著嘉陵江的方向，門前水光映天，是大片的稻田。農忙季節，村人彎腰插秧，曼聲忘情地唱起歌謠，此呼彼應，十分熱鬧。陰雨天遠處會傳來布穀咕咕，時起時歇，那喉音柔婉、低沉而帶誘惑，令人分心，像情人在遠方輕喊著誰。

校後的田埂阡陌交錯，好像五柳先生隨時會迎面走來，戴著斗笠。晚飯之後到晚自修前，是一天最逍遙最抒情的時辰。三、五個同學頂著滿天霞彩，踏著懶散的步調，哼著民謠或抗戰歌曲，穿過阡陌之網，就走上了一條可通重慶的馬路。行人雖然稀少，但南下北上，不時仍會遇見路客騎著小川馬達達而來，馬鈴叮噹，後面跟著吆喝的馬僮。在沒有計程車的年代，出門的經驗不會比李白的「行路難」好到哪裡去，有如此代步就要算方便的了。有時還會遇見小販挑著一擔細青甘蔗路過，問我們要不要比劈一下。於是大夥挑出瘦長的一根，姑且扶立在地上，說時遲，那時快，削刀狠命地朝下一劈，半根甘蔗便砉然中分，能劈到多長就吃多長。這一招對男生最有誘惑，若有女生圍觀，當然就更來勁。

以兩百學生的規模而言，磚牆瓦頂的挑高校舍已經算體面而且舒適了。這顯然曾是士紳人家的深院大宅，除了廣庭高廳有臺階遞升，一進更上一進之外，還有月洞邊門把長廊引向廂房，雕花的窗櫺對著石橋與蓮池，便用來改成女生宿舍，男生只好止步，徒羨深閨了。

男生宿舍就沒有這麼好了，隔在第二進的樓上，把兩間大房連成兵營似的通艙，對著內院的牆只有下半壁，上半空著，幸有寬簷伸出庇護，不消說冬天有多冷了。冬天夜長尿多，有些同學怕冷戀被，往往憋到天亮。有一個寒夜，鄰床的莫之問把自身緊裹在棉被裡，像條春捲，然後要我抽出他的腰帶，把他腳跟的被角繫個密不通風。我雖然比他還怕冷，倒不想採取這非常手段。

夏天更不好過，除了酷熱之外，還得學周處除三害：蒼蠅、蚊子、臭蟲。臭蟲之戰最有規模，無一倖免。裸露的肉體是現成的美餚，盛暑的晚上正是臭族的良宵。先是有人夢中搔癢，床板在輾轉反側下吱嗝呻吟。繼而憤然坐起，「格老子……龜兒子」地喃喃而詬。終於點起桐油燈盞，向上下鋪的木架和床板，上下探照，察看敵情。這麼一吵，大家都癢醒了，紛紛起來點燈備戰，舉室晃動著人影。臭蟲雖是宵小之輩，潛逃之敏捷卻是一流。木床的質料低劣，縫隙尤多，最容易包庇臭族。那些鼓腹掠食的吸血小鬼，六足纖纖，機警得惱人，一轉入地下，就難追剿了。於是有人火攻，用桐油燈火去熏洞口，把木床熏得一片煙黑。有人水灌，找來開水兼燙兼淹。如是折騰了大半夜，仲夏夜之夢變成了仲夏夜之魘。

至於六間教室，則是石灰板壁加蓋茅草屋頂搭成，乃真正的茅屋。每個年級分用一間，講課之聲則此呼彼應，沆瀣不分。如果那位老師是大聲公，就會驚動四鄰，害得全校側耳。其實上午上到第四節課時，男生早已餓了，只盼大赦的下課鈴響，老師一合書本，就會洩洪一般，衝出閘門。

當然是衝去飯廳了。兩間飯廳相通，一大一小，男生倍於女生，坐在大間，女生則坐小間。訓導主任則站在中分的高門檻上，兼顧兩邊。食時不准喧譁，食畢，男生要等女生魚貫而出，橫越而過，沿著長廊，消失在月洞門裡。這是全校男生一覽全校女生的緊張時刻，有些女孩會在群童睽睽的注目下不安地傻笑起來，男孩子則與鄰座竊笑耳語。晚餐時，這一幕重演一次，但在解散前另有高潮。只因訓導主任慣於此時唱名派信，孩子們都豎直耳朵，熱切等待主任的大嗓門用南京口音喊出自己的名字。這時正是三〇年代轉入四〇年代，世界上還沒有電視，長期抗戰的大後方，尤其在悅來場這種地帶，連電話和收音機也都沒有。每天能在晚霞餘暉裡收到一封信，總是令人興奮的。如果一天接到兩封，全校都會豔羨。

記得下午都不排課，即使排了，也只有一兩節。到了半下午，四點鐘左右吧，便有所謂「課外活動」，不是上體育課，便是賽球，那便是運動健將們揚威球場的時候了。孩子們興高采烈，挾著籃球，向一里路外的羅家堡浩蕩出發。到得球場，兩隊人馬追奔逐球起來。文靜的同學與球無緣，也跟去助陣，充當啦啦隊，不然就索性爬到樹上，讀起舊小說或者翻譯的帝俄時代名著來。我也在「樹棲族」之列，往往卻連《安娜‧卡列妮娜》也無心翻看，卻凝望著另一只大球，那火豔豔西沉的落日，在惜別的霞光與漸濃的暮靄裡，頹然墜入亂山深處。

晚自修從八點到九點半，男生一律在大飯廳上。每人一盞桐油昏燈，一眼望去，點點黃暈映照著滿堂圓顱，一律是烏髮平頂，別有一種溫馨閒逸的氣氛。喧鬧當然不准，喃喃私語、吃吃竊笑卻此起彼落，真正在溫課或做習題的實在不多。看書的，所看也多是閒書，包括新文學和外國作品的中譯，甚至訓導主任禁看的武俠小說。寫信、記日記的也有。但最多的是在聚談，而年輕的飢腸最難安撫，所以九點不到又覺得空了，便大夥畫起「雞腳爪」來，白吃的一位就收錢採購，得跑一趟販賣部，抱一包花生糖、沙其馬之類的回來。

大飯廳的外面有一株高大的銀杏樹，矗立半空，扇形的叢葉庇蔭著校園，像一龕緣沁沁的祝福。整個校園的眾生之中，他不但最為碩偉，也最為長壽，顯然是清朝的遺老，這一戶人家的滄桑榮辱，甚至嘉慶以來、乾隆以來的風霜與旱澇，都記錄在他一圈圈年輪的古祕史裡。記憶深處，晴天的每一輪紅日都從他髮際的朝霞裡赫赫誕生，而雨天的層雲厚積全靠他一肩頂住，一切風聲都從他腋下刮起。一場風雨之後，孩子們必定懷著拾金一般的興奮去他的腳下，一盒又一盒，爭揀半圓不扁的美麗白果，好在晚自修時放到桐油燈上去燒烤。只等火候到了，剝地一聲，焦殼迸裂，鮮嫩的果仁就香熱可嚼了。美食天賜的鄉下孩子，能算是命窮嗎？

5

青中的良師不少，孫良驥老師尤其是良中之良。他是我們的教務主任，更是吃重的英文老師，教學十分認真，用功的學生敬之，偷懶的學生畏之，我則敬之、愛之，也有三分畏之。他畢業於金陵大學外文系，深諳英文文法，發音則清晰而又洪亮，他教的課你要是還聽不明白，就只能怪自己笨了。從初一到高三，我的英文全是他教的，從啟蒙到奠基，從發音、文法到修辭，都受益良多。當日如果沒有這位嚴師，日後我大概還會做作家，至於學者，恐怕就無緣了。

孫老師身高不滿五尺，才三十多歲，竟已禿頂了。中學生最欠口德，背後總喜歡給老師取綽號，很自然稱他「孫光頭」。我從不附和他們，就算在背後也不願以此稱呼。可是另一方面，孫老師臉色紅潤，精神飽滿，步伐敏捷，說起話來雖然帶點南京腔調，卻音量充沛，句讀分明。他和我都是四川本地同學所謂的「下江人」，意即長江下游來的外省人，更俚俗的說法便是「腳底下的人」。我到底是小孩，入川不久就已一口巴腔蜀調，可以亂真，所以同學初識，總會問我：「你是哪一縣來的？」原則上當然已斷定我是四川人了。孫老師卻學不來川語，第一次來我們班上課，點到侯遠貴的名，無人答應，顯然遲到了。他再點一次，旁座的同學說：「他耍一下兒就來。」孫老師不悅說，「都上課了，怎麼還在玩耍？」全班都笑起來，因為「耍一下兒」只是「等一下」的意思。

班上有位同學名叫石國璽，古文根柢很好，說話愛「拗文言」，有「老夫子」之稱。有一次他居然問孫老師，「『目』英文怎麼說？」孫老師說，「英文叫作wood。」有同學知道他又在「拗文言」了，便對孫老師解釋，「他不是問『木頭』，是問『眼睛』怎麼說。」全班大笑。

在孫老師長年的薰陶下，我的英文程度進步很快，到了高二那年，竟然就自己讀起蘭姆的《莎氏樂府本事》（Charles Lamb: *Tales from Shakespeare*）來了。我立刻發現，英國文學之門已為我開啟一條縫隙，裡面的寶藏隱約在望。幾乎，每天我都要朗讀一小時英文作品，順著悠揚的節奏體會其中的情操與意境。高三班上，孫老師教我們讀伊爾文的《李伯大夢》（*Rip Van Winkle*），課後我再三諷誦，直到流暢無阻，其樂無窮。更有一次，孫老師教到《李氏修辭學》，我一讀到丁尼生的〈夏洛之淑女〉（The Lady of Shalott）這兩句：

> And up and down the people go,
> Gazing where the lilies blow…
> （而行人上上下下地往來，
> 凝望著是處有百合盛開）

便直覺必定是好詩，或許那時起繆思就進駐在我的心底了。

至於中國的古典詩詞，倒不是靠國文課本讀來，而是自己動手去找各種選集，向其中進一步選擇自己鍾情的作者；每天也是曼聲吟誦，一任其音調淪肌浹髓，化為我自己的脈搏心律。當時我對民初的新詩並不怎麼佩服，寧可取法乎上，向李白、蘇軾去拜師習藝。這一些，加上古文與舊小說，對一位高中生說來，發軔已經有餘了。在少年的天真自許裡，我隱隱覺得自己會成為詩人，當然沒料到詩途有如世途，將如是其曲折而漫長，甚至到七十歲以後還在寫詩。

青中的同學裡下江人當然不多，四川同學裡印象最難磨滅的該是吳顯恕。他雖是地主之子，卻樸實自愛，全無紈袴惡習，性情在爽直之中蘊涵著詼諧，說的四川俚語最逗我發噱。在隆重而無趣的場合，例如紀念週會上，那麼肅靜無聲，他會側向我的耳際幽幽傳來一句戲言，戳破臺上大言炎炎的謬處，令我要努力咬唇忍笑。

他家裡藏書不少，線裝的古籍尤多，常拿來校內獻寶。課餘我們常會並坐石階，共讀《西廂記》、《斷鴻零雁記》、《婉容詞》，至於陶然忘飢。有一次他抱了一疊線裝書來校，神情有異，將我拖去一隅，給我看一本「禁書」。原來是大才子袁枚所寫的武則天宮闈穢史，床笫之間如在眼前，尤其露骨。現在回想起來，這種文章袁枚是寫得出來的。當時兩個高中男生，對人道還半懵不懂，卻看得心驚肉跳，深怕忽然被訓導主任王芷湘破獲，同榜開除，身敗名裂。

又有一次，他從家中挾來了一部巨型的商務版《英漢大辭典》，這回是公然拿給我共賞的了。這種巨著，連學校的圖書館也未得購藏，我接過手來，海闊天空，恣意豪翻了一陣，真是大開了眼界。不久我當眾考問班上的幾位高材生：「英文最長的字是什麼？」大家搜索枯腸，有人大叫一聲說，「有了，extraterritoriality！」我慢吞吞搖了搖頭說，「不對，是floccinaucinihilipilification！」說罷更攤開那本《英漢大辭典》，鄭重指證。從此我挾洋自重，無事端端會把那部番邦祕笈挾在腋下，施施然走過校園，幻覺自己的博學頗有分量。

另外一位同學卻是下江人。我剛進青中時，他已經在高二班，還當了全校軍訓的大隊長，顯然是最有前途的高材生。他有一種獨來獨往、超然自得的靈逸氣質，不但談吐斯文，而且英文顯然很好，頗得師長賞識，同學敬佩。

那時全校的寄宿生餐畢，大隊長就要先自起立，然後喝令全體同學「起立！」並轉身向訓導主任行禮，再喝令大家「解散！」我初次離家住校，吃飯又慢，往往最後停筷。袁大隊長憐我年幼，也就往往等我放碗，才發「起立」之令。事後他會走過來，和顏悅色勸勉小學弟「要練習吃快一點」，使我既感且愧。

有了這麼一位溫厚儒雅的大學長，正好讓我見賢思齊，就近親炙。不料正如古人所說，他終非「池中物」，只在青中借讀了一學期，就輾轉考進了全中國最好的學府「西南聯大」去了。

後來袁可嘉自己卻得以親炙馮至與卞之琳等詩壇前輩，成為四〇年代追隨艾略特、奧登等主知詩風的少壯前衛。一九四五年抗戰勝利，我也追隨青年會中學回到我的出生地南京，繼續讀完高三。那時袁可嘉已成為知名的詩人兼學者，屢在朱光潛主編的大公報《大公園》週刊上發表評論長文，令小學弟不勝欽仰。

五十二年後，當初在悅來場分手的兩位同學，才在天翻地覆的戰爭與鬥爭之餘，重逢於北京。在巴山蜀水有緣相遇，兩個烏髮平頂的少年頭，都被無情的時光漂白了，甚至要漂光了。

而當年這位小學弟，十歲時從古夜郎之國攀山入蜀，十七歲又穿三峽順流出川，水不回頭人也不回頭。直到半世紀後，子規不知啼過了幾遍，小學弟早就變成了老詩人，才有緣從海外回川。但是這一次不是攀山南來，也並非順流東下，而是自空而降，落地不是在嘉陵江口，而是在成都平原。但願下次有緣回川，能重遊悅來場那古鎮，來江邊的沙灘尋找，有無那黑髮少年草鞋的痕跡。

作者簡介

——余光中（1928-2017），一生從事詩、散文、評論、翻譯，自稱為寫作的四度空間，詩風與文風的多變、多產、多樣。從舊世紀到新世紀，對現代文學影響既深且遠，遍及兩岸三地的華人世界。曾在美國教書四年，並在臺、港各大學擔任外文系或中文系教授暨文學院院長，曾獲香港中文大學、澳門大學、臺灣中山大學及政治大學之榮譽博士。先後榮獲「南京十大文化名人之首」、全球華文文學星雲獎之貢獻獎、第三十四屆行政院文化獎等。

著有詩集《白玉苦瓜》、《藕神》、《太陽點名》等；散文集《逍遙遊》、《聽聽那冷雨》、《青銅一夢》、《粉絲與知音》等；評論集《藍墨水的下游》、《舉杯向天笑》等；翻譯《理想丈夫》、《溫夫人的扇子》、《不要緊的女人》、《不可兒戲》、《老人和大海》、《梵谷傳》、《濟慈名著譯述》等，主編《中華現代文學大系》（一）、（二）、《秋之頌》等，合計七十種以上。

蘭熙

齊邦媛

一九七二年是個奇妙的一年。那一年在臺灣，我和朋友們想的和做的都是開創的事。潛在生命力之旺盛，總令我想起有一年初春，在瑞典一個看來光禿禿的小樹林裡，熬過了長冬的友人說，「靜靜聽，樹葉裂芽出來的聲音！」

那一年，第一代的新詩、散文和小說已經結實纍纍，年輕的一代如白先勇、黃春明、王禎和、王文興、楊牧、吳晟……的重要作品已經出版。大陸正為堵住文化大革命的腥風血雨而關緊了門戶。臺灣的文學作品以其實力成為海內外文壇閱讀、研究華文現代文學的對象。我已開始為國立編譯館編譯臺灣文學選集的英文本；在臺大外文系參加了與中文系合作的中華民國比較文學學會和《中外文學》月刊的創辦。同年秋天，林語堂先生主持、殷張蘭熙主編的《中華民國筆會英文季刊》（*The Chinese PEN*）發行了創刊號，日後創刊《天下雜誌》的殷允芃是蘭熙當時的得力助手。差不多同時，吳美雲與黃永松、奚淞也出版當年極為少見的大版面、彩色圖片的《漢聲》英文雜誌。那時我們有一個單純的共同目標：為臺灣在國際上發聲。因此在資料、人才、文字、甚至編印方面互相支援鼓勵。《漢聲》是唯一在臺灣本土站上了醒目地位，對大眾文化產生普及影響的。以評論介紹臺灣文學新作的《書評書目》月刊，由隱地主編，在洪建全基金會資助下亦充滿了理想地在這一年九月創刊。也是在這一年，林文月開始翻譯《源氏物語》，由新創立的《中外文學》逐月登出，六年後以五冊形式出書。那些年我們以文會友，無數的電話、聚會、短簡、長信……有一次我與吳美雲在舟山路相遇，兩人坐在僑光堂的石階上談了兩小時，驚覺天已黑了。多麼意氣風發、美好的創業心情！

國際筆會的宗旨是促進世界和平和了解，但是自二十世紀初年成立以後，歷經兩次世界大戰，飽受政治挫阻，至一九四六年在中立的瑞典重開，而播遷來臺的中華民國筆會直至一九五九年才重回大會會場。我們的英文季刊是經過數年醞釀才創辦的，而至今是一百二十多會員國中最穩定持久的文學作品定期刊物。林語堂先生回臺定居，出任筆會會長，委任蘭熙主編說，「Now, Nancy, You do it!」並不僅因為英文是她的母語，不僅因為她誠懇認真，而是因為她已經出版了三本臺灣文學英文本：一九六一年的小說和詩合集，《新聲》（*New Voices*），白先勇、夐虹、王文興、陳若曦、葉珊等十四位作家，最「老」的只有二十七歲，葉珊二十一歲！第二本是林海音的短篇小說集，《綠藻與鹹蛋》（*Green Seaweed and Salted Eggs*），一九七〇年出版，她自己的詩集*One Leaf Falls*次年出版。她已孤軍奮戰多年了。

之後二十年，蘭熙的名字和季刊幾乎是不可分的，她親自選稿、尋求譯者（她自己譯每期的詩）、讀譯稿、校對、發排……只有一位助理協助。二十年間從未自我宣傳、追逐著季節的腳步，默默行路。行者默默。

創刊後三年開始用藝術家作品為封面，她又增加了另一個領域的挑戰。早期在這方面，王藍協助最多。彭歌因熟知國內外文壇作家，在國際會議前後的評估、計畫、聯絡更是她最大的支持力量。

而我，只在季刊的選文、翻譯文字和譯者的「發現」方面，做了二十年盡心的義工。蘭熙有一種令人不能拒絕的魅力，她把對文學的熱愛化成虔誠的奉獻，傾注在筆會季刊上。這種奉獻精神，超越了她溫暖誠懇的笑容，忽視了世間的得失，自有它堅韌得近乎執拗的說服力。

「蘭熙的電話！」在我生命中密集地響了二十多年，似乎從未掛斷。在我們戲稱為「熱線」的兩端，兩個人好像坐在編輯臺前，紙筆在手，大大小小的決定，字字句句的斟酌……這樣常年沉迷，樂在其中。

電話解決不了的時候，我們便需見面，譬如書、稿的交付，常常需與新「徵召」的譯者見面，能作中國文學英譯的人非常稀少可貴，只有來臺灣進修中文或在大學教書的少數幾位，現在美國金字招牌的葛浩文（Howard Goldblatt）的第一篇中譯英試筆即是一九七四年為筆會季刊夏季號所譯思果的〈隔〉（Barriers）。他與蘭熙合作的陳若曦的文革小說《尹縣長》（*The Execution of Mayor Ying*）一九七八年在美國出版是當年文壇盛事。至今已為季刊譯詩數百首的陶忘機（John Balcom）和我們初次見面時只有二十六歲。一九八〇年初期，談德義神父（Pierre Demeress）為我們介紹的康士林（Nicholas Koss）和歐陽瑋（Edward Vargo）和同在輔仁大學任教的鮑端磊（Daniel J. Bauer）教授等，因為他們多年來「拔筆相助」，一九八七年輔仁大學初次申請設立翻譯研究所受阻時，蘭熙與我曾向教育部力爭，獲准成立。為臺灣培育文學翻譯人才，一直是我們共同的期望。創所以來，他們第一二屆畢業的研究生吳敏嘉、杜南馨、鄭永康等已成為季刊得力譯者，多年的期待已漸漸實現。

隨著季刊的生長，我們有從不枯竭的話題。但是我們的聚會到底不是工作彙報，而是友情的歡聚。兩個沒有心機，從無猜忌的朋友，有共同的興趣，相近的人生態度，了解由淺入深，結為知己。那二十年，一生中最好的歲月，也是我教書生涯的黃金歲月，常常在下課鐘聲中戀戀不捨地離開講臺，意猶未盡。那些年，我所看到的蘭熙是一位很快樂的忙碌女子。我看到她每年組團參加國際筆會在全球各地召開的年會，看到她行前催集論文、準備禮物；到會場熱情誠懇地「結交天下士」，投向那麼多伸出的友誼之手。大陸代表在文革後、天安門屠殺前約有十年重回大會，多次公開排擠我們。蘭熙收起她自然溫婉的笑容，登臺發言憤慨迎擊，保衛我們的代表權，贏得全場掌聲。他們也許並未放棄排出我們的企圖，我們也從未鬆懈自己的會籍立場，但是由於蘭熙建立的友誼和季刊三十年來如此穩定，以豐富的內容所構成的形象，已立於不易撼動之地。一九九八年我在芬蘭首都機場與一位瑞士會員和泰國會員同車進城，他們說，「Nancy好嗎？無論發生什麼事，我們支持你們！」

我也常看到宴會桌上歡宴國際文友的蘭熙，眼睛裡的笑多於唇上的笑，對人間感情那般信託。與她在筆會多年開會的朋友到東方來，會為了她專門到臺北停留兩天，祕魯的尤薩（Mario Vargas Llosa）曾兩次來訪，第二次在他競選總統未成之後，那時蘭熙已病，他對記者說，來到臺灣未能看到她，是最大遺憾。有一年夏天她趕到巴黎去看望病重的法國筆會會長戴維年（Ren’e Tavernier），希望讓他在生前知道我們多麼感謝他多年在大會對我們會籍的支持。她的誠意令戴氏家人也感念多年。我也看到一九八八年她邀請英國筆會會長Francio King和總會祕書長Elizabeth Paterson等十一位多年支持臺灣的文友來臺訪問，她的客廳已座無虛席的那個晚上，她的丈夫殷之浩先生從樓上書房走下來，坐在樓梯上，滿臉笑容，滿臉以嬌小妻子為榮的愛。世上幸福的婚姻中，女子能兼顧一個成功的事業，談何容易！蘭熙有這樣溫厚的愛，得以充滿自信地為筆會奮鬥二十年，季刊能持續出版，殷先生資助最多，大大小小的事，蘭熙開口便好。我接主編後三年，他所創辦的浩然基金會開始每年補助出版的一半經費，真正是他們夫妻愛情的延長。殷先生雙手開創大陸公司的大事業，對臺灣的政經文化也有濃郁的關懷，一九九〇年創立浩然研習營，邀請文化、政治、經濟方面卓然有成的專家學者演講、討論臺灣的發展，為期二十天以上，目標是培訓有見解、有學養、有擔當、有膽識的領袖人才。臺灣與海外參加的已有數十位，對政經方面有相當影響。可惜只舉辦三次，即因殷先生罹病而停開。我記得蘭熙每次回來都有說不完的感想。

最初認識蘭熙是她到臺中我家「看」我的時候。正是杏花春雨的季節（許多年後她告訴我，在整理舊日曆時，找到她那次臺中之行是一九六四年四月），隔著我那開了半樹燈籠花的小院子，我看到日式的矮門外一位娟秀的女子，身旁是一個高大的男學生正在按門鈴。迎賓坐定，她說是殷作和的母親。看了他的學校，想來看看他的英文老師是什麼樣子，他不需要加修英文，為什麼選我的大二英文。——我不知道她眼中的我是什麼樣子，但是我記得她有些藍色的眼睛很配那件淺紫藍色的衣裳，她誠摯自然的笑容也沖淡了我被看的困窘。我記得自己說，也許是我選的教材比較有意思吧，譬如美國甘迺迪的就職演說，黑人領袖金恩的〈我有一個夢〉，胡適去世前最後的演講詞，比較中西文化的差異……還有，狄金蓀與佛洛斯特的詩。這些資料是我在臺中唯一英文書的來源，美國新聞處找來的。在那個時代，算是對傳統教材的一種「突破」。蘭熙也告訴我她在臺北懷恩堂開英詩班和在國際婦女會推動文學交流的心得。那場原是出於好奇心的家長訪問，竟穿透了單純的「看」與被看的層面，成為我們半生友情的基本形式，只是電話大量地代替了好似牧歌時代的門鈴。

不久我搬回臺北，最早租屋住在金華街，竟在街角遇見蘭熙，兩個人牽著相同的大耳金黃小獵犬，原來是近鄰，兩家只隔著淡江城區部大樓。不久我們開始在一些文友聚會中相遇。初識臺灣文壇的蘭熙和剛由外縣市搬來的我，同是「新生」，經常坐在一起。見面多了，常常發現共同的看法。對英文名著，尤其英詩的愛好，更成為我們共同的語言，也是我們友情和事業的又一塊基石。

一九七八年底林文月和我參加教授訪韓團回臺，由於半個月休戚相共，成了可以談心的朋友。蘭熙和我的聚會也常邀她和海音參加。四個人談三種語文的互譯，海音說很有點「洋味兒」。漸漸地，我們的四人聚會成了默契，每隔三、四個禮拜即會有一種自然韻律的感覺聚上一場，在各種可愛的小館子裡，興高采烈地說最近做了些什麼。蘭熙說季刊的事，海音說純文學的新書，文月說新譯的《枕草子》，我則說近日為新人新書寫的評文……吃了些什麼我都不記得了，只記得各言爾志的舒坦和快樂，每次分手總感到言猶未盡，時光飛逝的惆悵。有幾次文月邀我們去她家正式赴宴，她與郭豫倫先生各出名菜，在她近年出的《飲膳札記》中列出菜單，還有一張難忘的宴會照片，文月、海音、楊牧、胡耀恆、蘭熙和我由兩旁簇擁著臺靜農老師。看看日期竟已二十年！童年時讀到一本西班牙散文，終句說，「無義的時光啊，你做了些什麼事？」那時不懂，卻記住不忘，如今卻是痛切地明白了。

一九八五年我在師大人行道上被摩托車撞成重傷。蘭熙進了三總病房，看到被包得像木乃伊似的我，就哭起來，反倒是我勸她，「看，我還活著！」之後幾日，她每日來都流淚不已，我告訴她，手術前後，疼痛實在難熬，最痛的時候，默誦英詩保持心智清醒，最常背的是華茲華斯（Wordsworth）的 A Slumber did my Spirit Seal（《如何讀西方正典》譯作〈彼時，昏睡遮蔽了我的靈智〉），總是記不清第五和第六行，請她回去找出給我。這是我倆的收淚祕方。手術後十天，她和我開始編德文本的《臺灣短篇小說選——源流》（*Der Ewige Fluß*）的篇目，以便柏林自由大學的郭恆鈺教授早日進行譯成德文，接洽在德國出版，第二年五月筆會在漢堡召開，「我們臺灣」文學有了德文本，爭取會籍選票更有把握。蘭熙一手握筆，一手持紙俯身在我病床欄杆上的情景，可惜沒有留下照片，雖然那是醫生和護士眼中的奇景。回家坐在輪椅上我用左手勉強寫字，幫蘭熙譯完《城南舊事》最後兩篇，寫了中、英文序，完成時，我們四個人坐在我餐桌旁，用衷心的歡笑慶賀這份友誼的果實，海音、文月對我左手寫的英文特別「佩服」。蘭熙在二十多年前英譯了第一篇〈冬陽・童年・駱駝隊〉，到一九九〇年香港中文大學出版社出版英文本，終於達成了她與海音的心願。去年此書又出版了中英對照本，封面和編排都有新貌。出版社由香港航寄兩本，請我轉交海音家一本。夏先生也已無力在病中翻閱。「十年一覺城南夢」，唯望在讀者手中此書長存。

天下當然沒有不散的宴席。雖然我們四人的歡笑並沒有因蘭熙的病而遽然停止。她最初只是有時記錯時間，走錯餐廳，忘記別人的姓名，我們笑她好命，家裡外頭都被人照顧慣了，剛過了七十歲生日，有權利作「選擇性記憶」。而我相信，她來聚會，心情好有助於頭腦運作。只是每次聚會我會去接她，然後送她回家。記得最後一次在海音家。我的學生徐松玉送我一頂假髮，說可免染髮之苦，我帶去想研究怎麼戴，她們三人大感興趣，在我頭上大大發揮高見，東拉西攏，怎麼都不順眼。十多年來，我們聚會總有說不完的話，總來不及談衣飾髮型，這頂假髮可是新鮮事，四個人對著鏡子笑成一團，海音拿了照相機猛照，她說，「你們再笑，我都拿不穩照相機了。」剩下只有蘭熙和我梳攏假髮的時候，海音在我頭頂上對文月說要為她出一本新書，文月就說她對新書編印的構想。

一個月後我們再聚，初校本已印出來了，海音問文月可否在一週內校好，我笑說大概三天就會校好。果然，從談到出書，加上郭豫倫先生的封面設計，兩個月不到，極其雅致的《和泉氏部日記》就問世了，是純文學出版社最後出的幾本書之一。那幾年我有時戲稱她們為「急驚風」，其實那時海音已在著手結束她的出版事業，文月即將隨夫移居海外，內心都有一些難捨與迫切之情。

不久蘭熙有美國之行，回來後邀我去筆會看季刊新版。幫她十五年的劉克端女士辭職後，新請助理郭菀玲小姐極聰慧負責，但仍是新手。公事談完，只剩我們兩人，她突然對我說，在美國最新醫學測試，她的腦細胞有百分之三十已損壞，失憶症已經開始，且無醫藥可以保證能阻止它繼續損壞，她淚流滿面地說：「邦媛，我看著病對我走來，無人能夠幫我。」又過了約一月，有一天早上，她家人打電話給我，問我好不好立刻過去一下。我到她家書房，看到她頭俯在打字機上哭泣，抬頭看到我，她說，「邦媛，我翻不出這首詩，下一期要用，我怎麼辦？」她雙手環抱打字機，哭泣難抑。我抱住她說，「Nancy，不要緊，我帶回去幫你譯，你放心好了。」那首短詩是白靈的〈風箏〉，那是一九九二年初春，當初在旁鼓掌加油的我，絕未想到二十年後，自己剛離開講堂，會為友情接這支火把，雖曾猶豫多日，終於接下，一跑八年。生涯規畫擱置，時間與感情陷入日深，竟似至友託孤，割捨甚感不忍。

相聚三十多年，多次聽蘭熙講她的童年，如何為鄰童喊她「雜種」而與人打架，如何在失母後缺人照料而撞倒油燈灼傷半邊臉，如何用方塊字學中文……她十歲失母，卻因天性溫厚堅強，長成為樂觀友善的女子。她一生也許最大的憾事是未能找到人給她母親寫傳。她那金髮碧眼的美麗母親一九一七年嫁給中國留學生張承櫆先生，由美國維吉尼亞州來到中國湖北縣城居住，生兒育女，十多年後終於離去，她的一生在那個時代實在多采多姿，如果有作家善用此一題材，當有許多動人故事可以傳世。她自己一半中國血統，一半美國血統的身世，卻奉獻半生為臺灣文學在國際發聲，中美斷交後她受邀在美國十家地方電視臺，侃侃而談，「Talk about Taiwan」那樣清晰的頭腦，那麼有條理的言詞怎會陷入失憶的困境？這類在英語世界為臺灣發聲的事，蘭熙做了很多，如同用英文出版的筆會季刊一樣，在臺灣反而少人得知。

我最後一次與蘭熙在臺灣相聚，是一九九四年五月殷先生去世不久。和平常一樣，我和她面對面坐在她書房左隅窗前，夕陽由國父紀念館的樹叢照進來，淡淡的金色照在靠牆的書架上。我突然發現書架上的照片全換了，所有殷先生的照片都不見了。我們手上各捧一杯茶，只是話不知從何說起，不像往常那樣見了面就有說不完的事，面前也沒有堆著書報和季刊的稿子。話題變得艱難起來。我說剛才在路上碰到遊行，她就說，「你知道，之浩死了。」再說幾句別的，她又說，「你知道，之浩死了。」我說我知道，我去了他的追思會。我從來沒有看過那麼高雅的靈堂，寧靜的男中音歌唱，在一色白花鋪滿的四壁，迴盪，哀傷而又親切。她說，「從前在唱詩班，之浩就是唱男中音的，聲音好迷人。」我又說了些季刊的事，想轉移她的注意。她接著說，「邦媛，你知道，之浩死了。他們把他埋在白色的石頭墓裡。」我從皮包裡拿出兩本新的季刊給她，封面很不錯，是高山嵐的〈故鄉山景〉。她手裡拿著書，淚盈欲滴，二十年來，季刊是她的baby。但是她又說，「你知道，之浩死了。」兩個人終於無語，對坐在夕陽裡，暮色漸攏，淡金色的夕陽轉為黯淡的玫瑰色，種花的人稱為玫瑰灰燼的顏色。

兩年前我專程去舊金山看她，文月與我帶了一把亮色的鮮花同往，看到她由內室被扶著走出來時，她看來身體稍重，但部分神情仍似當年，我內心頗感激動，多年隔別，她還記得我麼？我知道她已不能談話，但是想到她離開臺灣前，有一天打了七次電話給我，說她可能要離開臺灣了……一再撥我這熟悉的號碼，叫著最熟悉的名字時，也許是對過去的生涯千言萬語難捨之情？也許她還記得我吧？當我拉著她的手時，她所能說的只是「邦、邦、邦……」我確知那已是可貴的記憶了。臨別相抱，心知今生再見不易了。舊金山晴朗的正午，天空湛藍深遠，像不可測的人生。這兩年內，海音去世；當天那麼健康地載我們去看蘭熙的郭先生竟也患病去世。和蘭熙論交數十年說的用的多是英文和英譯，而如今面對這個殘局，浮上心頭的卻是「死別已吞聲，生別常惻惻」。

年初收到國際筆會老友，多年祕書長白麗莎（Elizabeth Paterson）退休後寫的回憶錄*Postcards from Abroad*。在扉頁寫著，「以摯情紀念我們共同的好友蘭熙。」書內記載了許多蘭熙在筆會的奮鬥。她們對她幾乎全票當選國際筆會終身副會長之後即未能再去開會，感到極大的遺憾。我今以此文思念蘭熙，向她二十年默默無私的奉獻致敬。我們相互扶持、相互鼓勵的友情，匯合成近三十年的心血，凝聚在一百二十本英文季刊中。我們曾在臺灣多變的政局中，不用「政治正確」的觀點選文，只考慮藝術造詣和人性關懷，忠實地呈現了半世紀臺灣文學的全貌。三十年雖只是永恆的一瞬，但我們希望它為這個時代的臺灣留下刻痕，如十六世紀英國詩人Edmund Spenser在他名詩Epithalamion最後的希望是用此奉獻，「for a short time an endless monument」。蘭熙美好的仗她已打過。在她失憶的世界裡，不察覺「Time's Winged Chariot hurrying near」（時光長翅的戰車日漸逼近），也許不全然是悲痛的事。

作者簡介

——齊邦媛（1924-），遼寧鐵嶺人，國立武漢大學外文系畢業，一九四七年來臺灣。一九八八年從臺灣大學外文系教授任內退休，受聘為臺大榮譽教授。教學、著作，論述嚴謹，引介西方文學到臺灣，將臺灣代表性文學作品英譯推介至西方世界。著作有《巨流河》、《一生中的一天》、《霧起霧散之際》、《千年之淚》等。

天涯行腳

黃寶蓮

城裡來的姑媽手挽著皮包，從三輪車裡伸出纖細的腳，鞋跟觸及地面，踩下第一有洞的腳印，從後院竹林小徑那頭，花影一般搖曳而來，美麗窈窕的身影，華麗深沉的繡花旗袍。

姑媽離去，鞋跟烙在泥地上的圓洞，一路延伸到城裡我看不見的繁華裡，對都市的嚮往，隨著姑媽遠去的高跟鞋印綿延不絕。那年頭還沒有電視，沒有電腦網路，我想像力所及最遠的地方是火車過山洞，薰黑了鼻孔，到了有大輪船發出巨大鳴笛的海港基隆，姑媽的住所，海灣山腰上的家，門前一片藍天和大海，遠近大小船隻，總有桅桿從遙遠的海平面上升起，帶來遠處他方的神往。

鄉下赤腳的童年，姑媽的高跟鞋象徵的是城裡人的富貴與摩登。一九五九年，我四歲。如此劃分城市與鄉間。

那一條蜿蜒半里長的小路，千迴百轉，曲折多彎，從家後院密實的竹林通到寬闊的大稻埕，泥黃的土地上圈住方圓一片天，周邊是濃綠的相思樹林，裡面是我們躲迷藏的祕密幽林，終年累積著厚濕的落葉。穿過大稻埕，小徑繼續延伸到鐵路平交道，視野南北延伸，橫過鐵道，逐漸遠離族人世居的村落，開始了稻田與水塘，水塘邊乖張多刺的林投，一直到武田藥廠，空氣裡終年飄著紅燒豬肉似的維他命丸味。

那一片遼闊的祖產在我幼年賣給日本人開藥廠。之前那裡種著黃豆花生，工人放我在竹編的籮筐裡，扁擔挑著，露出我半個娃娃頭，伸長著脖子，張望那片半天走不完的田地。

我總想路的盡頭，永遠望不盡也到不了的地平線，世界的邊緣就是池塘後面，防風林的盡頭，我腳步無法跨越的陌生地。

那條通往外邊世界的蜿蜒小徑，本來是泥面，三輪車正好可以通行，有了汽車之後，塵土飛揚，腳踏車閃到路旁，一邊深溝一邊水塘的驚險。然後，路逐漸被拓寬，鋪了石子，以至柏油，我已離家經年。

記憶中那片綿延的綠色竹林，不知何時已經車馬喧囂，我無憂歡樂的童年，盡情奔跑戲耍的大地與林蔭，蝴蝶蜻蜓都去了遠方，不再有白鷺鷥停在水田牛背上，溪裡沒有泥鰍、大肚魚、河蚌與蛤蜊，我那寧靜安詳的家園，綠色的田野鄉居，被寬闊平白的馬路分隔穿截，上班下班，往來的車陣無情碾壓我童年的記憶，破碎而疼痛。

生活不可避免的推前，不論是破壞還是建設，我們不顧一切。

小學國中高中，黑皮鞋白布鞋，整齊、秩序與紀律，我們學習愛主義愛國家愛領袖，讀完白先勇《寂寞的十七歲》的高中一年級，第一次約會，在中山北路專賣舶來品的晴光市場買了雙墨綠色的鞋，方頭、平底、男鞋式樣。因為怕新鞋磨腳，自以為聰明的在腳後跟抹肥皂當潤滑劑。

我和我高高帥帥的讀建中的朋友，隔著靦腆的距離走在陽明山公園的花間小徑，我修長白皙的腿配著綠色的鞋，短俏的迷你裙，他敞開領口的白襯衫，半捲的衣袖，長到鞋跟的喇叭褲，短短的三分頭，一對青澀的男女。

天下起毛毛雨，我們沒傘也不打算躲雨，都不知道該說些什麼話，世界沉默著等我們開口，約會原來這麼艱難，僅只牽手都需要無比的勇氣，我低著頭看自己的腳，雨越下越密，腳漸漸濕了，就瞧見自己腳下滋滋冒起肥皂泡沫。

是我那抹了肥皂的腳後跟變的法術，使我不明所以的男伴驚嚇不已，所有雨中漫步的爛漫情懷，全被腳底冒泡的尷尬和蠢相破壞無遺。

那是我唯一的綠鞋，以後也沒再想穿綠色，也不在雨天穿新鞋，大二那年出車禍，腳下是嶄新的一雙短靴子。不是迷信，不過是避免一些唐突的記憶。

關於身上所穿所戴，我總想和別人不一樣，更確切的說是總怕和別人一樣，即使只是腳上的鞋；也不是標新立異，沒那麼叛逆，也許只是因為孤僻，不喜歡張揚，所以不愛流行，總是刻意迴避。

這很彆扭。大部分孩子怕跟別人不同，怕受排斥，怕孤單，怕趕不上情況，都希望被認同，文化革命利用了這樣的群眾心理驅使一代青少年做出違背倫理常情的事。

大學一年級，擺脫高中時代的制服束縛，開始給自己做衣服。鞋子做不了，就在臺大附近的羅斯福路找到一家可以訂做鞋子的店，畫了鞋樣讓師父做。

那雙棕紅色涼鞋，從腳面交叉繞過腳跟纏到腳踝上，穿在腳上很得意。班上叫趙世信的男生忍不住對我說：你這人挺有氣質，就是腳上那雙鞋不堪入目！

他管那鞋叫耶穌鞋，受苦受難的腳。我後來才知道阿爾卑斯山上的雪人在五千年前也穿著這樣的鞋，只不過鞋底是乾草編織而成，是人類史上發現最早的鞋子。

趙世信未必高明，不過是個子高些，長相帥些，功課不壞。本來對他沒有意見，一聽他如此批評我精心設計特別訂做的涼鞋，暗自決定了他到底只是臺中鄉下來的孩子。我就是不懂謙虛、不肯受教。二十多個年頭過去，逐漸就要邁入中年，還能在自己身上看到那種固執與自恃。雖然，只是關於一雙鞋子之小枝小節。

所以，經常買不到鞋，既要簡單舒服，又要與眾不同：不要蝴蝶結、不要鈕扣、不要花邊、不要鞋帶、不要拉鍊、不要太高太尖太細太亮，不要時髦也不可以保守，隨時可以穿上脫下，顏色可以黑可以紅，再多是褐色與棗泥。

如此簡單，尋尋覓覓難得找到的鞋，居然都還有不如人意的地方，買回家的十之八九受冷落，經常穿的總是固定的一兩雙，以為自己挑剔，女友安德烈亞告知：所有女人都有一樣的問題，鞋子是用來折磨消耗女人的！

無怪乎打從十世紀到近代的一千年歷史，中國女人的自由與自覺都被緊緊的困纏在三寸金蓮裡。

西方有致命的高跟鞋，dress to kill，有人以為高跟鞋是優雅高貴又性感又挑逗的雕塑女人雙腳的藝術，可以崇拜，可以信仰，可以當宗教。高跟鞋據說是達芬奇的發明，他什麼都喜歡動手做，做出一雙高跟鞋來也不稀奇，他也許沒想女人當真會穿。

十六世紀整個歐洲貴族婦女，卻為高跟鞋風靡，腳底的鞋高到三十寸的驚人尺度，叫作Fad-Chopines，十七世紀中路易十四瘋狂著迷五寸高的麵包鞋，鞋跟上刻畫著小型戰事圖。男男女女這樣踩著高蹺，危危顫顫走在骯髒的城市街道上，居然還領了二百年風騷。

這是麵包鞋的前身。

七十年代中，我大學時期也有一雙麵包鞋，褐色交雜黑斑的鱷魚皮，笨拙愚蠢，卻是當時的流行，我已經無法免俗，因為地利之便，經常逛士林夜市的結果。

為了維持身體平衡，穿高跟鞋必須專注於腳步與體態的均衡，由此產生了藝術與審美上的特殊效果。這是高跟鞋論，男人的陰險，女人的陷阱。那個把鞋子脫下，赤腳跳舞的依莎多娜・鄧肯，解脫了傳統舞蹈的桎梏成為現代舞的先驅。

但是，高貴性感永遠是女人的嚮往，高跟鞋所以歷久不衰。陳文茜小姐穿五寸高跟鞋，為了挺起脊梁，抬起胸部，預防背痛的毛病，也糾正垂肩的劣習，這是她的高跟鞋療法，跟女性主義解放身體的旨意完全無關。

我唯一的一雙高跟鞋出現在生命中浮華虛榮的年歲。那時認識一個記者兼作家，經常旅行，出入高級飯店。我們約會，在香港，二十年前，我還不經世事，以為穿上高跟鞋就會變得嫵媚成熟，因為自己半生不熟。

走在高高低低的香港街道，踩著格格作響的高跟鞋，與我新識的戀人在東方文華酒店喝白葡萄酒、吃火腿蜜瓜、魚子醬，然後乘私人遊艇出海去白浪灣戲水。

我第一次見識的香港，樓很高，天很藍，上坡下坡，到處都是海風浪蕩。

生長在貧瘠閉塞的年代，我嚮往著汽車、洋房、美食、陽光沙灘與他鄉異國多情調的假日與逍遙。

假期結束，脫下高跟鞋，回到生活的平實，高跟鞋和戀人一起拋棄，明白了這一生不會再要和自己心性不合的東西。

那雙鞋，南京東路買的義大利貨，濃紫的茄色，三寸酒杯跟，尖頭，低淺的鞋面，露出細長薄嫩的腳掌，纖弱性感。但是，我走不好路，腳很頑固，練不成腳尖先著地的步法，也不舒服臀部被鞋跟向前推聳，還要挺起我沒有什麼看頭的胸。

戀人喜歡我的高跟鞋，不喜歡我在廚房炒菜洗碗。太辛苦，他說。那年紀，我以為炒菜做飯是真情與愛意。

十年後，當我開始享受外出選餐廳、挑菜式讓人服務的時候，他回頭在廚房熬三小時洋蔥湯為我做法國菜，在紐約，他哈德森河邊的家。

還願意嫁給我嗎？吃完他色香味俱全的濃汁鮭魚，他正經的問，以為滿足了我的腸胃就能挽回我的心。

總是陰錯陽差，這是愛情的難處。

離開臺灣之前，給陶器老師連寶猜油漆工作室。我不是經常打翻東西的那種人，那天卻打翻了一桶白漆，正好就倒在我心愛的藍鞋上。那鞋是一個細心秀氣的男生給我買的，平底，上面有細細的紅條紋，他說我就是穿那種鞋子的人，要了鞋號，真的給我買了鞋。經常穿，配一件棕紅色的寬布褲，兩個大口袋，白襯衫，還有一頭被燙壞了的「筷子頭」，一種細長直式的小卷，滿頭張狂如米粉爆炸。

那是我鞋子的藍色時期，經常坐大有公車從三張犁去到淡水海邊，在小鎮上買花布，找釦子，吃海鮮，經常畫畫，做陶器，寫書法，撿石頭，日子優游如行雲。

離開臺灣之後，寶猜逢年就寄雙藍鞋，總是相同的色調與雷同的式樣，第一雙寄來的小羊皮鞋，輕巧舒適，一種秋色的粉藍，紐約冬天寒冷多雪，一時沒能穿上。過了一個季節，從櫃裡拿出鞋子，變形又變樣。

人沒有水土不服，鞋子卻對氣候敏感。寒冷乾燥的北美氣候，加上屋裡的暖氣，帶著島嶼濕氣的臺灣鞋，無可避免的風乾縮小發皺變形。

那以後，沒再穿藍鞋，也沒有一個為我買鞋的男子，路越走越遠，舊識故交都已久違。

然後遇見穿尖頭鞋的巴比，在紐約西百老匯街的畫廊，他聲音特別低沉，手掌總是溫熱。我們經常在格林威治村夜遊，貼在牆邊接吻在清涼的月色裡，他用溫厚柔軟的手掌握住我冰涼的指梢，輕輕的摩娑，令人心蕩神馳的電波穿過掌心直抵心房。

但是，他穿尖頭漆皮靴子，尖得可以當武器殺人，winkle pickers，貓王的最愛，六〇年代的流行。我止不住好奇，問他穿那種鞋子的意思。他說耀眼醒目，他就要招惹人注意，他喜歡摩登新潮、誇張與趣味。

那就決定了我們的前途。當年我缺乏情趣、沒有幽默感、沒有想像力，不懂包容，不會欣賞異己，我用鞋子判決一個男人的性情，淺薄兼幼稚。

後來，遇見一個穿Dr. Marten鞋的男子。從他六歲上學到四十當今，一輩子就穿一個牌子的同一式樣：沉褐、圓頭、皮底、線邊、兩個鞋洞，笨拙穩重。他離開倫敦老家，去了沒有馬汀鞋的城市，就讓父母在英國買了郵寄到他所居住的城市，每年三雙，是固定的聖誕禮物。

他每天輪流替換鞋子，以便它們可以輪班休息，他分開左右腳，以防擠迫受壓，他解開所有鞋帶，為了鞋子的輕鬆，他穿式樣相同顏色不同的襯衫，一式七雙的灰襪子，七件同品牌內褲，每個星期天早晨洗衣，用統一的方向曬襪子，他如此規畫日常生活細節，一個內在秩序呼應著外在統一的規律，他性格穩定，感情專一，對朋友忠誠，對事業專注。

但是，他不允許我說要在他家廚房地板縫隙撒豆子，試試能不能長出豆苗的想法，他認為是不可理喻的愚蠢、瘋狂兼無聊，並不惜與我決裂，以堅守他篤信的事理。

你開玩笑？他不可置信的問。

不，真想試試！

你有病！

沒有，我有想像力！

這是瘋狂的念頭！

一點瘋狂有什麼不好？

你存心找我麻煩？跟我作對？

不是，只是和你觀點不同！

他不肯放過一個挑戰他信仰理念的人！一個穿馬汀鞋男人的固執！一個孤僻女人的乖張。我們在一起的理由是練習狡辯與作對，磨練彼此的性情。

客廳櫃裡有雙皮面木跟小腳鞋，是二十世紀初蘇格蘭孟洛先生從中國南方汕頭帶回來的紀念品，他在那裡辦學校，教英文，傳授基督教義，女兒在汕頭出生，一直到七歲的一九二五年，上海英兵槍殺了十二名示威遊行的中國勞工，爆發排華事件。孟洛先生不得不放棄一手創建的教會學校，攜家帶眷從廣州航過南中國海，經大西洋回到歐洲邊角上的蘇格蘭。

他從中國帶回來一批書籍，幾幅字畫，還有一雙三寸金蓮，一直儲存在他們維多利亞式房子的閣樓裡。直到他們汕頭出生的女兒成家，生下孩子，孩子長大，在閣樓上發現祖父從遙遠東方帶回來的書籍，還有那雙玩具一樣的小腳鞋，一雙帶著塵埃留著汗漬的發黃變硬的鞋，一個身世不可知的女子的遺物，以及她腳下所踩踏的土地，給了他靈感。

孟洛的孫子追隨祖父前路也去了中國，學習那裡的語言文化，成為一個漢學家，最後來到紐約，認識一個說漢語的東方女子，那雙小腳鞋，又傳回自己的族人裡。

我替孟洛先生接管了那雙鞋子，前世一個陌生女人的生平，她行走的路與經歷的年代，經常引起我的遐想。如果真有輪迴，有一天，是不是會有一個女人回來指認那雙近百年的三寸金蓮？

如果鞋子能說話，它們將有怎樣的故事與身世？

女人一生似乎永遠在尋找一雙完美的鞋子，彷如尋找一個完美的戀人。我總是買鞋，也總買一樣的鞋，如同戀情，繼續犯同樣的錯誤，永遠在尋找、期盼、擁有與厭棄之間循環。

生活不過如常穿舊一雙鞋，換掉一雙鞋，不知不覺就到了路的盡頭。中國人上床和鞋說再見，恐怕一覺睡去，從此人鞋兩相隔，既消極悲觀，也是瀟脫自在。

夢見自己死去，從腳開始失去溫度，一股冰涼直透腦門，腳底碰不著地面，沒有鞋子，不需要鞋子，死去的我沒有腳，沒有確切的身形，只有一個恍惚變動的形體，縹緲虛無，沒聲沒息。

死去的人照鏡子看不到自己，走路沒有腳，那是一種異質的空間，用意識行動，來去穿梭自如，就是無法和人間接觸或交流，死去的人所以孤單，因為眷戀著人世。我的魂魄回到過去居住的街道，在紐約布魯克倫區阿蓋爾街，兩旁是巨大的梧桐樹，人們在入夜的睡夢裡，月光照在狗身上。

我寂寞而哀傷，低頭看見自己沒有腳，嚇醒了自己。

我起身下床，去尋找鞋子。

作者簡介

——黃寶蓮（1956-），文化大學畢業，自一九八三年起先後居住紐約、香港、倫敦，行遊四方，著有散文集：《流氓治國》、《未竟之藍》、《仰天四十五度角》、《無國境世代》、《芝麻米粒說》、《五十六種看世界的方法》；短篇小說集：《七個不快樂的男人》、《七個不快樂的女人》、《Indigo藍》；長篇《暴戾的夏天》、《伊賽貝德32》等。作品多次入選爾雅、九歌年度文選，及日本現代中國文學。

2002

死亡像什麼？

平路

余先生躺在金屬櫃子裡，頭比平日小了一點，戴著雙光眼鏡，眼鏡顯得比平日大了一點，大概正準備睜開眼睛來看報。威嚴不再，面容顯得很平和。蓋著紅緞子被面，紅通通地豔光四射，這種布料一向給人不真實的感覺，像是舞臺效果。余先生躺在乾冰裡，白霧繚繞，也有一點舞臺效果。我扶住不鏽鋼臺面，隔著冒水氣的玻璃，朝躺在底下的余先生看一眼，老人家抿緊了嘴巴，我在看，他有沒有長出新的鼻毛。

別怪我，這是我跟人相親的方式。有一段時間，經常坐在余先生跟前，隔著那張大書桌，我也想著老先生鼻孔裡微露的黑毛。

鼻毛，我對鼻毛有興趣。

余先生跟我父親同歲。

多年前，小小的我坐在父親身邊。當時我很吃驚，第一次看見，從父親鼻孔裡，硬扎扎地，跳出幾根粗黑的毛。

當時年過半百的父親依然強壯。蠢蠢欲動的鼻毛，對一個小女孩來說，比玩具熊的鈕扣眼珠更耐人尋味。成年男人身上散發的汗氣總讓我心跳加速。父親騎單車從外面回家，舌頭伸出來，舔他的手臂，鹹鹹地，表皮上一層晶亮的鹽。

余先生躺平了，動彈不得，好像困在白鐵皮牢籠裡的人犯。我的父親還活得好好的，接下去我要說的是逃獄驚魂的一幕。

記得那一天。

那天早晨，父親又失去意識。幾個月內第三次。每次從幾個小時到十幾小時不等。像前幾次一樣，奇蹟似的，父親自己又醒過來了。

這一次，我沒有送他進急診室。我知道父親怕痛、怕打針。前幾次的經驗告訴我，睜開眼的一瞬，父親寧可置身自己的臥房。他習慣看見那雙後跟塌下去一半的拖鞋，平平整整放在床底下。

我要說的是醒過來之後的事情。

當時我開著車，旁邊坐著還沒完全甦醒的父親。父親醒醒睡睡，車子從和平東路轉上復興南路。我已經打定主意不送父親進醫院，至少不是現在。為什麼在復興南路上盤桓？當時是下午三點多鐘，清粥小菜似乎是合理的選擇。手握著駕駛盤我突發奇想，突然想到咖啡。眼皮撐不開、睏極了的時候，不是應該喝咖啡嗎？

路旁剛好有一家「真鍋」咖啡店。

馱著父親進門，扶著他入座。一面看餐牌，幾次我大聲叫：「爸！爸！」聽見我叫他，父親低垂的頭勉強撐了起來。

我胡亂指著餐牌亂點一堆。食物很快上桌。我拿銀匙子餵父親，眼看他慢慢喝了一口酥皮海鮮湯。父親自己的手指撥弄，想把湯碗上面那層厚厚的酥皮挑進嘴裡。嘴巴蠕動著，他費力地，想把酥皮整塊吃下去。然後，兩顎上下嚼動，大動作地吞嚥，歪到一邊的臉龐逐漸周正起來。

抬眼看我的時候，從眼神我可以讀到，父親正一步一步回來，從很遠的地方。

多日來就是如此；跟我們比起來，父親只是需要一段時間，一個比較長的過程，漸漸地就會回過神來。譬如父親會在我剛進門時候問我，你在哪裡工作？然後愣了一下，想起我是誰。等我出門時，他緩慢地挪移步伐，一定要看我下電梯。電梯關起門，不敢看他的眼睛，每一次，像是最後一次離分。

當時坐在「真鍋」咖啡廳裡，父親不停地蠕動嘴巴，吃完了又指指另一個碗，直到他把我湯碗上的酥皮也全部嚥下去。

然後是咖啡，我幫他選的。日式卡布其諾，浮著一層焦糖與奶油。半小時後，父親的臉色居然恢復了紅暈。

扶他上車之前，在騎樓底下挪動步子，旁邊出現一家裝潢很古怪的「心靈沙龍」。復興南路上原來只有清粥小菜，沒有這家奇特的店，我多看了幾眼，櫥窗擺著一瓶瓶精油，列著價目表，精油按摩加洗頭創造出意想不到的效果。我側扶著父親，隨口問一句：「爸爸，要不要洗個頭？」

父親居然說：「好啊。」簡單兩個字，一秒鐘不遲疑。

我牽著他的手，跨出腳步向屋裡走。推開玻璃門，很果決的一刻：父親兩隻手臂向前，幼稚園小朋友一般，套上塑膠圍兜。我幫父親脫掉鞋子。那張洗頭的臥榻上，他面向天花板平躺著。睜開眼，看到的應該是牆壁上嶄新的淡藍色油漆，還有黏貼著星星月亮的螢光天空。「新世紀」的音樂裡，洗髮的小姐正幫父親用手指按摩頭皮。

我坐在暗影裡，聽聲音，就知道溫水沖灑在頭髮上，從鬢角開始，過了腦勺，水柱繞到後頸。一遍一遍再重來。不知道過了多久，說不定我也盹著了。

洗完，又剪了一個頭。父親的頭髮全白了，閃閃發光。銀亮的髮絲一截截，又輕又軟，好像從雲端落下來、飄散在地上。

怎麼樣的感官經驗？說不定觸電一樣，從神經末梢傳導進來的強大刺激，讓他咧開嘴微笑。我走過去，頭靠在父親的肩膀上。幾個小時之前，父親在哪裡呢？一個閃神，我可能失去他。

扶著父親，我用手肘撐開玻璃門。一隻手托住他的腰背。感覺上很輕快，我們跳華爾滋一樣滑翔出來。

他牽著我的手，我牽著他的手，我們逃走了。

兩個逃學的小孩，小男孩與小女孩。醫院找不到我們、醫生追不到病人，更精采地是，我們把氣急敗壞的媽媽也一起拋在後面了。

無論心理分析學上有多少複雜的指涉，我所說的很簡單，這是一則逃亡的故事。

到今天為止，一次又一次，我牽著父親的手，從死神斗篷的褶縫裡閃身而過。

余先生也試過逃走吧，他曾經找年輕同仁陪著去買ＣＤ、租電影、看骨董。「別漏掉我。」他叮囑，早些年主筆群聚餐，他興致地非要湊一腳。在余先生身邊，我們都見識過他自我解嘲，表現出難得的幽默感。

困住他的反而是這陣子許多人在悼詞裡稱頌的「大是大非」。兩岸關係遲遲沒有進展，余先生竭盡思慮，為臺灣想出邦聯、聯邦啊各種解套辦法，愈到後來，余先生愈心急氣躁起來。

沒機會對他說，而我清楚感覺到他的鬱悶，因為我父親也有同樣的心事。他們參與的是同樣的大時代，知識分子的毛病他們兩老都有。置身中央大學的學運世代，當年，他們同樣站在學生群中振臂高呼。

到晚年，他們與後輩的溝通方式也極為類似，常是嚴肅的話題。即使家居的時刻，譬如吃飯吃了一半，同樣會放下筷子，就地取材用碗盤當道具：這裡是國軍的防線，那裡是八路軍的攻勢，遠的有一處天險，近的是一個村落，他們在餐桌上繼續打未完的戰役。

只有碰觸到湮遠的記憶，才可能陷入溫潤的情懷。坐在余先生對面，我親眼看過；扮家家酒一樣，余先生執拗的神情，搓摩著手裡的雨花臺石子，萬里外初戀女友託人帶來的吧。知道故人過世，給我看他手寫傷逝的輓聯。「那，不一樣。」跟後來遇見的感情都不一樣。余先生放慢了音調，他對著手裡的石子唧唧噥噥。

離亂歲月中做出的選擇，選的當然是正確的道路。莫斯科大使館與女友一別，從此分道殊途，余先生踏上返國從戎的歸路。

可惜沒有機會問他，在路的盡頭，究竟什麼看起來更重要一些？錯過的情緣？還是獻身的理念？難道說，人的瑣細私情在大時代裡終歸是輕如鴻毛……

他們這一輩大男人，自由自在的日子不太多，總有一些必須嚴肅的理由。

快樂的日子不多了。牽著父親溫熱的手掌，我默默擔憂父親他再老一點、再病一點，我怎麼辦？

寧可凝注於父親的鼻毛，灰蒼蒼地仍然在生長，不停地長出來，似乎那裡還有蓬勃的生機。也因為不願意多看老男人的眼睛吧：深深地摺層，眼白有點濕潤，有時候糊著眼屎。我不敢看進去，無能為力了，一潭停滯的死水。

問題是，怎麼樣打開另一扇門走出去？余先生的遺言是「要勇敢」。事實上，他本身需要勇敢，做他不曾嘗試的事。譬如把手指伸入春天的溪床，重新感覺暖和的湍流。或者讓人用手指插進他的頭皮，少女的柔荑纖纖，好好洗一個精油的澡。

給他百憂解、給他快樂丸……不管做什麼，逃得愈遠愈好。

到最後，余先生需要的不是每天改社論、不是主筆會議、不是國家民族大義，他才不要告別式中歌功頌德的話，不要那麼多白色的煙霧，不要……不然就會臭、會爛的結局。

PS

後來追思會的場景，人們選用的布景是中國南方黃色的菜花田，余先生昂然站著。張力十足。

其實余先生每張照片都顯得太嚴肅：與旁人無涉、跟田園生活徹底絕緣、與世界呈現一種緊張關係。總覺得余先生沒機會逃走，或者說，沒機會逃走之前，硬生生被抓了回去。問題是，他始終威權如嚴父，哪個人膽敢牽起他的手亡命天涯？誰敢跟他說，余先生你太費力了，癌症末期的痛楚，何必勉強？余先生應該可以靠在、倒在、癱瘓在軟綿綿的沙發裡。

在嚴父跟前，他的親生兒女們絕不敢造次。

告別的儀式，明明是黃色菜花田的場景，原諒我，我竟然想到嗑藥的經典電影。想到片尾那個白色的抽水馬桶：如果死亡也是一種逃遁，怎麼從國家民族重責大任裡逃出來？怎麼有機會像《猜火車》的結局，兜頭兜臉栽下去，才能夠化腐朽為神奇，從泥沼裡升起芳美的百合花……

至於我的父親，今年九十二歲，他的鼻毛，還在彎彎曲曲地繼續生長。

作者簡介

——平路（1953-），本名路平。生於高雄鼓山，臺大心理系畢業，美國愛荷華大學數理統計碩士。重要著作包括以社會事件為題材的長篇小說《黑水》（聯經）以及《行道天涯》、《婆娑之島》、《東方之東》、《何日君再來》等，短篇小說集《蒙妮卡日記》、《百齡箋》、《禁書啟示錄》、《凝脂溫泉》等，散文集《浪漫不浪漫》、《讀心之書》、《香港已成往事》等與評論集《女人權利》、《愛情女人》、《非沙文主義》等。曾獲吳三連文學獎。長篇小說與小說集有英、法、日、捷克等多種文字譯本。《黑水》已出版韓文版。

二〇一七年新作《袒露的心》（時報出版），出版後引發眾多回響。

毒

徐國能

容貌清俊的何醫生是治毒專家，有國手、神醫等雅稱，醫術自是了得。據其說天地萬物皆含毒性，而人類的歷史與文明，就是不斷中毒、解毒與防毒乃至於用毒的過程。可不是嗎？傳說神農嘗百草，一日而遇七十毒。這經驗儼然是一部民族的天人關係史，其中包孕了自然與人文的雙重意義。在彼遠古時代，光是草木之毒便已這樣防不勝防，當前工業文明底下，以人工製造出來的毒物毒素，實不知凡幾，每週每月，都有科學家發表某一種食物或藥物可產生致癌物質之類的報告，活像是神農氏初嘗了某些劇毒，不死之餘，連忙將之化為人類的總體經驗之一。我們活在充滿毒性的時代，一日所遇，恐怕不只七十種毒，我感覺這些不知名的因子正不分日夜地滲進我的身體乃至於靈魂之中。

何醫生幫我把脈，冰冷的手指像是古人試探鴆酒的銀簪，細心的他好似一個多疑的婆婆，診完左手換右手，又換左手，又伸舌頭，翻眼皮，果然沒錯，何醫生嘆息說我周身中毒，並且由氣轉精，因血入脈，已大量囤積在五臟六腑，此言非虛，我近來總覺得腹脹胸悶，晚上淺睡多夢，清晨口乾舌燥，諸般不適，證明了我中毒的事實，何醫師勸我服食「解毒瀉心湯」之類彷彿武俠小說中名目的散劑，並且要避菸酒、少勞煩、勿飲冰食等，否則一旦積毒成鬱，或是轉發為癰疽，那便不可收拾了。

我稱謝而出，滿腹卻是狐疑，不知何醫師是否能在我凌亂的搏動中，診出我漫長的中毒史。我最早一次中毒乃在小學，一回下課嬉戲，誤將同學的鉛筆刺入臂肘，那筆頭的黑鉛斷在肉中，愈去擠弄，好像陷得愈深，數日之後，竟成為皮膚底下一顆青灰疣痣，至今仍在，多年來血氣運行，不是正將其毒性散布全身了嗎？此外，小時候家中客廳總有一只大鋁壺，據說鋁製容器亦會釋放毒素，我猜想這麼多年來我必然也吃下了許多，也許就在我的臟腑中，凝結成了一塊難以剋化的金屬，即使燒滅我的肉身，這塊金屬大約也會被鍊成舍利一般的物質吧。除了這些重金屬的毒質，自然之中，毒物更是防不勝防。

兒時聽聞家長說了某位工人，以夾竹桃枝當筷子扒飯，便當還沒有吃完便中毒倒地，因此我對夾竹桃這類植物是戒慎恐懼，敬而遠之。不過有毒草木隨處皆在，如發芽的馬鈴薯，在物質匱缺的年代，興許也吃了不少，又如芋，其毒足以導致聽力障礙與頭痛，在西方古代甚至以其汁作為墮胎藥，其毒可想而知，而我這一生又吃了多少芋頭呢？含毒性的魚蝦蛤蜊，被何醫師視為至毒的抗生素，都是生命中不可承受之毒，但活在現世的我們似乎難以避免，至於撲飛的粉蛾、爬行的壁虎、結網的蜘蛛，都是毒質的來源，因此我感到自己鎮日與毒為伍，「毒」如藤蔓，緊纏我的生命，乃至於全人類的生命，縱使我傾圮了，它仍化作毒水滲入地底，毒氣逸入天風，繼續危害其他生命。

不知「解毒瀉心湯」之類的散劑能否化去我身之毒。

何醫生對我的忠告有許多，例如不可生氣，否則易生肝火，容易轉化體內毒質，但亦不可不生氣，積鬱亦會成毒；又如勿飲生冷冰食，以保腸胃不遇寒毒；又勸我多戴口罩，以免氣毒隨呼吸進入體內……總之，血有血毒，心有心毒，一切必須小心為是。

我每兩週給何醫師診治一次，觀察我中毒、排毒的情形。何醫師的診所牆上有一幅字，圓潤的筆鋒寫的是「弘揚岐黃之術」，原來我國對於毒的認識與運用早有漫長的歷史，據說在《周禮》裡面就有說到為天官的醫師之職是「聚毒藥以供藥事」，此人在宮廷中，乃專司以毒攻毒的職責，我猜想他必有一方小小藥圃，種滿各種從山野中採集回來的珍奇毒草，只不知是否有一塊「閒人勿近」之類的警示牌。當然，在每一個權力架構底下，毒都是不可以少的，明的來說，君主可以賞賜忤逆或是犯罪的臣子以毒酒，讓死亡變得瀟灑與從容；暗的來說，多少嬪妃王子間的鬥爭，都需建立在毒字之上。因此我一直覺得「毒」字所造甚妙，上面三橫一直，像是一棵怪異的蕈，而下面的「毋」乃是警告一般小民，絕不可輕易食用之意。此外，上面亦可視為是一「主」字，凡毒之物，皆上主所用，或是用後便為主上，而下面的「毋」字則像極了我們當今在廣告海報上反菸反毒的標誌，把所有毒物放在那圓圈中，然後畫上一撇以示反對與禁止，唉！權力其實不就是運用那些被反對與禁止的事物或手段以達目標的過程嗎？「毒」這個字，造得真是深具意涵。

不過顯然何醫師要去弘揚的，應該不是這種權力的陰暗面。他總相信毒物自成一互相生剋的循環世界，因此只要能把握其中原理，不僅萬毒不侵，更可以解決許多生理的病痛，人間的疑難。我嘗試了「荊防敗毒散」、「竹葉黃耆湯」、「化肝消毒湯」、「內固清心散」……等幾種湯藥散劑，外加每日薰香靜坐，不事煩勞，何醫師認為我體內之毒勢已稍微抑遏，應可日漸排出體外。但我不知毒質去淨的我還是不是原來的我。

小的時候春節前後，總有人送來薄薄的農民曆，最讓我關心的不是一年中某日某時的吉凶，亦非肖某的今年運勢如何，而是在底頁一張印製粗糙的食物相剋圖表，橫豎一頁約有三、四十種日常食物相剋的發生關係，如柿子加毛蟹、河豚配黃酒等，都會引發中毒，此圖表亦附上其解藥，如地漿水、雞矢白或是綠豆。而我家每年在最毒的一日——端午那天，除了燒艾草灑雄黃，還要喝綠豆湯，大約是取其能清火解熱毒，與古代的五辛盤或有類似之功效，可保一年不疔不瘡，百蟲避走，安適而舒泰。這些奇妙的食物相沖或是相剋，直是昭告了一危險世界的存在，這世界隱形在真實平凡的世界底下，蠢蠢欲動，隨時要撲上來吞噬我們的健康。而那張印刷模糊，畫得似是而非的圖表，彷彿是這個黑暗世界的一張尋寶圖或護身符，我可以藉由它闖入這個危險的小宇宙，驅喚其中的精靈與力量，這令我感到無比的危險與快樂。

然真正能驅使毒物為其服務的人大約只見於武俠小說中，這類門派大多陰險狡獪，行事不正，屬於旁門左道的人物，而且多位於中土以外的邊陲地區，比如四川唐門、西南蠱教，又如金庸先生寫的五毒教、西毒或星宿老怪等人，都令人印象深刻，古時印度，不也叫作「身毒」嗎？這真是比鬼方、匈奴、突厥更可怖的名稱了。但這些故事兒時看得神魂顛倒，長大後卻不禁懷疑小說中這些用毒與破毒的描繪，是否反映了漢族文化對於其他少數民族的不解與猜忌，一切未知的習俗儀式飲食等，都被冠以用毒之聯想，或是小說家純然利用讀者懼「毒」的心態，將之化約為簡單的正邪之爭，解毒的完成，亦代表了光明戰勝黑暗。這類小說的結局大多都是正義之士在過招間，忽感口鼻一陣香甜，登時頭中一暈，但立刻清醒過來，連忙運起某某神功，將毒反激回去，然後用毒者自作自受，滾地哀嚎，在正義的大纛底下，大概沒有人會同情這些一身劇毒的邪教人士了。文化的拓展，是不是就建立在一次又一次的消毒之上，固有的、民間的、地方性的……都近於毒之一類，慢慢地要被正統給消磨掉。只嘆歷史中我們很難親耳聽見，那些試圖以自我文化抗拒優勢文化侵略的人物，中毒之後的滾地哀嚎……

為了多了解自己中毒的狀況，我向何醫師借了許多書籍研讀，所有的典籍都記載，在中西的文明裡，毒與藥皆為同源。

最具代表性的是嗎啡，在古埃及《阿貝爾思藥書》，以及希臘醫聖希波克拉底斯、羅馬醫生嘉雷諾斯等人的記載中，他們皆用鴉片作為藥劑來治嬰孩的啼哭與頭痛，「嗎啡」之名正是來自希臘神話中的「馬爾菲斯」，一位掌管夢想與幻境的天神。然而近代醫學則證明了，嗎啡乃具典型毒素「生物鹼」，量多足以致死。我們用藥亦等於用毒，而那些用毒的人是否亦等於用藥呢？嗎啡在止痛的過程中讓人飄飄欲仙，有人耽於這種感覺便濫用之而不可自拔，是為「毒癮」，然而更多的時候，更多的東西都使人飄飄欲仙，一個豪華的排場、一句恰當的奉承、一場作假的勝利、一個名位、一種權力……都使人因此而耽溺，這種癮，真不知如何勒戒，因為它們往往治癒了許多隱微的病痛：貧困的童年、失望的人生、受挫的經驗、被輕視的感覺……那些深深影響我們感情與意志的新舊傷口，都需要這種心藥來醫治，這種心毒來麻痹。而嗎啡最妙的地方在於它之所以有效，乃是我們的大腦在某些狀況下，自會分泌這種類似的蛋白質來安撫、鎮定我們的神經系統，歸根究柢，那些毒素與毒素所造成的諸般感覺，都源自我們的肉身，而心藥與心毒的產生與作用，是不是也源自我們的本心呢？

長期服食諸多藥劑之後，我猜我體內之毒或已排盡，肉體無論內外，都應處於一種純淨的狀態，像一棵有機蔬菜，或是非基因改造食品那樣令人安心。何醫師替我把脈，也認為大約恢復至安全的範圍，但他仍勸我繼續服另一帖藥，說是改善體質、增強免疫力、活化細胞、促進代謝……總之，能拔殘毒，並能禦毒於未然。在等待領藥之時，旁邊兩位病人正在交換病痛的經驗，一位說自己皮膚粗糙暗沉，容易生斑點，是以前劣質化妝品的毒素殘留所致。另一位則說工作關係，經常日夜顛倒，加上三餐不定時，因此影響生理，總覺自己經血不盡及宿便聚積，血毒便毒，讓她全身倦怠，手冷腳冰，時常生病……這時叫到我的號碼了，領到一包沉甸甸的藥粉，透露淡淡的草木清香，我深深吸了一口氣，好像先吸取了一些其中的菁華似的。觀望這些等待治病拔毒的眾人，我覺得大多數是倦容多於病容，而擔心大於痛苦，因此我突然領悟，我們這些中毒之人，也許並不是真的中了什麼奇毒，而是對一個奔忙喧囂，而且處處充滿難解資訊的新時代感到懷疑與不安，漸漸失去了能夠活下去的信心與勇氣。故我們相信那些純粹天然草根樹皮所研磨的粉屑能治療體內之毒，其實我們所嚮往的，也許只是原始、自然而單純的生活空間，較緩慢的步調與一些寧靜的片刻而已。

何醫師最後開給我的藥粉我一直沒吃，中毒跡象時有時無，依然冬天感冒夏天過敏。藥粉的清香漸漸淡去，最後竟長出了霉斑，這讓我想起了《白蛇傳》中白娘娘散布毒水，再用許仙發霉的藥材來治癒中毒之人急性腹痛之情節，愛情就是一種毒素，讓人發暈；但也是一種靈藥，可治百病，這也許正是《白蛇傳》全本菁華之所在。

有形之毒積聚臟腑血氣，所害止於皮囊；而無形之毒所侵擾的卻是心靈，擴而大之整個社會都會受其影響，即如《涅盤經》裡所記載的擔心：「但我住處有一毒龍。其性暴急，恐相危害。」那些憂鬱、憤怒、焦躁是內在宇宙的失衡，而嫉妒、貪婪、仇恨則是對外在世界的執妄，都是豢養在意念中的毒龍。許多時候我沐浴在微溫的夕陽中，晴空碧痕，青山無憂，我感到世界是如此的祥和與自適；但亦有些時候，我驚覺自我在熙攘的塵世中碌碌無成，因而有無比的沮喪，許多雜念湧上心間，彷彿毒龍之吟嘯。可惜何醫師並未診出我這病根而加以安撫、剋制，隨著年歲增長，所掛念之事如百草滋蘩，正是醫書中所說的「七情勞慾，毒火上升，憂思恚怒，氣鬱血逆」。此毒之深，讓我經常以暴怒面對世事，或對於安逸與奢靡充滿慾念，並總是因為小事狂喜或深憂，漸漸失去了生命的清澈，無法聆聽、洞見與敏感。

但我並不打算服食「歸脾湯」、「逍遙散」等袪毒良藥，閒下來的時候我喜歡讀詩，用那些清涼、蕭散或寂然的詩句來化解心中之毒。世間微塵，歲華荏苒，有時我讀到「不貪夜識金銀氣，遠害朝看麋鹿遊」有知心的欣悅；有時我讀到「城中十萬戶，此地兩三家」而環顧四周，便有怡然的滿足。眾生勞苦競走，像神農一樣遍嘗人間各毒，我猜那其實是生活殷憂的隱喻，在現代更是如此。我到目前為止四方奔忙仍然一事無成，但我已不再如此憂戚，所謂「飄飄何所似，天地一沙鷗」，靜夜掩卷，我對自己說，也許解毒的答案就在其中。

作者簡介

——徐國能（1973-），生於臺北市，東海大學畢業，臺灣師大文學博士，現任職於臺灣師大國文系。曾獲《聯合報》文學獎、時報文學獎、教育部文藝創作獎、臺灣文學獎、全國學生文學獎、全國大專學生文學獎、《聯合報》讀書人最佳書獎等。著有散文集《第九味》、《煮字為藥》、《綠櫻桃》、《詩人不在，去抽菸了》、《寫在課本留白處》等。

朱家餐廳俱樂部

季季

1

一九六四年冬天，我的身體一直在下雪。一日又一日，雪片從我身上飄落，沉浮，隱身於肉眼不及之處，猶自散發著微醺氣息。它們是福壽清酒的精靈。

在板橋中山國校初嘗痛醉後，我沒有受到嘔吐頭痛哭嚎等等惡靈的懲罰，只是醺醺然昏睡，分階段甦醒。然而甦醒並不表示清酒精靈已從我的身體離去；它們從我的頭部往下流竄，擴散，在細薄的皮層化身為一粒粒紅疹，有如千萬條毛毛蟲在身上爬行，咬噬；一下，又一下。整個冷縮的冬天，我的雙手不時慌亂的想抓除那些毛毛蟲，卻只抓出一條條火一般炙人的血痕，錯亂蔓延於我底肉身，在我更衣時紛紛落下微細的雪片。

那個冬天與毛毛蟲搏鬥的過程，比嘔吐更漫長，比頭痛更激烈。「酒精過敏」。那是未經汙染的年輕軀體，對十九歲的我的腦袋進行的反抗與懲罰；以彷如烈火紋身的儀式，一吋吋銘刻於我的肉身與記憶。

那年十一月八日中午參加李錫奇歡送會時，我即說了散會後要去朱西甯家玩。後來不知天高地厚的喝醉了，坐在沙發上昏睡，猶聽到一夥人笑語喧譁。大約過了一個多小時，似乎人聲漸稀，周遭沉寂下來，有人喊著我的名字說：「散會嘍，我也想去朱西甯家坐坐，送妳一起去吧。」睜開眼一看，是洛夫。

到了婦聯一村五五八號朱家門前，首先衝出來迎接的不是主人夫婦，而是和主人一樣俊美而好客的阿狼。牠撲到我身上，熱情的親著我的臉，又撲到洛夫身上，熱情的親著他的臉。慕沙忙說：「別怕別怕，阿狼就是人來瘋，不會咬人的！」

進到那小小的客廳，朱西甯看著我說：「喲，喝多了，臉那麼紅！」洛夫說：「愁予找她喝的嘛！」朱西甯說：「愁予酒量好啊。」慕沙端來了茉莉香片：「來，趁熱喝，喝茶醒酒，晚上做韭菜盒子給你們吃。」我窘迫的笑著，默默吹散玻璃杯上的熱氣，小口啜著淡青色的茶水。天啊，我羞愧的在心底對自己說：第一次來朱家，怎麼是這般狼狽模樣！

那時八歲的天文，六歲的天心，四歲的天衣，正在客廳旁邊的臥房蚊帳內扮家家酒。天衣扮新娘子，頭上罩一條淡粉色紗巾，天文天心扮花童，在天衣後面牽紗。三姊妹輪流扮新娘，在蚊帳內繞圈子緩步而行，邊笑邊唱歌，好一幅童年快樂出嫁圖。那時我離鄉半年多，看著她們不禁想起永定老家的妹妹們，想起在永定扮家家酒的童年。看著，看著，我的第一階段甦醒似乎結束了，眼睛又漸漸瞇起來。慕沙眼尖，半傾著身子輕拍我的肩膀問道：「要不要到房間裡好好睡一下？」然後轉頭喊道：「天文，妳們到外面來玩，季季阿姨不舒服，讓她進去睡一下。」

當時的朱家，僅有那個主人夫婦的臥房。三姊妹的床偈促在客廳一角，大黃貓皇帝正氣定神閒安坐在床。客廳是朱家的飯廳兼書房，也是三姊妹的臥房兼遊戲場，客人來了，她們躲進房間玩。那天為了讓我安睡，她們讓出房間，為我關上房門，到外面去玩。我自在的倒在床上昏睡著，恍惚聽到多多多的聲音，急促而密集的響個不停。漸漸甦醒之際，想起那是慕沙在砧板上剁肉或者剁菜，正在忙碌的準備晚餐吧？

天色轉暗了，我開始第二階段甦醒。一種似乎夾雜著韭菜鮮肉蝦皮的香味，一陣陣竄入我的鼻腔。大概是慕沙說的韭菜盒子吧？外面的阿狼又大叫了幾聲，朱西甯說：「懷民不要怕，阿狼不咬人的。」原來林懷民也來了。懷民與他們打過招呼，朱西甯說：「季季喝醉了，在房裡睡覺。」懷民大聲問道：「怎麼會喝醉？」洛夫說：「在李錫奇那裡喝的嘛……」

洛夫繼續向懷民描述著愁予怎樣找我乾杯，我怎樣豪氣的乾了一次又一次；結論是：「那福壽清酒，後勁很強的……」

我羞愧得流淚了。沒有自知之明的人的報應啊。

然後，更激烈的我的身體的反抗開始了。彷彿有千萬條毛毛蟲，緩緩在我身上爬行，咬噬，一下，又一下。我的手抓來抓去，沒抓掉毛毛蟲，反是身上越發躁癢了！起來扭亮燈，掀起衣服仔細檢視，天啊，那些密布的一粒粒紅疹，那些一條條像毛毛蟲的血痕，它們從何而來？是生了什麼病嗎？惶惑之中，心裡不免焦慮恐懼起來了。想起慕沙曾在她爸爸診所幫過忙，懂些醫學常識，先找她問問吧。開了門不敢看他們三個男人，也不管他們怎樣看我，趕緊跑到客廳後面的廚房。慕沙在煎韭菜盒子。一旁的盤子裡，煎好的盒子像黃金色大貝殼，慕沙說：「睡好啦？要不要先吃一個？

很好吃喲。」我默默搖頭，悄悄掀起衣服，請她看那些紅疹和血痕。「喲，看妳抓的！很癢是不是？酒精過敏嘛！」她說：「我燒了一壺水，妳先洗個澡也許會舒服一點……」

慕沙比我大十歲。那個與毛毛蟲搏鬥的冬天，我常回想那個秋日的初訪，回想那個幸福而溫暖的家，回想慕沙像個熱情無私的大姊，照顧著無知而沮喪不安的我。在回想之中，我也夢想著以後有一個像慕沙一樣幸福溫暖的家，也能像她一樣無私熱情的照顧需要照顧的人。

2

然而夢想終歸如夢，只是一種虛幻。次年五月，徹底結束了痛醉的懲罰後，我在鷺鷥潭結婚了。比新郎大一歲的朱西甯，與新郎是山東青州府益都郡同鄉，喜孜孜做了證婚人。新郎是《聯合報》記者，當時在該報撰寫「為現代畫搖旗的」及「這一代的旋律」專欄，備受藝文界矚目，小說也寫得很好。我無視於他比我大十七歲，無視於他離過婚而且坐過十年政治牢，深深被他豪邁而略帶憂鬱的氣質所吸引；卻不知那氣質的背後藏著怎樣複雜的人生。認識一個月，我許諾了他的求婚。認識五個月，我們結了婚。

那二十歲的許諾，就像十九歲的乾杯；當下的痛快，換來漫長的懲罰。然而乾杯的懲罰一個冬天，許諾的懲罰卻穿越六個冬天（甚至穿越我的一生）。從小被父親教導做人要誠實的我，婚後不久就開始面對謊言，賭博，偷竊，謾罵，暴力，以及睡夢中的尖叫……笑容的後面，是深沉的生活陰影。我們婚後兩個月，朱家搬到內湖一村四十八號，有時去他們家透透氣，也不敢向新郎的山東老鄉承認我的夢碎。尤其不敢讓遠在永定的父母知道我的心碎。為了可憐的自尊，我隱忍一切。一個掩埋的傷口，日漸潰爛。一個沉淪的人，繼續沉淪。一個無告的我，瀕臨崩潰。

一九七一年十一月，經由林海音的協助，我終於在崩潰之前獲得新生，帶著五歲的兒子、半歲的女兒回到父母身邊，在永定老家療傷止痛。慕沙和朱西甯不時來信鼓勵，要我堅強起來，繼續努力寫作。

保守的永定人看不起離婚女人。即使父母包容著我，永定鄉親的眼睛像針刺，嘴巴如利刃，使我意氣消沉，鎮日難安。慕沙得知後，力勸我到臺北開始新生活；「千萬別讓自己消沉下去。」她在內湖一村旁邊的精忠新村幫我找到一家眷舍，有客廳臥房閣樓及後院，門前還有個小花園，月租六百元。那年十二月底，有如驚弓之鳥的我，帶著孩子離開永定，住進精忠新村五十一號。晚飯後，我常帶著孩子散步去他們家，看他們撿紅點，和阿狼玩一玩。那時他們家不只有阿狼，已是貓狗成群了。慕沙蹓狗時，常繞來我家，在門口探望一下。「都好吧？」她說。簡單的問話，涵蓋了所有的關切與深情。她常問的話，還包括「沒事吧？」「晚上要不要來吃飯？」「明天中午來吃飯吧？」

「沒事吧？」是指我的前夫有沒有再來騷擾。「晚上要不要來吃飯？」是她那天買了黃魚或蹄膀之類的好菜。「明天中午來吃飯吧？」是有文友要來，一起去聊天聚聚。其實不少文友並沒事先說，想來就來。尤其是假日，朱家客廳常常走了一批又來一批。朱西甯手握菸斗與文友閒閒聊天時，慕沙就在廚房洗洗切切，不停的埋頭做菜。

3

內湖一村是陸軍眷舍，在內湖國校正對面巷底。公車坐到內湖國校下車，穿過海軍眷舍影劇五村才到內湖一村。那時影劇五村住著詩人瘂弦橋橋夫婦，他們的鄰居是五月畫會的胡奇中和馮鍾睿。洛夫瓊芳夫婦也住影劇五村，是自己買的兩層樓房。瓊芳是金門女子，在內湖國校教書，幹練善理財，他們家是少數軍中文人最早的有產階級。

朱家的眷舍有個大約七、八坪的客廳兼飯廳，旁邊是天文三姊妹的臥房，放了兩套上下鋪木床及一張書桌。客廳後面是衛浴間及加蓋的廚房，主人夫婦的臥房兼書房。比起連廁所都沒有的婦聯一村，新的朱家確是寬敞舒適多了。

一九六五年七月，搬到內湖新居的朱西甯三十九歲，正處於創作的巔峰期。次年十一月，出版了在婦聯一村開筆的第一部長篇《貓》，也開始撰寫巨幅長篇《八二三注》。他在這本書的後記裡說，一九六六開始的三、四年中，《八二三注》曾兩度毀損其稿。第一次寫了十一萬多字，「越寫越無把握……不得不狠狠心，全部毀棄。」後來「幾經苦思、摸索、尋求」，重寫至二十七餘萬字，「又不得不忍痛的推翻……終不得不予銷毀。」他自剖其理由，「於內省中見出自己的浮躁火爆。」並進一步解釋其原委：「一是情感的尚乏冷卻，時空距離兩者皆不足；一是自我約制尚差，意境還只局限於感懷的層面之下，因之而有觀點的狹隘和短淺，乃至只見憤慨，獨缺憐恤，未臻中國止戈為武高意境的兵家傳統，於小說技巧上則乏自然而客觀的呈現。」其後「再經過兩年多輾轉反側，無間日夜來思念」，一九七一年春再度啟筆；「歷時四載有半而以六十萬餘言完成。」

我搬到內湖做他們的鄰居後，正是他第三度啟筆，需要從容書寫之時。然而文友們視他家客廳如自家客廳，視他家餐廳如自家餐廳；有幾人了解那個「毀棄與重寫」的過程與心情？假日他本可閉門寫作，卻總是必須接待來他家「度假」的文友們！文友來來去去，吃飯聊天或訴苦罵人，朱西甯總是握著菸斗微笑傾聽，有時尚且需扮演調人，或陪著大家聊天，撿紅點，玩碟仙，永遠一派安閒模樣！誰知他「於內省中見出自己的浮躁火爆」？誰知一場三個多月的八二三炮戰，在他心底筆底前前後後打了三回合，而時間長達十年之久？幾對文壇情侶在他家出出進進，情意相投時甜甜蜜蜜，吵架時哭哭啼啼，連慕沙都得從廚房趕出來勸慰一番。有人中午十二點多一家七口上門，「我們好久沒來你們家玩了」，慕沙也得再進廚房，加緊手腳變出一桌菜來。過年前兩個月，慕沙就開始忙著醃臘肉醃豬頭灌香腸。過年前一週，廚房門口的小天井總是放著大洗澡盆，特選的肥厚筍乾每日換水，連泡三天三夜。到得初一開始，美其名來拜年的食客川流而至，吃完大魚大肉，大家最愛吃的就是長年菜裡那滑嫩肥美的筍乾。一大海碗端上桌，兩三分鐘就被挑光光！「慕沙，還有沒有筍乾？」她忙不迭來端走海碗：「有，有，還有。」有人在她背後特別加上一句：「慕沙，只要加筍乾就好！」慕沙連說好，好，好！一頓飯下來，常常吃掉五、六海碗筍乾！

朱家餐廳不只無限量免費供餐，沒吃完還可免費外帶，甚至有時還免費代客烹製。一九七一年初春，有個詩人登門造訪，右手藏在背後，寒暄幾句才慢慢挪到腹前，握著一把芥菜芽伸到慕沙眼前。「慕沙，我家做的衝菜都不夠衝，妳做的比較衝，可不可以幫我做一碗？」慕沙自是一手接過，滿口好，好，好，轉身就往廚房走。做衝菜要先醃鹽，醃好快炒，炒完伴作料，步驟急不得。主人陪詩人聊天，聊到慕沙端著密封碗出來：「衝菜好嘍，」她說。詩人歡喜告辭，慕沙微笑相送。「不知夠不夠衝喲？」她又說：「蓋子要蓋緊哦。」

為了應付大批食客，不時添補餐具也是慕沙的重責大任。慕沙出身醫生之家，從小生活優渥，看過的好東西不少。但她一向不尚奢華，儉省度日，很少為自己買衣服買化妝品裝扮外表。「只怕內心的靈性美德跟不上朱西甯！」我常聽她嘆息著說這句話。但她也說，好吃的菜要放在漂亮的餐具裡，才能兼收「秀色」與「可餐」之效。她翻譯日文小說，自己也有收入，卻都充公幫助家用，為免費食客買魚買肉。當時報上有個幽默的美國漫畫專欄《哈老哥》，嘲諷哈老哥夫婦與岳母同住，哈太太沒事喜歡採購，回家時不是大包小包就是抱著一大落紙盒。哈老哥怯於岳母在前，對太太購物敢怒不敢言。慕沙說，她有時領到較大筆稿費去逛百貨公司，不像哈太太買衣服買鞋子，而是去餐具部徘徊瀏覽，看到漂亮碗盤不免動心，一買就難於收手。「漂亮碗盤當然是比較貴嘍！」回家時如果朱西甯不在，她就趕緊收好藏好，改日再以偷天換日之法伺機而出。如果朱西甯在家，她必一進門就先大聲說道：「哈老哥的太太回來嘍！」朱西甯就幽默回道：「妳不像哈老哥的太太啊！」因為哈太太細腰苗條，朱太太肥胖豐滿，而朱西甯從來不諱言，他喜歡肥胖豐滿的女人。

5

一九七二年，朱家好不容易存了些錢，分期付款買了兩層樓房，那年十月底遷居景美辛亥路。朱家餐廳轉移陣地，繼續免費供應，而且擴大規模，為文學青年「售後服務」，進入慕沙自謂的「鼎食期」。那等盛況，無需我贅言，凡參予者心底自有一筆帳。

次年夏天，在永和國中教書的三妹將生頭胎，母親囑我搬去與她同住，順便照顧她坐月子。搬家那天，三妹看到一隻舊木箱，問我哪裡買的？我說那是骨董，買不到了。三妹好奇骨董來歷，我於是話說從頭。

一九七二年夏天，我搬去內湖半年多，朱家買了一座大書架，房裡放不下，就把舊的三層書架和一隻古樸的木製砲彈箱搬到精忠新村送我。那砲彈箱寬六十公分，深三十公分，高十五公分，是他們一九五一年在鳳山成家時，軍中友人為他們張羅的家具；平時當飯桌，客人來了權充座椅。經過二十一年，那原木色的砲彈箱沉為淺褐色，但年輪依舊清晰，而且一個蛀孔也沒有。我不住的感恩道謝時，慕沙說：「不要謝，不要謝，都是舊東西。」朱西甯則笑道：「謝什麼呀？己所不欲，勿施於人，該謝的是我們！」

那隻砲彈箱，後來又跟著我搬了三次家。如今算來，已逾五十多年，仍然堅實牢靠，一個蛀孔都沒有！我珍藏著它。它珍藏著朱家給我的愛。那是我的年輕歲月最美好的收穫。

作者簡介

——季季（1944-），本名李瑞月，臺灣省雲林縣二崙鄉永定村人。一九六三年自省立虎尾女中高中畢業，放棄大學聯考，參加「文藝寫作研究隊」獲小說組冠軍。一九六四年起專業寫作十四年。一九七七年進入新聞界服務，曾任《聯合報》副刊組編輯、《中國時報》副刊組主任兼「人間」副刊主編、時報出版公司副總編輯、《中國時報》主筆、《印刻文學生活誌》編輯總監。二〇〇七年底自媒體退休，任國立政治大學「文學創作坊」指導教師，蘆荻社區大學「環島文學列車」講師。二〇一二年起專事寫作。出版小說《屬於十七歲的》、《異鄉之死》、《拾玉鐲》等十三冊；散文《夜歌》、《攝氏20－25度》、《寫給你的故事》、《我的湖》、《行走的樹：追懷我與「民主臺灣聯盟」案的時代》等六冊；傳記《我的姊姊張愛玲》（與張子靜合著）、《休戀逝水：顧正秋回憶錄》、《奇緣此生顧正秋》等三冊；主編年度小說選、年度散文選、時報文學獎作品集、《四十歲的心情》、《說夢》、《鮮血流在花開的季節：六四・歷史的起訴書》、《紙上風雲高信疆》等十餘冊。

2005

上海的黃昏

廖玉蕙

兩岸青年文學研習營在上海的黃昏閉幕，心情轉為輕鬆。閒聊時，有人忽然問起襄陽市場，在座一位復旦大學教授要言不煩地提醒：

「你們千萬別去，不好！去了準上當。」

眾人唯唯以對，佯裝乖順且附和地唾棄仿冒，一俟該教授轉身，立刻抓緊時間，驅車直奔久聞其名的贗品市場：

「既然來了上海，總得見識見識！算是另類文化觀察嘛！」一干人自我解嘲著。

天空微雨。下了計程車，立刻有人賊頭賊腦尾隨不去。

「要不要看名牌皮包？有上等的貨色。要的話，跟我來。」

洶湧的人潮中，眾人面面相覷，不置可否。尾隨者看出有機可乘，立刻遞上名片，鍥而不捨地遊說。本來也沒有特定主張的一群人，遂被領著，穿過重重人群，在漸黑的巷弄間，彎彎曲曲地遊走，最後上了一條窄窄的樓梯。不可思議地，光鮮亮麗的各色名牌皮包，丰姿綽約地展現在樓梯的盡頭。

眼花撩亂地看著、選著、殺價著，立時所有眼睛發亮的朋友，都像身經百戰的鬥士，和口若懸河的店家進行捉對廝殺。東張西望的，我一時拿不定主意。雖然，對名牌一些概念也無，但是，在那樣熠熠發亮的燈光下，我卻神奇地確信每一只架上的冒牌皮包都能適時提高我的身價、增加我的手采，每一個都讓我愛不釋手。然而，因為生性猶豫，又拙於應對，雖然最後瞄準一只情有獨鍾的大型旅行箱，終究沒能及時和它達成共識。時間急迫，接下來的節目，正是文友Ｃ君為報答復旦學者先前殷勤款待所設下的晚宴。身為主人，可不能因為貪看仿冒品而遲到失禮，何況這還關係到兩岸學術界的禮數較勁。於是，眼明手快、立有斬獲的人，人手一個大型黑色塑膠袋往回走，我雖無絲毫斬獲，也只好怏怏尾隨。

出到襄陽市場外，才知大事不妙。街道邊兒，全站滿了招車的人，而經過的計程車，幾乎車車客滿。我們原以為預留了足夠的時間，卻因為一車難求而變得緊張慌亂。情急之下，也顧不了其他，六個人兵分兩路，各自謀生去也。外子眼尖，沒多久，便發現一部空車駛近。他拉開車門，正轉身招呼我們，倏地，一位勇壯男子不由分說鑽進前座，他的一干手腳麻利的婦孺家屬也訓練有素地爬進後座，不到一秒鐘，四人悉數就定位，理直氣壯地吩咐師傅開車。外子不防有這一招，一時措手不及，吶吶辯說：「明明是我先攔到的。」然而，師傅也毫無主持正義的意思，任憑奸人取巧得逞，開車揚長而去，我們這才想起友輩傳說中在大陸搶搭計程車的恐怖經驗。

既然大意失荊州，市場周邊又競爭者眾，我們便彼此吆喝著往前行，邊走邊回頭張望是否有人下車或有空車經過，一邊還不忘相互砥礪一旦有機可乘必得施展既狠且準的搶車技術：

「千萬不得手軟！」

走了半晌，判斷方向不對，應該轉進到上游地區，才能絕地逢生。於是，一呼兩應，三人又結伴回頭狂奔。恍惚間，看到臺灣那另一組三人幫，也以飛快的速度和我們在黃昏中競走，就在微雨的上海街頭，六個人、二組人馬時前、時後相互超前地奔跑著，一派唯恐計程車被對方招走的競爭態勢，是那種仇人相見分外眼紅的咬牙切齒狠勁，擺明了根本就是鹿死誰手的內鬥，行為幾近瘋狂。

因為逆向，越跑，距離目標越遠，時間一點一滴過去，一部車也攔不到！另一組人馬則在一眨眼間失去蹤影。三人立在雨絲縹緲的街頭，徬徨張望、灰心喪志。於是，當機立斷，決定回頭往晚宴餐廳的方向直奔，這樣，至少能越跑越接近目的地，屆時，若真是運氣背到不行，我們已有心理準備，必欲「達陣」而後已，即使一路狂奔至餐廳也在所不惜。

因為體力不支且過度緊張，我埋首在人行道上氣喘吁吁地盲目追隨被 C 君的速度拋到身後的那只他的隨身書包。才稍一閃神，書包不見了！正惶惑間，一陣摧枯拉朽的呼叫傳來：

「玉蕙！趕快來呀！我攔到了！」

尾音因為緊張、刺激而龜裂開來。我惶惶四顧，才發現不知何時 C 君竟已然鑽到車道上。C 君一向溫雅，呼叫聲音如此之淒厲，堪稱前所未有，聽得我幾乎魂飛魄散。於是，披頭散髮的我，一邊身手矯健地跟著從隔離車道與行人道的一處鐵質柵欄小漏洞鑽出，一邊仿照 C 君淒厲的音調，向身後的外子高喊：

「全茂！趕快！來不及了！」

然而，洞口實在太小，手上張開的傘越急越不聽話，被欄杆卡住。情急之下，我也忘了可以將傘先行收攏，只一味東拉西扯地企圖掙脫，輪到外子在後方高聲哀告：

「把傘收起來啦！傘卡住了，我也過不去啊！」

話聲未了，C君又一聲比一聲淒厲地喊過來：

「趕快啊！有人搶我們的車子啦！」

我終於排除萬難，衝到C君已一腳跨入前座、搏命占據的計程車旁。後門邊，一位粗壯的女人企圖捷足先登，我發揮吃奶的力氣，不要命似地一把將她奮力推開，順勢竄進車上，外子緊接在後，默契十足地擠身過來，用力關上門。女人不相信戰爭已然決定勝負，猶然張著嘴在車外叫囂、咆哮。

我們贏了！揚棄文明人的溫、良、恭、儉、讓，憑藉最原始的本能，在上海的街頭殺出一條血路，獎品是一部行走中的計程車。三個濕淋淋的人亢奮地在車內笑談、咀嚼勝利的滋味，感覺嘴角血痕未乾，嗜血的快感油然萌生。師傅微笑以對，徐徐將車子從上海的黃昏開進黑夜裡。外頭的雨，瞬間變得又急又狂。

次日黎明即起，乍然想起那口無緣的大皮箱，不禁為自己的睿智而慶幸。幸而沒來得及購買，否則，在千鈞一髮之際，拎著偌大箱子，如何能從狗洞大小的縫隙中鑽出至車道？想到這兒，便和那司機一般自得地微笑起來。上了回程班機，忍不住向同行友人誇言昨日上海黃昏的正確抉擇，同行者齊齊駭笑說：

「你幹麼一定得從洞口拖出皮箱或雨傘？為何不直接從欄杆上方遞送？」

不知是否錯覺，我感覺飛機彷彿一陣激烈晃動，好似也為我的大貓鑽大洞迷思前俯後仰地笑得樂不可支。

作者簡介

——廖玉蕙（1950-），東吳大學中國文學博士，臺北教育大學語文與創作學系教授退休，目前專事寫作、演講。曾獲吳三連散文獎、臺中文學貢獻獎、中山文藝獎、吳魯芹散文獎等。著有：《汽車冒煙之必要——廖玉蕙搭車尋趣散文選》、《像蝴蝶一樣款款飛走以後》、《送給妹妹的彩虹》、《後來》、《在碧綠的夏色裡》、《教授別急！——廖玉蕙幽默散文集》、《純真遺落》、《像我這樣的老師》、《五十歲的公主》、《寫作其實並不難》、《古典其實並不遠》等四十餘冊。曾編選《繁花盛景——臺灣當代新文學選本》、《文學盛筵——談閱讀教寫作》等二十餘種語文教材。

2006

津門第一

陳大為

我曾經這麼想過，武術根本就是一種巫術。

必定有人，把中國現代武俠小說裡反地心引力的輕功，和超越人體肌力百倍的內家氣功，看成笑話，或看成某種因民族自卑心理作祟，而產生的反科技情結——在現實世界打不過西方列強的現代神兵，不得不鑽營出神功護體，無堅不摧的武術境界。對屢戰屢敗的古老人種而言，古武術即是一種自我催眠，以達到天下無敵的巫術。

電影，則是讓古武術獲得真實血肉的大靈丹。

別無選擇，我們一定先談談李小龍。李小龍不是一般人，這歪嘴的傢伙，用既誇張又囂張的肢體語言，以及看起來殺傷力大得令人難以承受的截拳道，一拳，才一拳，就把「東亞病夫」的匾額，狠狠奉還給東洋鬼子！之後，地球上的全部黃色人種，再也沒有誰不認識李小龍、陳真、精武門。當然，地球上再也沒有東亞病夫。

這隻李小龍，絕對是天下第一。

在七〇年代當過電影少年的中年漢子們，都記得，當時被「以無法為有法，以無限為有限」的截拳道，耍得熱血沸騰語無倫次的華人社會，透過陳真砂鍋大的拳頭，猛然贏回淪喪多年的民族自尊。虛構的故事被活活地想像成真實的人生，武俠小說裡的少林、武當和華山諸派所構成的，一長串中國男人聊以自慰的武俠神話，總算，總算落實在精武門。紅磚，綠瓦，跟咱們日常腔調十分相近的對話。

拳拳到肉的陳真，真實性也是拳拳到肉，再加上如假包換的師傅霍元甲，以及日後遍布東南亞各地的精武門當靠山，絲毫沒有可疑之處。拿姓名來說吧，如果他叫獨孤求敗或步驚雲，聽起來就假；而「陳真」，是何等常見的姓名，充滿先天的說服力，感覺像隨時擦身而過的市井小民。當時誤以為李小龍是陳真入室弟子的傻蛋，真不少，吾乃其中一顆。如此這般，《精武門》成功演出一場超級魔幻的召魂大法。

接下來才談到霍元甲。

印象中他永遠是一個才出場不久，即準備讓日本鬼子毒死的老配角，迷蹤拳來不及出手，就掛了。多年以後，李連杰飾演陳真的《精武英雄》，霍元甲的下場也一樣。儘管如此，我還是牢牢記住這個沒有太多內容的名字，跟記憶中的清代大俠洪熙官、甘鳳池、大刀王五、黃飛鴻排成一列。

說來慚愧，以上一串虎虎生風的大俠印象，全來自臺港兩地的武俠電影。

我這款不學無術的傻小子，應該是一種典型。終年坐在電視機前邊看邊記，腦海中似模似樣地聚集了一群高手，幾句黑話，便自成江湖。對滿坑滿谷不讀書的華人觀眾而言，電影即是一部大書。尤其全球賣座的超級大製作，更是一部可以洗腦，也可以教育眾群的《無上神威終極巫術聖典》。不要懷疑，一流的導演就是一流的巫師，電影裡的偽歷史，好比說書人的三國話本，懸在舌尖，胡改瞎編，只要招式精采橋段叫絕，必能在掌聲中昇華成大眾版的史實，把史官氣死。

常常被用來暖場的霍元甲，終於在李連杰最後一部武俠電影《霍元甲》，以碎碑裂石的一記迷蹤拳，打出自己的擂臺。同時，也把真牌霍元甲的一門子後嫡，打到爛泥淖裡去。一代大俠霍元甲，被電影編劇的神來一筆，滅了門，絕了後，真實的後人竟被太入戲的媒體記者反過來質疑血緣之真偽。武俠電影，果真是威力強大的巫術。

這一拳，還是打出些疑問來了。

大夥兒忙著在網路上東問西詢，想探出個究竟……

我呢？說實在，我從未特別關注過霍元甲是哪裡人氏？有沒有後人？也不太關心迷蹤拳走的是什麼路子，即便我多次到過怡保的精武會館，也看過一代大俠的畫像，甚至把他寫進詩裡去。直到影片裡李連杰那句躊躇滿志的「我要成為津門第一」，才驚覺為何不是「廣州第一」？

話說廣東在清朝沒出幾個武狀元，但不打緊，真正的武林高手和江湖好漢都不屑當官，試想自己一身絕藝，卻得向手無縛雞之力的昏官下跪，哪受得了！要是奔雷手文泰來放著紅花會四當家不幹，去應徵朝廷鷹犬，還稱得上豪傑嗎？大俠與大官，分別在膝下一跪。

兩廣一帶山險水急，生不出大詩人，獨獨盛產義薄雲天的頂尖豪俠。大夥兒久仰的高手，首推「廣東十虎」的前五名：鐵線拳梁坤、醉拳蘇乞兒、鷹爪王蘇黑虎、九龍拳黃澄可，無影腳黃麒英，一字排開果然十分嚇人（另五個上網查查就有）。再來個兩廣百姓奉若神明的黃飛鴻，那還得了？廣東民風好鬥，拳頭癢，武館多，光看廣東獅的勇猛造型和功夫架勢，就知絕非善類，遠非毛茸茸的驕貴北京獅，以及蠅量級的閩南獅可以相提並論。如果隨街抓幾個老百姓來問問，大多會以為霍元甲是廣東大俠，還順手把他列到十虎裡去。

他卻說了句：「我要成為津門第一。」

每個武俠迷對「天下第一」和「武林第一」不但耳熟能詳，還能由此延伸出一長串的爛調陳腔。霍元甲卻只說「津門第一」，津門究竟有什麼了不起？難道它是天下武術的中心？這句話像迷蹤拳升級版的「迷蹤藝」一樣，打得我滿肚子問號。

除了幾行簡明版的陳年老料，我對霍元甲的認識實在有限，只曉得他幼年體弱多病，父親霍恩第為免將來他有辱家聲，故不傳藝於他，只好偷學。直到父親意外發現他實乃練武奇材，才親授絕藝。後來如何名揚天下，接著又如何遭到奸人之毒手，這幾段就不囉唆了。我比較好奇的是「津門第一」的津門，究竟長什麼樣子？

草草略過網路上對霍元甲生平的眾多引述，他們反反覆覆敘述同樣的幾件事，看多就膩，我只想知道為何「津門第一」有那麼大的吸引力。是天意，帶我來到「天津建城六百週年」的官方網頁，總算看到霍元甲時期的津門長什麼樣子。

雖然不可能再現，或準確想像天津正式築城的一四〇四年，但規模鐵定很小，小得無法留下任何足以回顧六百年的遺蹟。此地離京城不遠，所有的俠客墨客政客旅客和盜賊，多半只是路過，給馬喘喘氣，不斷撲面的沙塵停一停。我只能挖出電影裡的古裝印象，憑空捏造一兩回在驛站茶棚裡的熱光景，鏢師跟馬賊狹路相逢的冷殺氣。此外，津門的身世像乞丐，引不起多少人的關心。

這才知道，城市的開埠跟佛像的開光一樣重要。彈丸之地的津門，自一八六〇年開埠起，灰頭土臉的站上近代政治的大舞臺，非但向西方列強打開一扇方便的大門，更成為九國租界的超級殖民地。八年後，天津西郊靜海縣的小南河村，才誕生了霍元甲。

開埠後的津門換上洋老闆，連日出的光譜都不一樣。暴發戶似的，很快成為七省舟車相通的水陸碼頭，一時間百業興隆，野狗的密度大幅提升，天津百姓嘴上每天掛著「商賈雲集」和「車水馬龍」兩句成語，從原本乾涸的夢想一直逛，逛到現今肥沃的夢境。某個讀過兩卷書的津沽商人，在一冊應該不會吹牛的札記裡說：光是當年在地商人的櫃前庫後，可動用的市場現金高達六千萬兩，而朝廷歲收才八千萬。習武走鏢為生的霍家，在這麼個的大城市裡，勉強算得上一扇小小的舊門板。

張燾在一八八四年出版《津門雜記》，字裡行間還讀不到尚在苦練家傳絕學的霍姓少年，書中卻記述了一個令人頭疼的景象：「天津土棍子之多甲於各省。有等市井無賴之民，同居伙食，稱為鍋夥。自謂混混兒，又名混星子。皆憨不畏死之徒。把持行市，擾害商民，結黨成群藉端肇釁。」土棍就是古惑仔，成天遊手好閒，到處惹是生非，像蒼蠅一樣盤踞在裝卸貨的腳行、魚行、娼寮、渡口。會不會有那麼幾次，練就一身好武藝的少年元甲路見不平，三招兩式，打趴了一群，再扔一群土棍到河裡？日後贏得大力士美譽的霍元甲，鐵定有這個能耐。

亂世出英雄，乃歷史之鐵律。

霍元甲確實碰上最好的時機，得以見證津門從開埠到淪為超級租界，亦目睹了李鴻章派駐大沽口炮臺的七千淮軍，還有義和團的用神功救國的壯舉。走在西式車馬喧囂的大路上，我相信，小霍子不會有太多的傲氣，光是英商匯豐銀行開張那天的聲勢，就令津商票號的屋簷軟了下去。民族與國家的屈辱，想必成為他勤練武術的一股重要動力。一團宛如刺蝟的意念衝出丹田，在任督二脈裡加速循環持續公轉，未來的津門大俠每擊出一拳，皆感到巨大的心理刺痛，特別渴望聽到外敵肋骨粉碎的聲音，粉碎，粉碎如久久不落地的雪花。他越來越相信，武術是一種能夠振衰起敝、莊敬自強的精神巫術，能夠讓中國人晉級洋人科技文明無法觸及的境地。

他一定想為自己的國家，做些大事。

一九〇〇年七月，令人咬牙切齒的八國聯軍，運來兩萬多人馬強占了天津，和平路登時擠滿藍色的眼睛，狗不理包子忍不住停下擀麵的巧手，還以為是哪來的大批響馬。三十二歲的霍元甲，目睹了洋槍前應聲而倒的八方武師，也去北京替大刀王五收了屍；他們轟出了鐵漢該轟的拳，大俠該劈的刀。他呢？他會不會悔恨，無所作為的迷蹤拳是否迷失了蹤跡？他有沒有狠狠擊穿土牆，如同《霍元甲》裡一掌裂碑的霍恩第。「仁者無敵」經過半個清朝的磨練，終於演變成「忍者無敵」。聯軍光明正大地成立了天津都統衙門，自此天津成為九國租界。天津乃北京之門戶，故有津門之稱，占領津門就能夠像跋扈的螃蟹，近距離，鉗住大清朝廷的咽喉。它能不能鉗住霍大俠的手，他的強國夢？

坐在武林的川堂靜處，他加速草擬那個另類的門派。

如果這是一部武俠連續劇，我們將看到每個清晨起床後，打開昨日才裝妥的水龍頭，專心洗臉的霍大俠，心裡想些什麼？從租界延伸到老城區的自來水和汙水排放系統，把古老的津門從五百年的挑水擔桿上放下來；等電車正式鋪好了軌道，津門人的津門，就只剩下狗不理包子了。津門大俠練拳的時候，偷偷想了些什麼？

津門人覺得再想什麼都沒用，眼前的世界變化太快，用「物換星移」來形容，還趕不上。老祖宗的玩藝兒果真拚不過洋人的東西，光一枚懷錶，便打垮津門內外七位更夫三千沙漏。連時間都輸掉，還敢押什麼寶？他們更沒想到，往後二十餘年間，津門人口從三十萬急速邁向百萬，像包子一樣膨脹。聽起來，「百萬」比較像災民或軍隊的數目，大家都聽過「說三分」裡曹操的百萬大軍，真實的規模誰也沒見過。這麼一個土洋並處，龍蛇雜混的津門，對政客、商賈、土匪或武者而言，是一個千載難逢的擂臺。城內匯聚了各方豪傑，每天源源不絕地湧入更多求名求利的大冒險家，逐鹿的群雄共同創造出無限的機會，上天堂或下地獄的機會。

我終於明白，成為「津門第一」是很值得驕傲的事。這跟丁力和許文強稱霸上海灘的雄心是一樣的。雖屬虛構，同樣震撼人心。

李連杰誓言「我要成為津門第一」的時候，我彷彿聽見霍元甲隱而不宣的心聲。文無第一，武無第二，只求強身健體而無半點雄心的武者，不會達到高手的境界。這位不知姓什名誰的編劇，最值得稱許之處，首推霍恩第在擂臺上懸崖勒馬的一掌。沒有雷霆萬鈞的功力，那一掌便沒有意義。唯有真正的強者，才有資格談什麼「仁者無敵」。

現實中的霍元甲並沒有擊出驚天地泣鬼神的一掌，也沒有胡亂收一批酒肉徒弟，只收了唯一的門徒劉振聲，霍夫人和孩子們都長命百歲。他最終悟出一個道理：「欲使國強，非人人尚武不可」，唯有健壯的精神和體魄，才能強國強種，才能「仁者無敵」。

是時候，該他出手。

武者的歷史，即是一座簽妥生死狀的擂臺。

沒有霍元甲突破門戶觀念、匯聚百家之長的武術視野，就不會有精武體操會；沒有日後多場身不由己的擂臺比武，以及悲劇性的結尾，我們記不住這一號人物；沒有電影，我們這些下班後只顧著吃喝玩樂的現代黃色人種，豈能知道霍元甲。沒有武術，清末民初的主題還有多少拍片的賣點，多少教人目不轉睛的情節……

一九〇九年一月十四日，年僅四十二歲的津門大俠霍元甲死於非命，但他創立的精武體操會，從上海傳到東南亞等地，最後成為電影裡的「精武門」。透過一部又一部的電影和連續劇，我們不斷看到他的身影、武術，和強國夢。沒有《霍元甲》，我恐怕不會像獵犬般苦苦追尋真實的「霍元甲」，和「津門第一」。

作者簡介

——陳大為（1969-），出生於馬來西亞怡保市，臺灣師範大學文學博士，現任臺北大學中文系教授。著有：詩集《治洪前書》、《再鴻門》、《盡是魅影的城國》、《靠近　羅摩衍那》、《巫術掌紋》；散文集《流動的身世》、《句號後面》、《火鳳燎原的午後》、《木部十二劃》；論文集《存在的斷層掃描：羅門都市詩論》、《亞細亞的象形詩維》、《亞洲中文現代詩的都市書寫》、《詮釋的差異：當代馬華文學論集》、《亞洲閱讀：都市文學與文化》、《思考的圓周率：馬華文學的板塊與空間書寫》、《中國當代詩史的典律生成與裂變》、《馬華散文史縱論》、《風格的煉成：亞洲華文文學論集》、《最年輕的麒麟：馬華文學在台灣》、《神出之筆：當代漢語詩歌敘事研究》、《鬼沒之硯：當代漢語都市詩研究》。

租書店的女兒

蘇偉貞

父親晚年消磨時間的方式說來挺酷的——他看武俠小說，手不釋卷的看。善惡輪迴的武俠天地價值觀如是分明，故事情節對話重口味，加上眾多江湖人物呼嘯來去，難怪我爸拚老命融入那世界，簡直到達廢寢忘食的地步，一直以來，我眼中的父親，老年生活來不及寂寞。

偶爾回家小住的日子，夜深人靜，父女倆各捧一本書，分據一角，熒熒光池下，父親讀書是我記憶中永遠的經典畫面，比一切我所知道奮發向上的故事更讓人感動，父親少鹽少糖的晚年生活得以提味不少，我則努力發揮鴕鳥精神，光埋住頭嫌不夠，根本全身趴在「老豆（廣式發音）有書陪伴」的沉沙裡完全不肯面對現實，邊阿Q式鼓舞自己將來要如此老。功課一做數十年，我母親大惑不解碎碎念：「就這麼好看！半夜三更還不睡！哪天火大全給扔掉！」

正以為可以如此賴下去，哪知老父眼睛一夕病變，視神經出血，右眼全盲，左眼保住了〇・二視力，醫生強調不壞下去就算好。沒啥良方祕笈，多讓眼睛休息，腦門吃中拳王一記似，昏天黑地。躲開老父沉默的眼神，他聽力早大壞，這下可好，真不曉得從何開口，就住了嘴，他也沒問，我想他心裡一定是明白的。推著輪椅穿過醫院長廊，午後的陽光往角落一吋吋退去，他不能聽不能看，被迫倉促收攤的閱讀人生，此刻瞬間換上空景，怎麼辦？我真不明白哪個環節出了岔？

是的，父親愛看武俠不是晚年才修的課，早在他壯年的六〇年代初，我家開過租書店，店名「日日新」，取《大學》「苟日新日日新又日新」意旨。我上小學後，成了租書店的女兒。

黃埔出身的父親從砲校中校副指揮官階退下來，半路出師攤了間租書店營生，挑明了跟砲校老長官打擂臺，批評我脾氣暴烈是吧？老子讓你瞧瞧什麼叫硬骨頭，書店也就開在當年臺南縣市交界網寮砲校門口百公尺之遙，武俠小說誼屬客層主流，較合阿兵哥胃口，當然，架上少不了言情偵探歷史小說。至於咱父女倆，老爸專攻武俠，我呢，小女孩不好打打殺殺，歷史太深，剩下只有言情了，但我還保留偶爾越界練練武功什麼的興頭，倒是父親從來獨沽一味。那說明了他是一個怎麼樣的人。

最初，剛進小學的我僅能裝模作樣翻弄落到當包書紙的零散漫畫，等上了小二，認得的字多了，正式「下海」看小說不提，還被教會租書作業流程，充當父親偶爾出門補書喝喜酒陪客人下圍棋看店候補，我算不算租書界最小的童工？總之，管他童不童工，我白天黑夜天醬在言情小說美女俊男情史裡，我爸壓根沒想「分級閱讀」這回事。我呢，掃完嚴沁《烟水寒》、《桑園》，快攻依達《斷弦曲》、《舞衣》、《蒙妮坦日記》，或急吼吼追玄小佛《沙灘上的月亮》、《又是起風時》進度，要不來本金杏枝《一樹梨花壓海棠》、禹其民《籃球情人夢》……惦著這本想那本，被自己攪得魂不守舍，恨不得長出幾對眼睛；舊的未看完，放學沒進店門老遠放出連珠炮：「依達來了沒有？嚴沁呢？」我爸則從棋盤或書頁間回丟個衛生白眼：「誰都沒來，人在香港忙著呢！」繼續埋首他的世界。

有個不知道準不準的印象，那年代出書之快簡直像印報紙，騎腳踏車的倒楣郵差每天都來送重重的包裹，成日都有出版商寄新書來，另就是咱們阿兵哥除了武俠還挺愛言情，沒武俠新書，順便打聽：「依達新書來了嗎？有沒有嚴沁還是玄小佛？」我把這些大哥哥引為知己。至於我自己，小說摸熟了，自然也瞧出了個門道，言情小說有套基本公式，人物缺少理想性，情節忌拖泥帶水沒勁兒，最重要事件發展、節奏得快，否則讀者會失去耐性。（我性子急，準不定就如此這般被養成的。）這況味使得喜歡讓女主角來點古典詩的瓊瑤顯得不太「言情」。舉例說吧！嚴沁《烟水寒》第一章，早秋，開學第一天，臺北最高學府Ｔ大，外文系二年級教室，旗鼓相當二死黨古典氣質富家女黎瑾、韻味天成亦筑正聊著天，男主角上場：

教室門口瀟瀟灑灑走進一個高大英偉的陌生男孩，他臉上帶著淺笑……同學都停止下來，怔怔的注視這陌生人……像一枚炸彈突然投入不設防的地區，他是誰？……

「我是雷文。」男孩大方自我介紹，他的聲音很開朗，很溫柔，彷佛有磁力，「新轉學來的插班生！」

我現在知道了，這段鋪排無非為三角戀情未來的糾葛夾纏預埋伏筆，總之，死黨、古典氣質、富家女、高大英偉、插班生等等設計，都為了讓人物不死也得脫層皮。幸好，這是小說，真實生活沒得對照組。直等到有天我從書架抽出早在那兒的郭良蕙《遙遠的路》（一九六二），小說寫一對姊妹因畫家父親過世，母親改嫁的對象只讓帶去一個小孩，於是三兄妹哥哥被大伯領養，羅凱若是姊姊比較大，被未婚的律師姑媽羅若男領養，帶到了上海，母親及妹妹凱莉則留在北京。那時候凱若才八歲，母女姊妹分隔兩地，姑媽的嚴格管教，越發使得凱若盼望有一天能回到母親妹妹身邊，但等待的路途漫長遙遠而寂寞。故事的結局其實正好與凱若原來的期待相反，妹妹和至愛的男友一起背叛了她，反而姑媽才是真正關心她的人。以我當時年齡並不懂情愛、背叛的部分，光看見自己的遭遇，我正好有個妹妹住姑媽家，我姑媽是老師，也比較嚴肅規律，一下子，小說情節居然與真實人生吻合深深震撼了我之外，同時興起的迷惑是，原來小說不全是殺父之仇滅門之恨小兒女情路糾葛或者高來高去的無影俠蹤。我開始思索：其他人都看什麼小說？我跌跌撞撞一路亂看，挨到小學六年級結束。

●

不久，我考進的臺南德光女中有圖書館，「其他人都看什麼小說」的答案浮現了。學校書架上沒有日日新書店裡的人氣小說，有的是張愛玲、司馬中原、朱西甯、郭良蕙、孟瑤、蘇雪林、張秀亞、白先勇……我少數有印象的名字是郭良蕙、司馬中原。最讓我不知該喜還是該憂的是，張愛玲《怨女》、《短篇小說集》、《流言》、司馬中原《狂風沙》、朱西甯《鐵漿》、白先勇《謫仙記》……統統完全不要一毛錢。我開始站在生命另一列書架前面，朱西甯〈鐵漿〉裡一口灌下整臼鮮紅鐵漿的孟昭有、白先勇〈寂寞的十七歲〉裡逃避學校逃進了新公園同志懷裡秀氣的楊雲峰、林懷民〈蟬〉裡青年們夏天在臺北西門町聽到再也不曾聽到蟬叫……我突然就懂得通俗小說與純文學的差別，我還明白，自己是踏著別個高度才到了這個高度。言情小說愛死人不償命的陣仗我膩了，小說除了言情總還有些別的。感傷的是，我守著這祕密不敢讓我爸知道，否則我們家那些書可以「想像」租給誰呢？

不等我心憂太久，不久砲校另遷，時代更迭，月租客人約滿即退租，零租忠誠度原本就不高，書店生意說壞就壞，門前冷落，先是每月後來是每天開店門成了沉重的事，我父親掙扎著掙扎著收掉租書店。那些書哪裡去了？我不知道。書是買的時候貴，要賣就低得太多，我從此養成自己買書的習慣，我算是清楚作家、出版社、書店的難為。（氣人的是，九〇年代中，我開始編《聯合報》讀書資訊版「讀書人」，一路進入二〇〇五年，臺灣年出版品已累進到四萬餘種，數量之大，出版社新書無不希望傳媒能廣為推介評論，所以，大量的出版品堆滿我桌面，看著那些書，我每浮上個念頭：「這到底算是懲罰我呢？還是獎勵我？是懲罰我上上上輩子沒看書呢？還是獎勵我下下下輩子不必再看書？」最重要，完全打亂我只買書不要書的習慣，竟昏了頭異想天開咒罵局面：「為啥我爸開書店時不送書給我呢！」哎！人算不如天算。唯一可以確定的，我跟書真結上不解之緣。）

我們家書店倒閉了，書還是得念下去，又跌跌撞撞進了高中。七〇年代初，剛回國的林懷民巡迴全省講演現代舞，移站臺南美新處，現場擠爆了，全是學生，像大家一樣，我知道林懷民是因為他的小說，雙手抱緊《變形虹》，拚命擠到臺前（我也不清楚要幹麼！我甚至不知道可以請作家簽名呢！），當林懷民緩緩開始以文學的語言敘述自己舞蹈生涯，滿場立時鴉雀無聲，生怕漏聽什麼；之後，這位身穿白襯衫卡其褲的大男孩，換上全套玄黑舞裝當眾示範舞蹈動作！逸出小說與另類藝術結合的形式，令人震驚，和舞蹈比起來，我更懂小說，但那一刻，《變形虹》裡受苦的年輕靈魂困在身體的情慾裡，此時以真人向眾人展示，揭開我以讀者身分和作家距離最近的第一章。暈陶陶的我走出美新處，心底湧現一道微小之聲：「如果，我也能寫小說呢？」

於是，讓我們來到一九八〇年。在「如果，我也能寫小說呢？」之聲冒出約十年，我以《紅顏已老》得到《聯合報》中篇小說獎，報上連載時，插畫家王明嘉筆下，女主角費敏的形塑，與想像中嚴沁、玄小佛、瓊瑤筆下的女主角近似極了，久違的文字記憶襲來，真正難以言說，但心知肚明，自己是踏著哪一階走到這一步的。我父親比喻含蓄：「以前我就是開間小租書店嘛！倒沒想到影響有這麼大。」我寫著寫著，每有評者指出我小說中情愛幻想具有通俗小說特質，是「挪用菁英文學形式探索流行小說的新可能」，我十分感謝：「哎呀！沒得說的，我是租書店的女兒嘛！」我很願意承認，通俗閱讀的啟蒙，我還滿懷疑人世沒有「偶然」這回事。

我爸單眼〇・二視力維持了段時間，空白人生。有天回家，進門便瞄到茶几上躺著久違的報紙，老媽湊上來說：「老先生一大早突然說想看報，我趕緊去買。」深恐驚動文曲星，我壓低嗓音：「爸能看了？」老媽：「挑大字看，過個癮頭！」父親此時喚我取報紙給他，《中國時報》，他手指頭版頭題一字一聲念道：「建、仔、入、選、全、球、百、大」，翻過一頁：「停火不熄罰五千」若無其事放下報紙，表情平靜，無聲，隱隱勝過天地洪荒巨響。

就這樣，父親在更老的老年開啟閱讀新頁。我還知道，人們學會一件事不那麼容易丟掉。為了那幾個字，每天，我媽得花十元新臺幣買報紙。租書店裡賺來的人生，現在，一塊錢一塊錢往回填。

作者簡介

——蘇偉貞（1954-），祖籍廣東，降生臺南。知名小說家。現任教於國立成功大學中文系，曾任《聯合報》讀書人版主編。以《紅顏已老》、《陪他一段》飲譽文壇，曾獲《聯合報》小說獎、《中華日報》小說獎、《中國時報》百萬小說評審推薦獎等。著有各類作品十餘種，包括：《租書店的女兒》、《時光隊伍》、《魔術時刻》、《沉默之島》、《離開同方》、《過站不停》、《單人旅行》、《夢書》等。

多少年前的鐘聲

陳芳明

多少年前我還坐在齊邦媛老師的課堂聆聽受教時，從來沒有想過多少年後我會跟隨她走上臺灣文學研究的道路。那個年代，臺灣文學是一個未曾受到首肯的名詞，在學術上還是屬於一個危險的禁區。我記不得與齊老師有過任何關於臺灣文學的討論，兩人之間大概也不曾有機會涉及這個議題。那時她是臺大外文系的教授，我才只是甫入歷史研究所的學生。她開授的高級英文，是文學院研究生的必修課程。我第一次向她問學，正是始於這門課。

這麼多年之後，當我開始思考追求知識的歷程，總是情不自禁會探問自己的文學師承。一個中國歷史的學徒終於轉向成為文學研究者，想必經歷一些思想啟蒙與學術轉折。記憶容許我能夠確切肯定的，當可追溯到六〇年代後期的余光中教授與七〇年代初期的齊老師。學問的恍惚求索中，最後會偏離史學而選擇了文學研究的方向，我不能不承認是受到兩位長者的點撥指引。彎曲的生命旅路，常常會被安排與許多人與事錯身而過。有些注定是淡漠的，並淪為遺忘；有些則產生強烈衝擊，終至刻骨銘心。我無法忘懷的，是多少年前齊老師帶給我的文學知識；那樣的師承已不是任何情感所能概括，而是蘊藏著精神的昇華與救贖。每當想起一九七〇年秋天，不期然有一排鐘聲傳送明亮的陽光，隱隱襲進垂晚的胸臆。

多少年前的鐘聲，已不純然是鐘聲，而是青春與詩的隱喻，也是歷史與夢的象徵。坐在椰影窗口的那位青年，前額微仰，橫眉注視，面對一個定義未明的騷動年代。到達齊老師的門牆時，我的年齡正好銜接生命分合的一個起點，也碰巧遭逢政治跌宕的一個路口。我在史學與文學之間的徬徨，恐怕是齊老師在那個時候未能理解的，我停留在最為惶惑的時刻，臺灣社會的命運也正要開始穿越驚濤拍岸的十年。

站在史學研究的立場，我不免是為政治分擔了一些憂心。然而，我從未忘情大學時代與詩纏綿的喜悅與苦痛。在齊老師的英文教室，我初次嘗到閱讀樂趣的滋味。凡是修過那門課的學生都會記得，在上下兩個學期被要求完成兩冊英文小說的閱讀：一是喬治・歐威爾的《一九八四》，一是赫胥黎的《美麗新世界》。我並不清楚別人的閱讀經驗，至少，對我個人那是第一次神的啟示。

對於文學的耽溺，全然是出自我天生的性情。在十八歲寫出的第一首詩，似乎就已預告畢生的文學追求即將展開。然而，在文學訓練上，並沒有任何一位導師給我啟發、暗示或鞭策。直到遇見齊老師，我才漸漸知道什麼是鑑賞，什麼是批評，什麼是詮釋。在她的學生中，我絕對不屬於優越的行列。那幾年我所寫的詩與詩評，也未嘗讓她有閱讀的機會。我的詩行生澀，個性羞澀，輕易失去了耳提面命的時光。但是，我知道她對我的關心。幾次在文學院長廊相遇，她都主動問起我的閱讀與研究。在內心裡，我刻意避開與她對話。歷史系與外文系之間的距離，於我是無可越渡的鴻溝。縱然如此，齊老師誠然開啟我閱讀英文的興致。她是第一位使我對英文不致產生恐懼的老師。

從秋天到春天，我若有似無讀過了兩冊小說。在她的教室，我喜歡選擇坐在窗口。她專注的解說，使我理解了小說並不必然是小說。她的語言流暢，聲音潤滑，幽默時居多。研究所課程能夠使我發生愉快的並不多，但她的英文講授絕對是喜悅的。有多少微言大義暗藏在歐威爾與赫胥黎的文字深處，坊間學者都以反共文學視之。但是，對於當時受到自由主義啟蒙的我，毋寧是人性探索的經典作品。我對言論自由的嚮往，對思想解放的期待，都是在研究所時期植下根芽。那樣的信仰，無可懷疑，都在齊老師的文學解釋中獲得依靠。

臺大的鐘聲在一九七三年把我送出校園時，齊老師正與余光中、何欣、吳奚真合作編輯《中國現代文學選集》的英譯。那是臺灣文學第一次如此大規模被介紹到西方。她常常在教室裡提起，正在大量閱讀臺灣的詩、散文、小說。她的言談，似乎透露了一股信心。如今回頭再看，她的信心是有充分理由的。因為，她的《中國現代文學選集》等於是總結五〇年代與六〇年代臺灣文學的藝術成就。書中所收作品的那些作家，已都卓然成為臺灣文學史的經典。那時我還是一位情緒浮躁的文學青年，對於現代詩前輩輕啟不敬之心，而且也留下無數乖張不馴的文字。在一九七三年我忙於投入新詩論戰之際，齊老師已默默翻譯傑出的作品，向國際展現臺灣風華。追隨她學習一年，我終究沒有體會到她的用心良苦。

我的世代是屬於焦慮的歷史階段。見證到臺灣在國際社會孤立的危機，自然有著不可壓抑的憤懣。我把那樣的怒氣，都透過詩評轉嫁給創造晦澀作品的現代主義詩人。當時我還無法了解情緒與文學批評並不可以等同起來，同時也沒有心情去釐清大環境的政治劣勢並不可能依賴文學來解決。我把政治與文學混為一談，甚至粗糙地苛責詩人必須承擔國家的命運。那種幼稚的、近乎病態的文學觀，阻隔了我與齊老師之間的可能對話，甚至也限制了往後我對臺灣文學的確切認識。

於今看來，當年齊老師完成的《中國現代文學選集》編輯，是臺灣的幸運。如果沒有這項計畫的實踐，臺灣文學受到的肯定恐怕還要更為遲晚。雖然書名是以「中國」為題，內容選擇全然是以臺灣為主體。這套選集正式出版時，我已在海外漂泊遷徙。坐在異域的圖書館，窗外雪地千里，書中帶給我的卻是南國的溫暖陽光。我第一次看到不同世代、性別、族群的臺灣作家，都以蟹行文字呈現在外國讀者之前。齊老師序文表達出來的自豪，使我再次聯想到她在講授英文時的那種特殊情調：穩重，熱情，信心。那種氣質，再次顯現於飄洋書籍的紙上。

然而，我所抱持的偏頗文學觀，最後卻引導我選擇與齊老師背道而馳的道路。激情吶喊的七〇年代，負載著我迎向天涯海角，縱然心存臺灣，思考中竟不留有文學的影子。由於決心要與威權體制對敵，自年少以來就已眷戀的詩藝與詩論終於被我無情地棄擲。一段荒廢而荒涼的歲月，在生命中罕見地展開。同樣在那個時期，齊老師已著手重新解釋臺灣文學的作品。這對我當然構成極大的諷刺。自我放逐於陌生的土地上，豔幟高張地宣稱要回歸臺灣，卻全然無知於臺灣文學與臺灣歷史的真實。在越洋的報紙上，偶爾發現她的文字，才深深體會到真正的土地之愛是無須言宣的。相較之下，我的身段就顯得矯情而虛偽。

一九九〇年冬天，我以思想犯的身分回到臺灣，參加一次文學座談。齊老師也蒞臨會場，是我猝不及防的心情泛起一陣悸動。我深信齊老師對我在海外的意識形態與政治信仰瞭若指掌，自然也很清楚我的文學信心已產生動搖。十餘年後的重逢，不免使我有死生契闊的強烈感覺。在她眼中所期待的那位詩情浪漫的青年早已消逝，早已被充滿批判的憤怒形象所取代。也許我在會中對一位大河小說家有了過多的溢辭，齊老師含蓄地回應：「文學的評價需要時間的沉澱。文學自有它獨立的價值，並不會隨著政治起伏。」對於她的學生，顯然還抱著高度的期許。她握著我的手，久久不放，只是在我耳邊低語：能夠回來時，就應該回來。她的叮嚀似乎有雙重意義，不僅提醒我必須回到臺灣，也必須回到文學。

臨走時，她持贈我一冊新書《千年之淚》。就在那個時刻，那冊書放到我手上時，她的理解與諒解我已完全明白。「芳明學棣惠存」的字跡，莊重地寫在書的內頁。我一時無法整理內心的語言，只能以著凝注的眼神送她離去。師生之間的無語對話，比起任何召喚都來得強悍有力。我不知道自己何時還會被核准回到臺灣，但是捧讀她的書籍時，我已知道自己不會再離開臺灣。

《千年之淚》的扉頁，印刷著這樣的文字：「獻給父親齊世英先生和他生死不渝的理想」。我對戰後政治史的記憶稍有涉獵，知道齊世英先生參與過五〇年代末期雷震先生的組黨運動。他們是臺灣自由主義傳統的奠基者，捍衛者，犧牲者。他們啟開了歷史巨幕，為日後的臺灣民主運動暗示了不滅的想像。我可體會齊老師寫下「生死不渝的理想」時的心情，以及這簡短字句背後的微言大義。相較於我這樣的自由主義者，齊老師是位具體行動者，她已經在實踐父親未完的志業。我終於明白她為什麼對我沒有做出任何苛責，也更加明白她為什麼鼓勵我必須回到臺灣文學。她在書中表達的臺灣文學史觀，對九〇年代的學界應該是正面的指引。司馬中原與李喬的長篇小說能夠相提並論時，林海音與葉石濤的作品能夠放在同一個時間天秤比較時，齊老師的文學批評已經在突破族群藩籬與性別疆界。她的身體力行，使我見識到什麼是風範與風格。對於我日後的文學史書寫，齊老師的書已經帶來無窮的暗示。

當我還擔任民進黨的發言人時，在好幾次的座談會有過相遇，她從未對我發出負面的言語。但是，她也不曾放棄對我委婉勸告，文學才是最佳抉擇。在埋名隱姓的海外浮沉時期，在噪音喧嘩的政治運動時期，我的內心總是保持高度的孤獨。自我構築起來的那道高牆，已不是任何情感能夠輕易侵入。我能夠開放的，唯齊老師而已。遵聆她的面命，我決絕地離開政治，徹徹底底，毫不眷戀。那是一九九五年秋天，我與我四處漂泊的書籍同時疲憊地到達靜宜大學。我開授的第一門課程正是臺灣文學史。

三十年的旅程，悲苦多於喜悅，哭泣遠勝歡笑，攜著我走過太多交錯的路口。在那樣冗長的追逐中，政治曾是我僅有的信仰，彷彿是夜裡我專注凝視的星。星的方位，決定旅路的方向。但是，現在我比較確信的是，回到臺灣並非只有一條道路，我改弦易轍去面對臺灣文學研究的道路，並不意味那一顆星的座標是錯誤的。我只能這樣告訴自己，政治並沒有使我回到真實的臺灣。讓我觸摸到躍動的脈搏，感受到活潑的生命，是曾經受到遺忘的文學。這條道路走得極其艱辛，卻因為有了齊老師的暗示與召喚，才使我決心走完全程。

多少年前的鐘聲，是詩，是陽光，是未名的隱喻。最初在英文教室開啟閱讀的喜悅時，是不是一種預言已經神祕降臨？從歷史換軌走到文學，冥冥中應該有一股力量在牽引。齊邦媛老師的手勢、叮嚀、低語、呼喚，可能就是那股力量的來源。但是，那已經超越我的智慧所能釐清。我能確定的是，生命中與她相遇是一種幸運，心中浮起的祝福，三十年前的鐘聲也能聽見。

作者簡介

——陳芳明（1947-），出生於高雄。曾任教於靜宜大學、國立暨南國際大學、國立中興大學，後赴國立政治大學中文系任教，同時成立該校臺灣文學研究所，目前為國立政治大學講座教授。著作等身，主編有《五十年來臺灣女性散文・選文篇》、《余光中跨世紀散文》等；政論集《和平演變在臺灣》等七冊；散文集《風中蘆葦》、《夢的終點》、《時間長巷》、《掌中地圖》、《昨夜雪深幾許》、《晚天未晚》、《革命與詩》；詩評集《詩和現實》、《美與殉美》；文學評論集《鞭傷之島》、《典範的追求》、《危樓夜讀》、《深山夜讀》、《孤夜獨書》、《楓香夜讀》、《現代主義及其不滿》、《很慢的果子：閱讀與文學批評》，以及學術研究《探索臺灣史觀》、《左翼臺灣：殖民地文學運動史論》、《殖民地臺灣：左翼政治運動史論》、《後殖民臺灣：文學史論及其周邊》、《殖民地摩登：現代性與臺灣史觀》、《臺灣新文學史》、《我的家國閱讀：當代臺灣人文精神》，傳記《謝雪紅評傳》等書。

論便當

焦桐

1

便當往往連接著冗長的會議，開會鮮有不無聊的，冗長而無聊的會議加上恐怖的便當，不輕生已經萬幸了，誰的頭腦還能殘存創發力？

從前我若上、下午都有課，常拜託助教訂便當，那些便當都很難吃，想來可怕，至今竟已吃過數百個這種便當。我明白虧待自己的味覺和腸胃，可也無奈，午休時間那麼倉促，不暇尋覓美味；何況助教已經努力變換各家自助餐廳了，學校附近確無差堪入口的便當。

每次我走進研究室，坐下來，打開便當盒，看一眼就有跳樓的衝動。

倪敏然自殺前，最後的身影出現在頭城火車站月臺，他買了一個五十元的便當，消失於電視錄影畫面。臺灣的鐵路便當數十年如一日，匪夷所思的是各地皆同——滷豆乾、滷肉、滷蛋，真是可怕的集體惰性。我們知道倪敏然罹患重度憂鬱症，一個決意尋死的人，已經萬念俱灰了，如果又吃到難以入口的食物，委實再推他墜入萬劫不復的深淵。

如果，他陷於人生乏味的困境時，巧遇美好的食物，完全有可能鼓舞生命的激情和勇氣吧。伊朗導演阿巴斯・奇亞羅斯塔米（Abbas Kiarostami）的電影作品《櫻桃的滋味》（*The Taste of Cherry*）中，有一位老人自述在年輕時想輕生，他爬上櫻桃樹上吊前，隨手摘了一顆櫻桃吃，驚訝那櫻桃的甜美，竟一顆顆地吃了起來，忘記要自殺。清晨金燦燦的太陽升上來，學童們的歡笑聲經過樹下，他覺得櫻桃太好吃了，遂摘了一些回家和老婆共享。

老人對那想死想得快瘋掉的男主角說：「你不想再看看星星嗎？你想閉上自己的眼睛嗎？你不想再喝點泉水嗎？你不想用這水洗洗臉嗎……你想放棄櫻桃的滋味嗎？」

生命果然不乏疲憊、憂鬱、沮喪和絕望，美食是絕望時的救贖，往往能帶領我們超越困境。我設想倪敏然那天吃到了一個異常美味的便當，夕陽有了美麗的背景，他肯定會睜眼觀看「萬紫千紅的晚霞」，肯定會有某種力量或意義自胸臆升起。

2

每個人或多或少都有一段便當經驗史，從一個便當可窺見一個家庭或某地方的飲食文化。

求學時代，母親為我送過便當，便當盒用一塊布包裹起來，有保溫、防漏之意；吃完便當，用便當盒裝茶喝。不知何時起，那覆在便當盒上的布巾消失了，取代的是觸感極劣的塑膠袋。

求學時好像餓得特別快，上午即已飢腸轆轆，大家常吟兩句打油詩：「舉頭望黑板，低頭思便當」。為安慰飢腸，有人故意不蒸便當。中午吃便當是人心激動的時刻，大家同時打開便當盒，各種家庭廚房精心烹製的香味鼓盪在教室裡，空氣中充盈著幸福氛圍。

梁實秋在〈早起〉一文中描寫五〇年代的臺北生活：「走到街上，看到草上的露珠還沒有乾，磚縫裡被蚯蚓盜出一堆一堆的沙土，男的女的擔著新鮮肥美的蔬菜走進城來，馬路上有戴草帽的老朽的女清道夫，還有無數的男女青年穿著熨平的布衣精神抖擻的攜帶著『便當』騎著腳踏車去上班。」便當是日本人發明的，便當之普遍存在，顯見臺灣人長期受日本文化的影響。梁實秋新來乍到，對此物頗為好奇。

便當，日本人叫「弁當」，類似便當的器具，在《源氏物語》中稱為「檜破子」；室町時代末期、江戶時代初期的形態則多為籃子，乃人們旅行、欣賞櫻花、探望親友時所攜帶的食物器具，叫「破籠」；「破」意謂可以上下分隔，「籠」在日語中有籃子的意思。可見「弁當」這詞語的出現不會早於室町時代，開始使用，大約在織田信長（1534-1582）生活的年代。自然，當時能帶「弁當」出門的人肯定比較富裕，一般鄉村居民只能帶飯糰。

3

大一上表演課，導演訓練我們腹式發聲，命大家模擬火車月臺便當販的叫賣：「便——當，便當，燒的便——當」，念經般重複叫喊一個小時。話劇演員在舞臺上講話必須能傳到劇場裡的每個角落，即便是講悄悄話，也必須讓現場每一個觀眾聽清楚，舞臺上的發聲技巧就很要緊。

從前火車停靠月臺，總是有人推著便當叫賣：「便——當，便當，燒的便——當」，聲音宏亮卻非嘶喊，舉重若輕般沿著車廂外兜售，節奏感良好，帶著長亭更短亭的漂泊感。那聲音似乎回響在記憶的每個角落。

鐵路便當是火車旅行很要緊的配備。

月臺上應該繼續賣便當，而且每一站的便當最好都不同，融合當地的名產，這才是火車的風景線。

蘇南成先生曾告訴我：福隆車站的鐵路便當最讚。我聞言即遠赴福隆買便當，唉，難道買錯了？還是滷豆乾、滷肉、滷蛋，那豬肉猶帶著膻味，面對它如面對政客的嘴臉。

近年臺鐵推出懷舊便當，使用不鏽鋼圓盒，配備提袋、不鏽鋼筷，賣便當的同時賣出了紀念品，銷售成績不惡。我認為這是一種表相的懷舊，消費懷舊情緒，其實未消費到好滋味，臺鐵雖請回退休的高齡老師傅督導製作，這種便當的內容依然千篇一律：滷排骨、滷蛋、炒雪裡紅等物。在貧困的年代，便當裡有一大塊排骨，堪稱有點奢華的享受；如今到處都是排骨，我們已經不能滿足於吃得飽的層次。

從前的鐵路便當之所以被懷念，並非便當太好吃，毋寧是一種旅行感所渲染。在出國還不普遍的年代，火車站月臺就是現代陽關，當火車緩緩啟動，有人輕聲道別，有人拭淚叮嚀，吆喝聲夾雜在廣播聲中，小販背著便當箱追趕列車，和半身伸出車窗的旅客交易。火車越開越疾，窗外可能是綿延的山海田野，一邊看風景快速奔跑，一邊若有所思地吃便當。念去去，千里煙波，當年那個便當盒帶著離別的身影，復經過記憶的點滴修飾，隔了幾十年，已編織成一則美麗的傳說，越來越動人。

便當的內容一定要有趣，最好能表現地方特色和季節感，過度依賴醃漬物顯露出缺乏想像力和創造力。火車不僅是交通工具，何況要面對高鐵嚴峻的競爭，如果每一中、長途列車都能從「行走的好餐館」的概念出發，沒有理由生意差。

即使滷味組合，每一道菜也都要用心思細作，滷味並非胡亂浸泡醬油就算搞定，除了表現起碼的醬香，必須滷得透又不虞滷得柴，這就要將材料浸泡在滷汁中兩三天，令滷汁滲透進材料中，如此滷物方能入味而富彈性。

滷味中參加一兩片白醋薑、蔭瓜很美妙，像從前的池上飯包添入一粒酸梅，是很日式的辦法。

4

日本人的便當文化傲視全球。

天下便當以日式最具繪畫美，日本便當習慣在白米飯上撒一點芝麻，中央再放一顆梅子，像太陽旗，我稱之為日本便當的原型，是日本便當美學的起點，美感從這裡展開。羅蘭•巴特（Roland Barthes, 1915-1980）旅行日本時吃到便當，深受震撼，認為菜色的布置即相當講究視覺效果，各種零碎的食物秩序地在黑盒裡像一塊調色板，用餐過程類似於畫家坐在一堆顏料罐前，那邊吃點米飯，這邊蘸些調味料，那邊再喝口湯，選擇食物創作般自由，很賞心悅目。

日本最普遍的便當是一種四格「幕之內」，由白飯和數種菜餚構成，最初是表演者、觀眾在劇院中場休息（幕間）時吃的便當，故名。目前全日本「驛便屋」有三百多家，供應約三千種不同的鐵路便當，只有「幕之內」大概到處都有。

我最嚮往日本人的賞花便當，櫻花盛開時在樹下掀開飯盒，落英繽紛，落在便當盒裡，再怎麼平凡的菜色，也會有了華麗的身姿。

便當也可以是一場迷你饗宴，日本高級料理亭的宅配便當講究季節風味，布包巾裡是紅杉便當盒，便當盒裡羅列著竹筒飯、多款壽司、各色青菜、魚、肉……往往多達二十種。這種便當的高級美學不在菜色繁複，乃是如何讓繁複的菜餚互相發揚，彼此支援，在滋味、色澤、擺布各方面共同細膩地表演。

櫻井寬、早瀨淳的漫畫《鐵路便當之旅》描述宮島車站的便當店如何製作「星鰻飯」：每天直接從漁港嚴選質優量少的金星鰻（瀨戶內海特產），處理乾淨後用煮過的酒、湯汁入味，先以大火烤一下，再蘸上醬汁，接著以小火慢烤，如此重複三次這樣的步驟；最後塗上美味的醬汁，整齊排在木質便當盒裡的白飯上，進行「習慣」程序——讓烤星鰻的美味滲透進仔細煮過的飯裡，再包上紙。這種便當，每一個都用了兩條金星鰻，非常奢華。

我建議便當業者到仙臺的便當店取經，日本插畫家平野惠理子採訪當地的便當工廠，進入前須穿過強風閘門以吹掉身上的灰塵，再換上消毒過的衣帽鞋子，「一進去就讓人感動莫名的，是室內那股教人不禁高呼『清潔！』的味道。在飄散著淡淡菜餚的工廠裡，怎麼還能出現那股清爽感呢？在這裡，不論亮度、氣溫、濕度，全是我未曾經歷過的舒適。經過那次參觀，我才明白便當之所以美味，裝菜的環境實在是很重要啊！」

日本的鐵道便當每一站不一樣，多很精采，像信越本線橫川車站的「山嶺釜飯」，用陶製小缽裝著，打開緊閉的木蓋，一股山野香味即撲鼻而至。他們的創意和巧思充分表現在便當上。新幹線有一種便當，只要撕下貼紙或拉開盒底的繩子，就會立刻加熱。其他的名便當諸如東京站賣集大成的「超級便當」，下關站以「河豚壽司」聞名，橫濱站是「燒賣御便當」，宮崎站賣「香菇飯」，門司站售「明太子便當」，大分站是「青花魚壽司」，到了延岡站換成「香魚壽司」，八吉站則是「栗子飯」……我在日本搭火車時，一趟路程買了許多便當。

村上春樹小說裡的食物多為西式料理或速食，如義大利麵、三明治、漢堡、薯條、沙拉、披薩，《尋羊冒險記》首次提到日式便當，敘述者從札幌站上車，邊喝啤酒邊看書，並拿出鹽漬鮭魚子便當來吃。村上春樹大概弄錯了，其實日本的車站便當中，只有北海道線的南千歲站有賣鹽漬鮭魚子便當，札幌站買不到。

這提醒我們，改善臺灣的鐵路便當首先要加入地方特色，例如基隆站可以賣天婦羅啊；臺北站可賣紅燒牛肉乾拌麵，或加入阿婆鐵蛋；新竹站可以賣炒粉、貢丸飯，苗栗站不如賣一點艾草粿、炒粄條；臺中站可以附贈一塊太陽餅；彰化站的便當內容可以是肉圓；臺南站不如推出肉粽、碗粿；花蓮站的便當則附贈麻糬……我想像車到屏東可以吃到櫻花蝦炒飯、萬巒豬腳；高雄可以選擇金瓜炒米粉；臺南附贈一杯義豐冬瓜茶；桃園品嘗得到大溪豆乾；宜蘭的便當裡有粉肝，或鯊魚煙。那是多麼迷人的鐵路之旅。

巧思亦見諸便當盒的造型，如日本東北地區的「雪人便當」、廣島的「飯勺便當」、四國主要車站的「麵包超人便當」……都是我們可以學習的對象。

5

我最常用雙層的不鏽鋼便當，這種便當菜、飯分開，容量又大，很適合我這種飯桶，優點是環保，缺點是不方便攜帶。木片或竹片便當盒的觸感佳，予人自然、質樸之美，又能吸收米飯多餘的濕氣，令飯粒更富嚼勁；不過也因而使飯粒容易沾黏在木片上，想吃乾淨需費力刮。這裡面有一種情趣，一種提醒，提醒我們珍惜食物、敬重天地。

我們果真只容得下方便、快速的事物？便當的形狀與材質可以非常多元，用保麗龍盒裝飯、塑膠提袋，只會消滅食慾。

幾年前，SARS蔓延時，喜來登飯店疑似有住房客人染煞，飯店淨空三天，重新開張的前三天，為了凝聚人氣，推出一百五十元的便當廉售一元，我在電視上看到大排長龍爭購的場面，有人竟排隊等候了六小時。為了買一個便當吃，排隊六小時，可謂天下奇觀。

經濟不景氣，有些五星級飯店竟在大門口擺攤賣便當，價格低廉，約介於七十元至一百五十元臺幣之間，明顯在跟小販、便利商店搶生意。觀光飯店熱賣便當，食材較新鮮，配菜也相對高明，口味輕易就超越了便利商店的產品，諸如老爺酒店的日式豬排便當、照燒雞飯，和粵式三寶飯；國賓飯店的粵式三寶飯；華國飯店的鹹魚雞粒炒飯；然則不免勝之不武，這樣的標準並非我們對觀光飯店的期待。

便當之美常表現在創意，不在珍饈美饌，動輒近千元的便當只能說是豪華。豪華跟美麗是不同的概念。

然則美味的便當何其難覓。我吃便利商店賣的便當，很遺憾，雖然品味標準降得很低，也只有「奮起湖鐵路便當」、「排骨菜飯」、「臺東池上飯包」、「煙燻蹄膀鮮飯盒」（肉臊顯得多餘）和「我們的雞腿便當」差堪入口。「奮起湖鐵路便當」雖則完全消失了我在阿里山鐵路上吃便當的滋味，卻能勉強解飢——薄薄的瘦肉片，雞腿、蛋、油豆腐僅是滷味，雖然談不上香，總算中規中矩，不會用駭人的怪甜、死鹹來凌虐食客的味蕾。

便當的菜色以滷味居多，乃是滷味較不會因加熱而變質，不像油炸物，置諸米飯上，再經蒸氣滲透，往往慘不忍睹。我固不贊成便當中出現炸物，如爆肉、炸蝦之屬。然則市面上好吃的滷味那麼多，這些便利商店奈何不察，隨便模仿一下，也能透露些許香味吧。

那些滷肉毫無彈性，彷彿只是泡過醬油。我懷疑這些便當裡的滷味曾經起碼的爆香程序，竟聞不到一絲絲薑、蔥、蒜或八角之味。

此外，我不明白為何便當裡總是放一片醃漬蘿蔔和一小沱紅色的醬素腸？夾起來丟棄時，白米飯上已染印著一片黃、紅色素，觸目驚心。這是令人厭惡的因襲和怠惰。第一家便當放雪菜、玉米粒、胡蘿蔔丁、花瓜、酸菜、醃漬蘿蔔，其他店家完全仿效，毫無想像力。便當可口，只是基本動作，是最起碼的商業道德。拜託，隨便轉一下腦筋也就改善了，難道色素蘿蔔不能換成嫩薑？那小沱醬素腸不能換成剝皮辣椒？

我曾經買了一個「我們的碳烤雞排」結果打開看，竟是一塊難以下嚥的炸豬排，品管竟草率至此。還有一種自詡叉燒風味的雞腿排，完全不染絲毫叉燒味，看一眼即知是泡過紅色素的雞屍。顧客是商家的主子，即使不是，彼此素無仇怨，奈何竟用這種手段對付掏錢買便當的人？又不是在毒老鼠，製作便當者何不自己倒一些色素拌飯吃吃看。

適合便當的菜很多，諸如雪裡紅、醃嫩薑、蔭瓜……便利商店的便當無法現作現賣，必須以想像力、開創力來彌補因量販而失鮮的窘境。例如有人會在滷汁中加進茶葉，不但吸收油膩，也圓融了醬油較為呆板的鹹味。

其實我吃便利商店的便當總是自暴自棄的心情，無奈中帶著墮落感。試想那便當並非即食便當，須經過烹煮、冷卻、包裝、冷藏、運送、上架，再微波後食用，防腐劑的含量令人不敢想像。

6

優秀的便當予人驚喜。和即烹即食的料理不同，便當從製成到食用隔了一段時間，打開前一般還不知道它的內容，因此除了努力保持菜餚的風味，有心人還費盡巧思，令打開的瞬間產生愉悅。

便當具有母性的特質，我常聽聞人們說如何懷念「媽媽的味道」，天下最美味的便當，恐怕是家裡自製的，我們在求學時代率皆有帶便當、蒸便當、集體吃便當的經驗。

便當連接了太多人的感情和記憶，今村昌平《鰻魚》裡的鰻魚是一種隱喻，洄游、自由、孤獨的隱喻；是被背叛的丈夫傾訴的對象。真正的美食竟是一盒從未打開過的便當，片頭那紅杏出牆的妻子為丈夫所精心準備的便當，帶著歉疚的心情，那便當盒裡的內容必定十分可觀，可惜他妒意徒起，無心消受；殺妻、出獄後更三番兩次拒絕女友為他準備的便當。那便當，自然是人際溝通的指標，象徵了親愛、接納的程度。

我歡喜的便當生活，是一種陳舊美學，相關配備包括可重複使用的便當盒，筷子，布質提袋和包巾、繫帶；殘存在記憶角落的布包巾，攤開來還可以當桌墊。

便當帶著越界的性質，離開家庭餐桌，遠足到另一地點。

我常追憶華盛頓州行旅，在一座美麗的冰河湖邊下車，坐在枯木上呆呆長望藍寶石色澤的湖，河岸盛開的菊花，山上千年不融冰雪，針葉森林，藍得深邃的湖好像被什麼神祕的事物激盪起漣漪復歸於平靜，忽然覺得手中冰冷的三明治，飽含著不可思議的滋味。

作者簡介

——焦桐（1956-），生於高雄市，曾習戲劇，編、導過舞臺劇於臺北公演，已出版著作包括詩集《焦桐詩集：1980～1993》、《完全壯陽食譜》、《青春標本》，散文《在世界邊緣》、《暴食江湖》、《臺灣味道》、《臺灣肚皮》、《臺灣舌頭》、《滇味到龍岡》等三十餘種，編有年度飲食文選、年度詩選、年度小說選、年度散文選及各種主題文選五十餘種。

蘭花辭

周芬伶

如果這是逃亡路線，我是不是來到終點？

這屋子與院子種了些花木，園丁說門口種竹是對的，竹報平安。那院子進來的那棵梅樹怎麼說？還喜上眉梢咧。梅蘭竹菊四君子全到齊，我不排斥這文字遊戲與迷信，遂在後院弄了個迷你網室養蘭，卻連養蘭的常識也沒有，把蘭花曬得紛紛死去。

現在只剩菊了，但我對菊花沒感覺。

對你漸漸也沒感覺。

我想我會死在這個終點。

搬到這房子天天躺在床上呻吟，其時還是夏末秋初，天氣蒸熱，房間到了下午嚴重西曬，我感到身體日漸朽壞乾枯，如同這個行將朽壞乾枯的老屋。

過了五十，該有的都有了，連兒子也回到身邊，一切太像夢，讓人罪惡，人生再無目標，這就是所謂的終點嗎？

有時狀況壞的時候很想把抽屜所有的藥一起服下，這樣的念頭越來越強烈。

或許不配過這樣的生活，幸福對我而言太沉重，自己作自己的心理醫生常常是死路一條。

撐到最後掛了門診才知病情加劇，藥量壓不住。這是因劑量不足而引發的種種不適，原來如此簡單。果然加重一倍藥量，恢復正常作息。

連一點刺激都受不住，身體脆弱如紙糊人。

多年來拒絕接受是病人，說自己只有口乾症，只需要一點八仙果與一些肌肉鬆弛劑。醫生說，陽光讓病情加劇，而這個夏天特別長。

是啊，從七月到九月，每隔一天或兩天，在盛大陽光下奔走於中港路上，為了定時澆花澆草，通常過午到達，等到太陽西斜才澆花，這應該是件愉快的事，但等待的時間覺得房子像火燒，汗流不止，進入還在裝修的房子，感到黑沉沉的憂鬱。

原來連陽光都曬不得，就像走廊上的蘭花，因過多的陽光折了腰萎了花瓣，一點也無花的形貌神采。

只有擺在客廳中的白蘭花，來了四個月還硬挺著一路開花，常來的客人都說：「這花都不凋，是假花吧？」好像為了反駁，不久又生出兩個花苞，彼時已入冬，陽光甚少來訪，寒流低至五、六度，窗戶緊閉，一室闇然，越多的陰影讓它越強壯。

我就像那蘭花，因天涼後，身體日漸好轉，還吐出兩個花苞。

那是黑暗的花苞，因無光無溫長出的蒼白之花。

芝蘭之屋滿室幽香已成笑話，現在臺糖的溫室蘭花像紙鶴般無聲無臭地開，鼻子湊再近都沒用。

背向你很久了吧，沒有罪惡感的我，自覺良心破了大洞。

先背向異性，再背向同性，再背向異性，也許我兩者皆是，兩者皆不是，情感自有它的紋路，岔出去並非到頭，而是再岔出去又岔出去，如同掌紋，直到紋理淡去。

你包藏著自己的慾望，逃到陌生的城鎮，也許連有沒有慾望都不確定，是不是背叛也還說不定，因為還有聯絡，你的東西還在他（她）那裡，他（她）的東西還在你這裡。

需要確定的實在太多，就讓它懸宕，如同一封封寄出的電子郵件，常常沒回音，而你也不想回。

活越久叛逃的人越多，時間越久，再也分不清誰是叛逃者，誰是被叛逃者，反正我們都是孤身一人，在不同的城市擁抱各自的孤獨，有什麼差別呢？

所有道德的譴責到最後都跟掌紋一樣越岔越淡。

剩下的只有草原上的風，街道上的雨，還有各自擁有的窗口。

你的窗口緊閉，一絲風也透不進，還加了遮光簾，你不需要光也不需要空氣；而我的窗口明亮，窗外有花木草原，大量的光線與風沙像海浪湧進來，但我沒比較快樂，跟你一樣日日老去。

連性別也不那麼重要，人到一個年紀，女身男傾，男身女傾，再也無分別。

一切無分別，事物的兩面性，其實只有一體，痛苦與快樂，幸與不幸，男與女，生與死，皆無分別。

喲！說是這樣說，我還沒老到看破一切。

現在的小孩，性別不再是問題，雙性才是麻煩，先愛男人再愛女人，或愛女人之後才確定愛男人，或者電流亂竄，愛上網戀，三劈四劈，婚外情或老少戀。

網戀最可怕的是，若有似無，只要離開電腦幾天立刻折損，或者不宅之後，也就沒電了。

有一度我跟同性站在一邊，甚至幻想建造自己的王國，現在想來那是如何虛幻的烏托邦。

或者只是老到沒有性慾也沒有性別。性慾對於任何性別都是平等的，早則五年，晚則十年，還在一起的伴侶都過著無性的生活。

異性戀者有了孩子，先是一個孩子夾在床中間睡，生了兩個，各擁一個睡不同房間，孩子長得好慢，可倏忽過了十幾年，無知覺長期中止性生活，許多夫妻都是這麼過來的。

至於那同性的本不以性慾為主，主要是生活的伴侶，一起買菜比一起做愛更幸福圓滿，久而久之，也只剩睡在一起的形式。

有一對在一起十幾年，才三十歲就沒性生活，成天鬧分手，鬧了十年還住一起，不知是什麼綰住對方，是恐懼吧，再也找不到一樣好的人，同性能找的對象更少。

另有一對領養一個女孩，生活跟異性戀一樣緊張忙碌，接送安親班才藝班暑期夏令營，講故事哄孩子睡，為了孩子的將來，神經兮兮買了棟豪宅，讓我們病的不是性別也不是性慾，是孩子，是老死。

人只要有了孩子，想的都是虛胖的未來，孩子明明並不那麼需要你，男孩子長到十幾二十，滿腦子精蟲，女孩子則每一吋肌膚都在保養打扮中。

你開始厭惡水汪汪的眼睛，動情的嗓音，顫抖的嘴唇，香水太香，費洛蒙比灰塵可怕，危機四伏，超短迷你裙下少女白豔又纖細的腿，你從不知那有多煽情，或者少男的眼鏡後那雙充滿肉慾的眼睛，這世界太色情了，讓人躲無可躲。

那晚學生來過聖誕夜，飯後玩「真心話大冒險」，你尚且還不知那是什麼遊戲，真心話就開始了，同性戀男問處男：「你的電腦裡有多少A片？」，「很多」，「上一次手淫是什麼時候」，「就前天」；處男反擊「你被從後面做，不會放屁嗎？」「有時會。」「是水屁還是滾屁？」「狗屁啦！」我紅著臉自言自語：「這樣會有快感？」，同性戀男順便答了真心話「快要嗯出來時會有水噴出來，那就點點點囉……」「厚，不可省略」，同性戀男接著逼問異性戀男：「你最久一次做幾個小時？」異性戀男說：「不知せ，記得有一次一邊做，一邊放帶子，結果電影放完了還沒做完，做太久其實不那麼舒服啦。」（低調得意），「什麼片？下次我也要看。」一陣火燒騷動，「成龍的啦！武打片。」同性戀男緊接著問「那你那裡一定很可觀，多寬多長？」，許多人阻止「你可以不用回答這個問題，真的。」，被問的人是我認為很有深度的男孩，他真愛回答，用真心在木頭地板上畫著長寬，還好中間有人隔著沒看見，好真心啊，為什麼我們以前不真心，這麼真心還會有性問題嗎？還有自動爆料的，大一時在學校水塔做愛，做完去聽某作家的演講。咦，那場轟動的演講，大家幾乎都在場，的確是中場才趕到，大家聽了一點都不詫異，我的下巴要掉下來了，怪不得兒子不讓我參加他死黨的聚會。

話語一旦被說出，意義開始分歧，語言的開始就是延異、差異、延宕、衍異……所謂的真心話跟真心往往沒關係，跟冒險比較有關。

那夜之後我急需心理治療，找六年級問：「你們玩真心話嗎？」

「玩啊，總有十來年了，青春期的小孩才玩，你學生有退化的傾向。」

真的沒有純純的愛，純純的小孩，連純愛小說、漫畫都不純。

這徹底殺傷我對學生與兒子的迷戀。

我對兒子說：「沒有承諾不要占女孩便宜。」

兒子說：「妳不要管那麼多。」

我輩就是退化，就是愛純純的愛，白色恐怖時代的特產，連愛也變得蒼白恐怖，也就是愛在心裡口難開，不敢真心的年代，男女約會連手也沒敢碰，共撐一把傘就算達到高潮。

那時最開放的性冒險，男女雜處一棟公寓三天三夜，沒什麼事發生，男孩為女孩點菸（聽說有性暗示）；那個超長髮女孩聽說很開放（但從沒撞見她親吻或愛撫場面）；那個長髮男孩聽說會嫖妓（被女朋友抄到保險套因而分手，但誰也沒見過）；只有一個風騷女孩（背後被罵公共汽車）光腳丫子勾來勾去，然後問：「如果存在是虛無，活著只為等死，這麼荒謬的人生，只有死亡才能對抗嗎？自由真的存在？」「實有的世界是生命的一次元：存有的世界才是二次元，那麼除去自由還有責任……」，如果我們早一點知道長寬，或者上一次手淫是什麼時候，也許不用摸索那麼久才懂得愛情。

事實證明被白色恐怖閹割的情慾，花兒世代早就凍結他們的長寬，到老還是喜歡純純的愛。

我真的好喜歡純純的愛的純純感。

如果說是真的純純，那麼為何在月經不來時如大病一般難過？或者因純純的花言巧語輕易獻身？或等到中年才慾火焚身也焚了一生，毀家離散，還不懂什麼是長寬，什麼是中出？

從經期開始紊亂，開始無止盡的逃亡，像亡命之徒般不知死活，只為追逐一盆畏光無溫的白蘭花。

而你在逃往的城市，不知是被棄還是棄人抑或是自棄，把自己吃成八十公斤或餓成四十公斤，過胖與過瘦，都是受傷的標記。

日日，你在停車場學騎腳踏車，五十歲才學會不掉下來，六十歲上路，七十歲要騎去哪裡？墳墓或安養院？那時我會騎在你之前或之後？

而另一個你，先是開車載著父母去看病，之後載情人，再載兒女，你真愛當司機，那讓你覺得像個男人，曾經我坐在你的旁邊，去追梧棲的落日，衝向臉盆大的紅太陽，車速飆到一百二，像鴛鴦大盜一路狂喊：「就這樣死了算了。」

我曾經那麼喜歡你，因為你給我純純的愛中的真純。

但已經不純的我不要了，寫愛通常只寫一半的我，是愛的殘障者。

從來沒有好好完成一場愛，總是中場退出，讓賽事懸宕。也許感情就是這樣的瘋狂開始卻無疾而終。

很多事都是懸宕，無疾而終，譬如說種花吧，初來時院子雜草高一兩尺，都是俗名「恰查某」之類有刺的野生植物，請園丁來處置，三兩下就清除，他總有六十幾了吧，說話很文雅，我愛死他的園藝哲學，因為他讓它變得簡單，讓我的黑手指變綠手指，他說：「種花就是這樣，你付出的都看得見，它會回饋你更多，每天十五分鐘拔雜草，一天都不能停，雜草剛長出來一摘就掉，長大了就拔不掉，園藝就這麼簡單。」他讓我了解種花先從拔草開始，於是乎每天拔「恰查某」我都快變成「痟查某」，好不容易維持良多莠少的局面，卻忽視了酢醬草，不是說是幸運草嗎，如海般的草浪也許藏著四瓣幸運草可以許好多願望？好肥的幸運快跟玫瑰花一樣大，吞掉長春花與韭菜蘭，眼看鈴蘭也快淹沒，它們的生長速度驚人，才一晃眼，就像消波浪一樣吞沒整個草地，我妹來時說：「真正的花園，連酢醬草也不該有。」我妹是高純度的女人，有時我懷疑她信奉伊斯蘭教，每天念《可蘭經》，她的嚴謹精確與我恰成對比。

所謂的莠草就像是非理性的力量或是藝術的假貨，遠看完全看不出來，還以為綠草已連天，過去我將愛情視為玫瑰，勤心澆灌，拔去一切莠草，以為這樣可以擁有愛情；現在覺得情愛就是莠草一如這消波浪，無法無天地蔓生，有一天，你已沒有力氣了，不狂野了，才明白愛情包含玫瑰與莠草，相倚相生，沒有玫瑰哪來莠草，莠草是吃玫瑰的肥長大擴散的，你見過沒有酢醬草的草原嗎？那就不用拔了，不如學習韭菜蘭，看來像莠草其實是幽蘭，在隱祕的樹林中短暫地吐著小紫花。

朝飲木蘭之墜露兮，夕餐秋菊之落英。
苟余情其信姱以練要兮，長顑頷亦何傷？
攬木根以結茝兮，貫薜荔之落蕊。

矯菌桂以紉蕙兮，索胡繩之纚纚。

詩人為拯救蕙蘭，陷入苦戰，直至憔悴欲死。

如此我想放棄拔莠草。

愛情的消退如今更快了，一段感情能維繫十年算是小永恆了。你與她的感情邁入十年，很少打電話，偶爾吃個飯，可以想見會越來越淡，只差沒有說出口。

年輕時什麼都要說明白，結果鬧得一個自殺，一個遠走他鄉，鬧翻半個地球結果還是跟她在一起，現在學乖了，不說真心話。

也許現在年輕人只是較敢說，本質上沒有不同，知道很多但一樣保守，感情從來只有除舊沒有布新。

說話的方式改變而已，人越老越知道真心話說不得。

我想對你說真心話，但我做不到。

只有走進網室，補救那幾盆蘭花，記得父親以前在家鄉頂樓搭蘭花棚，罩著一層黑色的濾光網，不如先拿蚊帳來擋一下吧！將白色的紗網摺成好幾層，遮在蘭花受光的那面落地窗，雖然不雅觀，似乎救回一些，幾盆蝴蝶蘭開得滿像樣的。

在那個南部小鎮很奇怪的大家染上養蘭熱，許多人院子裡都搭有蘭花棚，亞熱帶的毒辣陽光是第一號天敵，父親勤於澆水不懂照顧，常常是到期不開花，只有綠葉長青，每到年節，各式各樣的蘭花展在農會或鎮公所盛大舉行，才八、九歲的我擠在人群中鑽到最前面瞻仰蘭花，奪冠的一律是嘉德麗亞蘭等洋蘭，西化年代連花也崇洋，花朵大至十幾公分，牛頭似地頭角崢嶸與你相望，也有那如仙度瑞拉的玻璃鞋般的拖鞋蘭、紅孔雀鳥形的鶴頂蘭、密布斑點或網紋的萬代蘭像有雀斑的淘氣阿丹、跳弗蘭明哥的舞孃擺動裙角的文心蘭、還有偷擦胭脂的石斛蘭等，那時本土蝴蝶蘭還未成主流，中國蘭也是配角，如今本土意識鮮明的蝴蝶蘭引領風騷，這被戲稱為「臺灣阿嬤」的蘭花之后，去年的蘭展冠軍是以一株三花梗七十六朵盛開十三・五公分的大白花，長一百八十公分花梗如流泉飛瀑的蝴蝶蘭獲得。賞蘭看開品，其中有主觀也有客觀，聽說現在最昂貴稀有的品種是達摩蘭與水晶蘭，達摩蘭貴在它是原生種葉片端自然的突變，在墨綠色的葉片尖端與葉片邊緣出現一條條滑溜的金黃色帶，好滑溜像黃金蛇般越金黃越貴，一九七〇年間人們在臺灣臺東之大武山區發現這小矮蘭，正在我的家鄉附近，它可說是臺灣原生報歲蘭之矮化種，葉質肥厚、葉幅寬大、葉姿優美、體型小巧可愛，葉片有縷如金線的「縞」，葉緣有齒若細鋸的「爪」，可說是國蘭的極品，講究可多了，什麼雞頭、十公、六合；因無法以人工的方式培植，它的身價可喊至千萬以上，人人瘋達摩，我不瘋達摩已夠瘋。炒作蘭花最俗不過，蘭花長在山區與世何干？各人愛其所愛，每個人都以為自己養出的蘭花孩兒最美最俊。

是不是要等到情愛淡薄，才燃起對蘭花的熱情。

余既滋蘭之九畹兮，又樹蕙之百畝。

畦留夷與揭車兮，雜杜衡與芳芷。
冀枝葉之峻茂兮，願竢時乎吾將刈。
雖萎絕其亦何傷兮，哀眾芳之蕪穢。

詩人在山邊野外，訴說著對蘭花瘋狂的愛，或者是心死之後，愛上了蕙蘭芳芷，或者遠離非洲與愛情之後，真的只有種花一途？或者老去的容顏像討債似地向花顏索回青春，哦，永不凋零的青春，誰能真正握在手中？

我的蘭花熱病一直隱埋在血液中，一直到現在才發作，都是臺糖一盆幾百的普通品，要的只是一種氛圍，當你在蘭房中靜坐看書，那寧靜的繁華，熱情冷卻後的微寒，讓人覺得回到生命的起點。雌雄同體的蘭花竟是無溫畏光的花蛇，在熱帶高山中密密繁衍，矛盾的花朵，訛亂的根莖，像是從無情大地中擠出的最後一絲血花。

或竟是白蛇娘子的屍身，歷經千萬劫，被法海金鋼杵搗成兆兆片，灑落海拔千尺高山，紅的肉白的膚幻化成紅蝴蝶白蝴蝶蘭，或是大逆子哪吒剔肉還母抽腸還父的親情倫理悲劇現場，遺留至今開成血跡斑斑的萬代蘭石斛蘭：或者蛇化成仙，仙化成蘭而成金黃一線達摩蘭，令人一見頻抽冷氣，驚到無法言語。

我們共同經歷的感情雖沒這樣壯烈，也有這樣的驚魂動魄與痛入心肺，然而是什麼讓愛情冷卻，我的話語糾纏，仍說不出個真，能被說出的已遭塗寫，未被說出的永遠是個謎，所謂的原初真的存在嗎？

只有在蘭房發呆的時刻，時間一刻刻老去，單獨生活已十幾年，提早過著老人的空巢生活，這令我分裂，有時分飾兩角，老去的自己看著年輕的自己在草地上奔跑，就像母親看著孩子嬉戲；有時我變成你，你變成我，坐在走廊上作黃昏的長長對談；或者分飾好幾角，過去、現在、未來，你我他共演一齣悲欣交集的大戲。

如此我墜落於語言的暮色中。

作者簡介

——周芬伶（1955-），臺灣屏東人，政大中文系畢業，東海大學中文研究所碩士，現任教於東海大學中文系。跨足多種藝術創作形式，散文集有《北印度書簡》、《絕美》、《熱夜》、《戀物人語》、《雜種》、《汝色》等；小說有《花東婦好》、《濕地》、《紅咖哩黃咖哩》、《妹妹向左轉》、《世界是薔薇的》、《影子情人》、《粉紅樓窗》等；少年小說《藍裙子上的星星》、《醜醜》等；傳記有《龍瑛宗傳》、《孔雀藍調》。作品被選入國中、高中國文課本及多種文選，並曾被改拍為電視連續劇。以散文集《花房之歌》榮獲中山文藝獎，《蘭花辭》榮獲首屆臺灣文學獎散文金典獎。

2010

廁所的故事

王盛弘

參觀倚松庵時，特別留意了它的廁所。

倚松庵是谷崎潤一郎舊居，位於神戶近郊，臨川而立；一九二三關東大地震後，谷崎遷居大阪、神戶，二十一年間搬家共十三回，在這裡租住了七載，完成《細雪》等名作；倚松的「松」字並不指大門前看來還小的迎客松，而是取自第三任妻子森田松子之名。

我因常在晨光中一頁一頁翻過《陰翳禮讚》，有機會到神戶走逛時，便興起上倚松庵探看的強烈念頭；旅行也就是這樣吧，雖說滿心期待的，是未曾預料到的新世界在眼前開展，更頻繁的卻是印證與求證，使長久以來在腦海搬演的聯翩浮想有一個落實的舞臺——四國的森林之於大江健三郎，京都有溝口健二的殘影，至於谷崎潤一郎，要凝縮到他的屋宅，因為《陰翳禮讚》。

《陰翳禮讚》從營造一幢純日式住宅的種種考究談起，如何在保留現代文明的同時，追求日本傳統之美，真令谷崎氏大費周章，比如他在紙窗外又安裝了玻璃窗以顧及透光與安全，卻發現自裡看已無紙窗蓬鬆感，從外頭張望則只是普通玻璃窗，而慨歎不如只用玻璃窗……最令他頭痛的，是廁所。

谷崎潤一郎耽美，不憚其煩地陳述他對官能美與古典美的迷戀，但他不專注於約定俗成的美，而能夠著眼於屎尿，提出指導原則，將汙穢之事也收攏於美的範疇，讓生活整體都臣服於美，是這樣的別具隻眼，使他說出：「日式建築之中，最可以歌賦風流的，非廁所莫屬。」

現下倚松庵的廁所採蹲式沖水馬桶，釉白冰亮的水箱、便器、洗手槽，水管泛著金屬銀輝，一扇方窗自高處濾進溫柔天光，為這一方現代化小宇宙籠罩上古典的餘暉。谷崎對廁所卻另有一番想像：他鍾情木製品，當時間的滴答喚醒木頭紋路，別具安撫精神的功效；木製小便斗最好再填上蒼翠杉葉，不僅富含視覺美，也可消音。這樣的理想，是連奈良、京都古寺院的廁所都無法臻達的，不過谷崎屬意的風情倒仍可捕捉一二。

比如東大寺二月堂的廁所，有「某種程度的昏暗與徹底的清潔，加上連蚊子的嗡鳴都聽得到的靜寂」，朝顏爬上毛玻璃小窗，氤氳的綠葉、朦朧的紫花在風中微微晃動，細雨絲絲輕響，雨水一滴兩滴自瓦簷落下，答，答，空氣盪出一圈圈漣漪。可惜我既乏詩心，也缺慧根，否則這樣的空間應該很適於冥思。

或是大德寺高桐院，廁所位於楓之庭邊角，步下本堂，經過渡廊，往低處走數階，幾株楓樹兀自紅著，萬竿綠竹逕自綠著，正是「建在離主屋有一段距離之處，四周綠蔭森幽」的廁所。讓我訝異的是，該廁所一點氣味都無，我著意多看幾眼，除了通風良好、勤於打掃之外，每個角落都放置竹炭（不織布包裝上印著「竹林浴」）可以吸濕除臭。但了無一點味道的廁所一時竟讓我略顯狐疑而遲疑：廁所還是有淡淡廁所的味道比較令人習慣、安心，就像人要有人的氣味，否則不成了徐四金筆下葛奴乙？

離開倚松庵後，我與偕遊的夥伴走在住吉川畔，他說：「剛剛本來想上個廁所的，」為什麼不？他回答：「一看太乾淨了，便意全消。」我故意酸他：「可別弄髒了大文豪的廁所。」倒也不是無的放矢。退伍後第一回與旁人這樣靠近生活了幾日，行前預想種種可能發生的齟齬，哪裡知道，出恭之事竟潤滑了這幾日的相處。

第一天回旅店後，夥伴說要上廁所，我還嘀咕著又不是小學生怎麼連上個廁所都要報備，很快地門後傳來沖水聲。我到日本都住這家連鎖旅店，知道這是「音姫」設備。緊接著卻有巨響令人錯愕，斷斷續續但沒有中止的態勢，我急找電視遙控器卻越在這種時候越是手忙腳亂遍尋不到。那真是令人難堪兼且難熬的一刻鐘有餘！下一回他知道要先讓我打開電視再隱入門後了，我則將音量越調越響……

事後他說：「音姫果然是有必要的。」我回他：「光是模擬沖水聲哪裡夠用？最好可以點播。」兩人遂煞有介事討論了起來（連屎尿之事都能暢談，才是可以一同上路的人吧？），以海浪當背景的〈卡農〉情境音樂如何？且慢，這種時候不必故作優雅，著眼的還是實用，既然人在日本，就點名沖繩出身六位少年組成的「橘子新樂園」莽莽撞撞又振奮人心地呼叫：如今關鍵在握，你的眼神已沒有迷惘，那就前進吧！／遲鈍的蠢樣仍然有光彩，你一點也不遜，／因為你的單打獨鬥、刻苦耐勞，／和流淚，我們都知道，沒有人會取笑……

一曲唱罷而音訊尚杳，那再點播一首。兩名永遠處於變聲期、青春洋溢的「柚子」，聽他們扯著喉嚨喊：「原本不是什麼值得頭痛的事情，／成了一頭栽進迷宮的大問題，／只要用一點幽默幽默幽默，／我們其實可以一笑置之……」生命中總有甚至連舒伯特都無言以對的時刻，這時候就服一錠幽默感吧。

幾日相處，當我們的戰士又為出恭而採焦土策略時，我已經可以悠哉地飲朝日啤酒，看日本天皇即位二十週年、酒井法子遭判刑一年半的電視新聞了；但，拿在手中又放下的一顆當令鮮甜青森蘋果仍遲遲無法啃下第一口。大德寺大仙院是枯山水名所，有「便所規定」四條，第四條說廁所是「慎獨最適的道場」，遇上這種情況，對廁所外的人來說，也能作如是解吧。

大仙院便所規定第一條，則是「清潔第一」。乾淨的廁所維護不易，卻不容易被記住，不乾淨的廁所反倒常在腦海反芻；最骯髒的廁所輕易便說得出兩處，都在銀幕上，出自同一名導演。《猜火車》中馬克闖進那座「全蘇格蘭最髒的廁所」，觸目已讓人作嘔；當兩顆肛門塞劑掉進馬桶，他跪地低頭撥弄，就這麼滑了進去，更使人想閉上眼把這一橋段敷衍掉；但緊接著的，卻是我觀影經驗中最富詩意的一幕：馬克悠游於清澈如藍色寶石的汪洋，金色天光穿透海水宛如碎鑽熠熠閃耀，寧靜，祥和。本來並無什麼太特別，但因有前面的醜更烘托出後面的美，內急終於得解後不是更天寬地闊嗎？

更地闊天寬的，還有終於自廁所被解救了出來：那一年，雅維儂 TGV 車站剛啟用，工人仍在裡裡外外地忙碌，我拖拉著個大行李箱上廁所，完事後卻怎麼也打不開門。誰來救救我啊？我拍打門板，誰來救救我？終於有了動靜，腳步聲交談聲一片雜遝，不多久後門被打了開來，當我現身時看見的是門前圍著一群人，都哈哈大笑，都拍手鼓掌，簇擁著我好像我剛贏得一個選美比賽。

相較於《猜火車》的才華橫溢，同樣由丹尼・鮑伊導演的《貧民百萬富翁》只能算平庸。劇中也有一場從廁所脫困的戲：賈默壞了哥哥做的上廁所要收費的生意，被鎖進了克難的、搭在空地上的懸空式廁所，不巧大明星搭機就在鄰近降落；賈默拿著隨身攜帶的一張偶像照片乾著急，卻覓不著脫身之道。最後他高舉照片噗通一聲跳進了糞堆，才順利遁逃拿到偶像簽名。

那樣因陋就簡、骯髒不堪的廁所或許是第三世界許多地區的實況吧。耽美的谷崎潤一郎也上過懸空式廁所，情調卻落在天平另一端，他說：「那固態排泄物由我的肛門排出之後，會飛落幾十尺的虛空，輕拭蝴蝶的翅膀，掠過行人的髮際，再竄入蓄糞池中。」電影如果真的這樣拍，不是超現實，就是周星馳式的無厘頭了。

童少時候鄉下老家的廁所也稱不上乾淨。蹲式便器是深赭如醬漬的粗陶，長久以來裂開一個缺口，小燈泡在頭頂發出吱吱低響，蜘蛛結網，壁虎睜著虎眈眈雙眼埋伏梁上；夏天時尿臊便臭盈鼻，蹲個廁所發一身大汗；糞坑裡有蛆蠕動，有時就爬上地面，直爬過長長甬道，爬進稻埕，肥臑身軀讓洋灰地燙得直翻滾，剛離窩的雞雛閒步經過，一啄，就進了牠的肚子裡。

大家族共用的那個窄仄僅能容一人旋身的幽暗空間並不與主屋相通，上個廁所須穿越一座稻埕，雨天已屬不便，冬夜裡更讓人強忍住尿意也不願下床。一回父親喝醉了返家，隱忍不下的母親落了門又遲開門，遭父親不禮貌對待，我忿忿不平睡不著覺，半夜裡起床小解，卻發現從父母臥室一路到廁所的燈泡都亮著，微弱但明確，應是母親怕踉踉蹌蹌的父親要上廁所而為他拈亮的。

學齡前，有一次我在母親用過後不久上廁所，發現昏暝如夜的坑洞裡似有沾著血水衛生紙。母親生病了嗎？我急跑到廁所後方，費了好大的勁才翻開一口倒扣在掏糞口的大鼎，凝視，確認了衛生紙上沾的是血，心中升起無名恐懼。媽媽要死掉了嗎？該怎麼辦？不敢開口問，害怕得顫抖。

關於廁所的故事，也想起了爺爺。一般，每張衛生紙都可再分離成薄薄兩張，爺爺總將兩張衛生紙撕開成四張，每次使用三張，他說：這樣剛剛好，以前啊……以前啊以前，說來又是一個好長的故事了。

掏糞這差事都是爺爺在做的，總在日頭偏西把樹和牆拉出長長影子時，爺爺在他瘠瘦肩頭架一支挺秀氣卻韌性十足的扁擔，挑兩桶糞水去菜圃澆灌。遠遠看去菜圃有許多白色細碎衛生紙黏附，但也沒人說這樣不衛生，青菜瓜果上桌更是食得有滋有味。

又勤又儉的爺爺至死沒食過一口閒飯。晚年，兒子們分家後，爺爺與我父親同住，他每固定日子輪流到散居村子幾個兒子家中吃飯，不管輪到哪一家，母親永遠在餐桌上置備爺爺咬得動的菜肴，因為曾經爺爺用餐時段出了門很快又回來。爺爺什麼都沒說，母親也什麼都沒問，只是急著再下一次廚。爺爺臨終時，父親痛哭，罵了聲「幹」，不知是說哪位叔伯也不為歐多桑準備細軟食物。在那個許多男人習慣以三字經當口頭禪的竹圍仔，這是我這輩子唯一聽過父親罵的髒話。

鄉下童年有種種的好，老家往事有種種的令人留戀，那座廁所就算現在想來也覺得挺有詩意，但我再不願去蹲上一回了，畢竟上個廁所是肉搏戰，不能聽憑腦中嗎啡恣意發酵。

進城後，發現城市裡的公共廁所設備穎新，看起來有時比家裡的還乾淨。阿盛老師寫〈廁所的故事〉已是三十年前往事，如今臺灣連偏遠鄉下都很少不用抽水馬桶了吧，要像文中所說，高中應屆畢業生看到抽水馬桶而好奇地一個一個排隊去上上看，三、四天裡坐壞三個馬桶護圈，是不會再有的了；不過，幾年前初次住進日本那家連鎖旅店，我對它的馬桶還是端詳老半天：一坐上馬桶便先有模擬沖水聲的「音姬」設備，護圈更溫溫的好像冬夜裡上床有人先暖過被子，它的洗淨設施還有不同角度可以調整，「嘖嘖，真不知道日本人腦袋裡裝的是什麼？」就這樣，上個廁所好像經過一場文明的洗禮。

事後我把日本旅店裡的「奇聞」說給朋友聽，說得很有興致，對方卻平平淡淡回我：「你這個鄉下來的土包子。」我還沒告訴他呢——臺北誠品信義店剛開幕，我去用它們的廁所時，小門一開，馬桶蓋自動掀起，直讓我駭異得往後退，幾秒後不死心，探頭去要把躲在門後惡作劇的人給揪出來。

因為有這樣乾淨的廁所，有時我進廁所卻不為了上廁所。我好獨處好安靜，靜看一樹花開花落最感到天人和諧，但在這個時代在這座城市，一出了家門——有時也不必出家門，只消打開手機，甚至連我自己也常嘰哩呱啦彷彿金魚取食嘴巴一張一闔吃撐了吃暴了至死方休那樣說著話，偶爾地我就隱入廁所埋首膝間，靜靜坐在馬桶蓋上，安享三分鐘五分鐘的靜靜。

這是我初進職場養成的習慣，那時我自不量力應徵了個美術設計的工作，上班後一名資深同事冷冷對我說：「我看你連圓規怎麼用都不會。」幾日後我想辭職，老闆留我轉任文字編輯，這名資深同事一仍瞧我不起。偶爾地心情過不去，我就躲進廁所喘口氣。這情況持續到第一回我與她同做一場採訪，事前花了許多精力準備。採訪結束後，天正下雨，走到屋簷底，她在皮包裡掏了掏，拿出摺傘撐開為我擋雨。與其生氣，不如爭氣，我感謝她，為我上了社會大學第一課。

廁所裡三分鐘五分鐘的美好時光，好比旅行。從日常生活逃了開去，一個人靜靜地走路，這大概就是我多少年來偏好不結伴旅行的緣故；五天過去，夥伴依原訂計畫回臺灣，儘管數日相處得愉快，我還是衷心表白：你的旅行已經結束，而我的才剛剛要開始。

作者簡介

——王盛弘（1970-），彰化出生、臺北出沒，寫散文、編報紙。散文曾獲林榮三文學獎、中國文藝獎章、《中國時報》文學獎、梁實秋文學獎等二十餘個獎項，為各類文學選集常客，多篇文章入列大專院校通識科教材；二〇〇二年以「三稜鏡」創作計畫獲臺北文學寫作年金，後擴充為三部曲，同心圓一般地，自外圍而核心，二〇〇六年推出以十一個符號刻畫海外行旅見聞與感思的《慢慢走》，二〇〇八年出版描敘臺北履痕與心路的《關鍵字：臺北》，《大風吹：臺灣童年》為此一計畫的壓軸，凝視十八歲出門遠行前的童少時光。另著有散文集《一隻男人》、《十三座城市》、《花都開好了》等十幾本書。目前為《聯合報》副刊副主任，曾獲報紙編輯金鼎獎。

隔世相逢

2010

亮軒

與母親重逢，非常意外，算一算六歲跟母親分開，在一九八八年，是在分手的四十多年之後，我已年逾不惑。四十多年中的世界變化很大，誰也不會想到還會有見面的一天。也許作母親的感受不一樣，當兒女的，從稚齡開始便無母親的照應，其實，主觀的感覺上，不見得有何傷感，夏蟲不可語冰，沒有母愛的孩子，自己不會覺得有太大的遺憾，至少我的童年少年的感覺如此。

高中生涯結束之前，有一段時間承蒙法商學院吳英荃教授伉儷照顧，他們育有一子吳大成，已經成年，我方才有機會比較深刻的見到父母對子女的關懷，讓我很是驚訝。到了藝專讀書，一位學長董炎良兄，住在臺中鄉下，暑假期間，我去臺中看他，到了該回臺北了，他的母親送他到鄉間路口，我們揮手道別，往前走了幾步，我偶然回頭，發現他母親在身後拭淚，當時一驚，心想一個學期之後就會回來，幹麼那麼難過啊？之後若干年，炎良兄的母親驟然過世，他整整三日不語不食，悲痛難抑，我才漸漸明白親情之深有若此者。

婚後，我們剛剛得一子，但是小嬰兒初生有黃疸，必須在婦幼醫院裡多住三、五日觀察，讓孩子的媽媽曉清先回家來休息。

依婦幼醫院的規矩，到了哺乳時間，一個個微側著身子一排小娃娃放在大籃子裡，兩位護士抬著，再一個個分別放在孩子母親身邊哺乳，非常可愛。但母子在一起的時間，也僅止於短短的哺乳而已。沒有想到，回家才頭一晚，曉清便因想念娃娃而落淚。我暗自吃驚，他們母子見面就是幾次哺乳，過兩天等黃疸退了，馬上就抱回家來，這麼短暫的分離，居然那麼傷心！

母愛的深刻動人，我又有了新的體會。

對於母愛，原本看得比較輕。有一句成語：「飽漢不知餓漢飢」，這一句話也可以倒過來讀：「餓漢不知飽漢飽」，沒有母愛記憶的人，就不太會覺得母愛在人生中多麼不可少。有的時候，也會以沒有如此累贅為幸。直到自己的家庭逐漸成形，方才體會出在成長中，母愛之必不可缺。

然而與親生的母親會有見面之一日，想都沒有想過，在腦海中幾乎一無印象的母親，也談不上對她的一點思念。她與父親早歲離婚，我已長大成人成家，有沒有母親，毫不介意。

常常幻想我的母親會是個什麼樣子，在臺灣，只有極少數的人會在我的面前提到母親，也都是點點滴滴的一點事情，大概他們不無顧忌，我也無法構成完整的聯想，能說的都已說盡。偶爾也會遇到一兩位平時不怎麼來往的人，願意跟我談我的母親。類似童律師的出現，就很讓我意外。

不記得在哪一年，有位我從來沒有見過的長輩打了個電話給我，說是認得我母親。時間無論如何應該在一九八八年我第一次回大陸之前。姊姊遠在美國，當然沒有機會相逢，我跟我內人同往。

這位長輩的大名是童瞳，一下子我想起來了，他是一位名律師。

我們受邀一起吃飯，在座的還有他的夫人、他的公子童虎，童先生跟我說，他還有一個兒子在美國，名為童龍，一個是龍年生的，一個是虎年生的。不記得是哪一位公子，好像是ＩＢＭ在臺灣的總經理。這位童夫人顯然不是元配，對我們的過去並不清楚，倒是童律師說起了一段往事。

童律師說，他曾經受母親之託，乘江輪帶著姊姊順流而下，把姊姊帶到一個他如今也不大記得的地方，又交給什麼人。我猜想大概是上海某處，然而也無從查證了。童律師原名不是童瞳，這是母親跟我說的。我問姊姊可曾有過乘江輪的印象，她說有過，當時是一位伯伯帶著她。對於她幼年時還有沒有其他的記憶？她大概說得上來的只有兩三件。其中之一是在托兒所裡，大家過團體生活，早晨的時候有起床號，就是一般軍營裡的那一段「打滴打答－底滴打搭－答答答滴－滴底打搭……」，她記得許多小朋友把這個起床號改成同樣音調的歌訣：「大清早上，趕快起床，我來看豬，豬在床上！」

另一件是，她居然在上海上過學，還學了一點英文。經查證，當時上海的確有的小學在一年級起就教英文的。然而她只比我大一歲多，她在學英文的時候，我應該正在清涼寺裡當小和尚，這是後話。某年去美國跟姊姊相會，她從阿肯色州到紐約來會我，我們身邊還有她那不會說中文的小女兒，有二十多歲了。我談起在大陸所見所聞，當然說的是中文，她的女兒似乎聽出一點端倪，便問媽媽你知道自己的幼年嗎？姊姊用英文回答說：「I still don't Know」。長輩依然不捨幾十年前的情義，也要看看老友之子女境況如何。這樣的人情，就是我們這一代也不多見了。

另外也有一個短暫而奇特的遭遇，應該說，只是對話。

那次我承蒙中山文藝基金會之邀，擔任散文獎的評審，因為是複審，並沒有開會，審稿都以通訊來往。基金會的董事長是劉真先生，誰都知道他是臺灣師範教育之父，也擔任過師大校長跟教育廳長等職。大概是從複審委員名單中看到了我的名字，老人家居然主動打電話來，說是認得我母親。我們在電話中談了一會兒，聽到他對母親的才情與容貌的讚美。老先生是我從小便知道的人物，他要我隨時去他的辦公室談談。但是有一回想起來應該去拜訪他老人家時，他已經病重了。

另外還有一次，當時我還在中廣當播音員，有一天新聞局副局長甘毓龍先生打電話來，邀我去他的辦公室見個面。到了後，方知我們是親戚。他的夫人家與我母親家是親上加親的親人，我只會這麼說。相信很多從大陸來臺的第二代，都不容易弄清楚親族關係，實在由於家裡的人口太少。

他們都是我接觸的人物中難得屬於母親那邊的親友。四十多年之後與母親初會，她已經是快要八十歲的老太太，一個恨不得守住我關愛我至死的老太太，別人口中的才情與容貌，我一點兒都沒見識過。

一九七五年年底，忽然間收到一封信，從信封上辨認，是美國李本明姊姊的來信，跟她已經多年都沒有通音問了，怎麼會來信？一邊上樓一邊拆一邊讀。

當時兩岸還沒有開放，有信的話，多半還是要由國外的親友代轉，大陸的來信都得夾帶在信封裡，對於某些人，可能還冒著前程的風險。本明姊自己寫的信不長，只說在北京遇到了「孃孃」，是北京人稱呼伯母的意思。信中又附帶一信，原來是我的生身母親寫的，她請本明姊幫她打聽一下三十年前離開，再也沒有見到的兩個兒女的下落。我根本來不及細讀，立刻衝上樓，見到了太太便抱住她大哭。

我也有媽媽了啊！

然而激情很快就過去，開始想到了許多本來跟自己看來沒有什麼相干的事，比如反右、文革、四人幫等等。

我回了一封長信，寄到母親手上那天，好像快過年了。當時文革餘波蕩漾，母親與同母異父的弟弟依然沒有得到完全的平反，他們住在北京勁松區的一處大院子裡，這就是說，那是許多人合住的一所房屋。

母親是在晚飯之前收到了我的信，當然迫不及待地打開來讀。那是一九八〇年代前的事，鄧小平的開放政策尚未出現，大陸依舊貧困落後，幾家人家共用廚房跟起居室，母親就湊著共用的起居室僅有的一盞微弱的電燈，站在那兒，把我的信從頭到尾也不知道讀了多少遍，讀到夜闌人靜，讀到四下無聲，再抬頭，已時近午夜。這才發現，她已經在那個燈下站立了好幾個小時，懷疑此刻是不是夢？

後來母親又託人寄給我一盒古墨，我把這幾塊墨做了拓片，寫了一篇散文，標題就是〈拓片〉，描述母子重新發現對方的感受。這篇作品並沒有給母親先讀過，沒想到卻讓大陸的報紙轉載刊出，母親讀後，很是激動。從此母子之間便時有魚雁往返。只是激情已過，當時兩岸禁止相通，到大陸去是違法的，也不知何日得以相會，而且我也沒有太高的意願，畢竟分離得太久，記憶太模糊，也沒有共同生活的經驗。覺得能找到對方已經很不容易，就一直通信好了，兩岸政治問題帶來的阻隔，我們無法突破。

直到有一天母親在信中說，她的一隻眼睛已經失明，很怕另外一隻眼睛有一天也會看不到，希望可以早日相逢，以免抱憾無窮。

進大陸之前，也有幾位朋友提醒了若干注意事項，比如大陸親友的貪婪、薄情、翻臉不認帳等等。他們有的更以親身經驗相告，聽來慘敗收場者也不為少，然而我卻是個根本就沒什麼可輸的人，這些言語參考參考就是了，我還是決定讓母親在一隻眼睛還看得見的時候，好好的看看她的兒子我。我一點都不覺得這是我的孝順，只是義理之平而已。

那是在一九八八年，距離跟母親聯絡上的許多年之後。好幾位長輩跟朋友都比我更早見到我母親，我總是想法子拜託人家幫我帶一點什麼去，其中也有外國人。那是父親在世的最後兩三年，我一點也沒有向他透露跟母親有信件來往的消息，他既然對母親隻字不提，我就同樣一句也不說。

我把與楊家駱先生夫妻合照的照片寄給母親看，她的回信裡對於楊教授很不以為然，我聽了也一字都不講，上一代的恩怨，用不著讓下一代知道，即便是牽連到婚姻問題。我認為，再也用不著解釋說不清的感情問題，我了解母親總想表白一下她當年為何把我們留給了父親，又想說清楚為何她會跟父親離婚？說得清楚嗎？我該知道嗎？我一定要下判斷嗎？我不想聽，不想知道。男女之情要是說得清楚，人生還有什麼意思？以通行常理論斷愛情，本非我之所願，我總在逃避母親的解釋，因為既不想虛應故事，也恐怕真相大白。我肯面對的只有一個簡單的事實：她是我親生的母親，她無底的愛著我，必要的話，她會毫不遲疑的為我犧牲，包括她的生命，就這樣，還不夠嗎？

母親一生都沒有過到什麼好日子，她愛有才氣的飽學之士，先後嫁給了父親與章乃器先生，他們二位都很符合這樣的條件，可是母親也都沒有從他們那兒得到幸福。她生了三個孩子，一個在美國、一個在臺灣，最後這一個與章先生所生的章立凡，卻因為我至今也不了解的，當時的中共所謂的「成分」問題，從十七歲到二十七歲，人生最美最精華的歲月中，成為一位年輕的政治犯，那個十年，是在監獄中度過的。母親自己也在文革中受到迫害，落得一無所有，六、七十歲了還要當掃街工。

在長達十年的時間裡，她唯一記掛的事便是一個月一次，清早天還沒有亮就起來，到離北京很遠又極冷的龍慶峽去探監。到有一天平反了，章乃器先生卻也過世許久了，我還記得，在臺灣的報刊上，也報導了章先生過世的新聞，姓名上冠了一個「逆」字，喚作「章逆乃器」，那時我怎麼會曉得他就是我母親後來的夫婿？差一點被蔣介石槍斃的七君子之一？章先生在國共兩邊都不受歡迎，都差點斷送了性命。身後只留下風骨與名聲，跟母親嫁的頭一個丈夫我父親一樣，也是個非常不識時務又愛國的書呆子，他原本在香港從事於金融事業，毛澤東請他回去共同建國，他就扔下一切回去了，結果在反右運動中幾乎送命，歷經牢獄之災，僅以身免，未及生前得到平反。

一九八八年的春天，我第一次進入中國國土。在當時，雖然經國先生剛剛去世未久，他生前就說是開放了赴大陸探親，但事先得申請才行，沒有觀光這一項，申請了准不准很難講。我的母親在身分證上是「歿」了的，要確定她沒有過世，得怎麼做才能讓相關單位相信？我沒有把握，我怕申請不成，於是顧不得法律，打算從香港進入大陸，先在畫家劉國松家住了兩三天，聽他說了許多親人相會的故事，負面的為多。但是，聽起來，我似乎不會遇到這些情況。

大陸就是我心目的祖國，不像現在，誰要是公然的說大陸就是他的祖國，就是統派，統派就是亡國奴，亡國奴又等於賣國賊，到了變成賣國賊，自然人人得而誅之。那個時候海峽兩邊的敵意還是很濃，祖國與敵人是同義字，很荒謬，但這樣的思想在臺灣已經許多年了，我應當就是那種國家民族觀念教育下的一代，沒想到有一天能夠安全的來去，從飛機往下看，腳踏是一片從書本上早已熟悉，又在考卷上回答了無數次的祖國，但也一直僅僅是屬於書本上存在的土地，成為事實，反而有點不適應。

公審四人幫時，電視上的轉播聽到了他們跟我們說一模一樣的語言，都覺得怪怪的，他們是共匪呢！怎麼也說國語？雖然知道他們不說這個也沒別的語言可說。中國民航也太不一樣了些，都起飛了，還有行李從上面的行李箱往下掉，小廚房裡的一個櫃子，整個的甩了出來，好可怕。空中小姐愛理不理的，一個比一個神氣，發給我的餐點裡有一隻冰凍的雞腿，上面結的霜都還未解。但這也是我的祖國啊。

飛機終於在一個破舊的機場落地，就是今天美輪美奐的首都機場同一個地方。小得可憐，只有一個行李輪轉臺，用推車還要付租金。我戴著一頂寬邊草帽，後來母親說，她一看到戴帽子的，就知道一定是我。大概這也是母子連心。

母親早在三個多小時之前就到了機場，早早的在門邊占了個好位子，依現在的說法，她要在「第一時間」看到我。她立定在門邊的位置，三個小時，一動未動，用她僅有的一隻眼睛緊緊的盯著，這只有母親才做得到，戀人也無法相比。

我有點手足無措，在跟著母親、弟弟出機場之際。計程車好小，很勉強擠進了三個人跟行李。那一陣，新聞媒體上常有一些報導，就是兩岸親人一見面，馬上抱頭痛哭之種種，我很怕，怕我哭不出來，又怕真哭出來，只好先在電話中說清楚，彼此一定要好好的控制情緒，別哭。

從香港轉來的飛機，落地的時間在下午，我沒有去牽媽媽的手，她是個陌生人，一位老太太，穿著很樸素，我不太好意思細看她。弟弟也是，沒想到個子比我還要高，斯斯文文的，沒有一點紅衛兵的氣味，也沒有蹲過十年苦牢的風霜，反倒像個嬌生慣養的公子哥兒，說話慢慢吞吞，動作沉沉穩穩，細皮白肉，那麼，我們都得自母系遺傳了。

在信裡，用文字表達，我很習慣，面對面竟然找不到什麼話說，只覺得，那個遙遠的，記憶裡穿著有墊肩的西式大衣的時髦女子不見了，跟眼前的這位老太太全不相干。

母親只在上計程車之前，拉住我的胳膊說了一句話，上海口音，輕聲輕氣的：

「等一下子，在車上的時候，你什麼話都不要講。」

嚇得我真的一路無話。直到崇文門那棟十幾層的家門口，剛下車，母親又說了一句話：

「等一下子，進門之前，什麼話都不要講啊。」

母子重逢，比我們更安靜的，大概再也找不到了。我們也沒有什麼「舊」好「話」，倒是弟弟肚裡有許多掌故，國民政府時代的種種，他十分了解，後來方知，他是國民政府時期經濟方面的專家。他的最高學歷是清華附中，身陷文革大難，也沒有讀完，卻能博學多聞，供職社科院研究，在那樣的環境中，十分罕見。後來見到更多的大陸遠近朋友，我不禁懷疑，他會不會是全大陸最斯文的男子？

計程車司機幫我們把行李搬上樓，才剛探頭，說了一句話：

「好寬敞啊！」

我跟著四面看看，心裡的一句話是：

「好狹小啊！」

原來不到二十坪的屋子，在北京，已經算是大的了。

在北京，可以讀到許多臺北讀不到的書，弟弟有不少藏書，門類廣泛，古今俱全，非常合於我的胃口，邊讀邊談，每至深夜，不亦樂乎。現在他已經當上大企業家了，我卻懷念當時燈下抵掌，綜論古今的快意。

母親住在十樓，我看到樓梯口有許多已經乾枯的花圈，方知原先住在六樓的沈從文先生剛剛過世。進一步又知道，這一棟樓的住戶許多都是名人的遺族。徐悲鴻的未亡人廖靜文女士、郭沫落的公子，物理學家郭漢英先生、另外李鵬的女婿也住在十樓的另一家。然而除了電梯有人照應之外，看不出什麼特別的待遇。在我的心目中，沈從文是何等了得的人物，但是包括母親在內，看來也就是個鄰居而已。曾經遇到張兆和女士上樓來看母親，張兆和跟母親曾經是同學，一口川音，十分溫柔，我送了一把從臺灣帶去的蘭花給她，她看了又看，說是乾了還可以做成乾花。另外聽弟弟說，沈從文是在家裡過世的，要抬出去的時候，電梯太窄，所以，死後的沈從文，是坐著離開他生前最後住所的。

那個時候臺灣來的出門還要用外匯券，所有的東西，都要以外匯券付款，正好是一般人使用人民幣的兩倍。對此我心理非常不平衡，覺得這個國家非常荒唐。除此之外，花錢還要附帶許多的配給票，名目繁多。有米票、麵粉票、豆票，要是在館子裡點了一味豆腐，就用得著。還有肉票、蛋票、油票等等，假如要買衣服，不管是內衣還是襯衫，得有布票。票兒小若指甲蓋，顏色各異，薄如蟬翅，無論買什麼，光有錢不行，還得搭上票才行。而且，在北京的票不能在南京用，各處有各處的票，人民因此很難自己到遠處去，應該也達到控制人口流動的效果。另外讓我吃驚的是，到了飯館，點的菜很少都能照我的意思，三樣菜總是有一樣不是我點的，要是提出異議，跑堂的只一句：

「不是一樣吃唄！」

這就能堵住我的嘴，十分有效。有的飯館要客人自己去端菜，手腳也要快，慢了就讓別人端了去。碗筷油膩膩的，先要自己去拿，然後自己去洗。菜一上桌，螞蟻就得到了消息跟著上來，這是在東來順的見識。買食物都不准挑，由售貨員拿給你。他們說你挑完了剩下的給誰啊？根本就沒有貨物分級的觀念。國營市場常常連包裝都沒有，買了個大大的豬頭肉，只得頂在自己的腦袋上，一路吆喝著：「讓啊！讓啊！」好讓他擠出去。計程車明明沒人，沒有一部願意停下來載客，因為每部車都是國家的，每個司機都拿一樣的薪資，誰也不願載客。這個國家比《鏡花緣》、《格列佛遊記》跟《辛巴達七航妖島》所見都不遑多讓，非常古怪。我們天天講反共抗俄，總是說人家怎麼水深火熱，怎麼吃草根樹皮，卻未曾一見，只是，這些古怪，大概蔣經國也沒有想到吧？政治制度好還是不好，要從生活來看，國家主義民族主義都不該是重點。

但是更有意思的是，二十年不到，這個國家卻能脫胎換骨，成為世界上最擁護資本主義的社會，許多原本他們拚了性命，流了無數鮮血去維護的價值觀念，顧盼之間，棄之若敝屣，發展得金碧輝煌，連臺灣都要期待他們的眷顧，等著大陸同胞拯救的大有人在。這也真是天大的意外。與其說是政權多麼能幹，不如說漢族那變幻莫測的身段，真乃世間之僅有。

到北京才三天，聽說母親很久都沒有出門了，就決定一伙兒去承德走走。我問承德遠嗎？弟弟說不遠。那麼有多近？他說火車八個小時就到了。八個小時！我們都到了呂宋島了。我知道，現在可是在一個大國了。

我們住在承德的一處公家招待所裡，停留在承德的那幾天，每天，不論什麼時候，母親會隨時的忍不住痛哭，特別是回到居停的招待所之後。我這才明白，原來該哭就一定得哭出來，昨天沒有哭出來，今天也要哭出來，今天不哭，那麼就明天哭。四、五十年前沒哭出來，四、五十年後，只要尚在人間，還是要哭出來，連本帶利的哭。八十歲的母親哭得好慘，我從來沒有見過那麼大年紀的老太太哭得那麼淒慘。她的哭並沒有讓我太傷心，反而覺得害怕。雖然說是重逢，其實與初會沒有什麼兩樣，因為我們母子分手的時候，我才五、六歲，並且在那幾年裡，有記憶的時間跟她在一起的極少，當然沒什麼特別的印象。可以講我一見到的母親就是一位七、八十歲的老太太，一下子越過了母親的青年中年與盛年，我們沒有共同的記憶，所以初見面也是客客氣氣的，實在無從抱頭痛哭，陌生感一直到回北京三、五次之後，才漸次消除。現在見了她就自自然然的會摟著她說話，那是費了許多光陰慢慢暖化了的狀態，我原本就沒有跟親人親暱的習慣。她太老了，日子當然有限，我哄哄她讓她高興一點兒，也是理所當然。

她有許多種的哭，有的時候她躺在床上，手背捂著眼睛，只管流淚。有時飲泣繼而痛哭，也會躲到洗手間裡吞聲而泣。那幾天她看起來沒有多麼高興，但是情緒發洩一番是必要的。幾十年了，不可能只為了母子相逢而哭，她經歷反右的衝擊，是很老資格的反革命分子了，到了文革，那樣的知識分子不受罪是不可能的。她之再婚依然不幸，因為章乃器先生在與她相識之前，是曾經有一個已離婚的家室。她與章先生婚後得一子，也可以稍慰於心了吧？沒料到這個身邊唯一的兒子，卻因為出身不好，又有了十年之久的牢獄之災。在此同時，她被政治迫害逼出門牆，打成掃街婦，以極為微薄的工資，不但要應付自己的生活，還要節省下來作為探監的車錢、還有給弟弟在裡面的開銷。還有更多我不知道的痛苦，她忍了好多年，在見到了睽隔四、五十年的親生兒子之後，便一發的傾瀉而出，哭到欲罷不能。

弟弟跟我講過一段母親與他的故事。

從北京到龍慶峽，現在很方便，車子也很好坐，但是三、四十年前可不一樣，要好幾個鐘頭。特別是在秋冬之季。龍慶峽是一座山谷，是以格外寒冷，每年的冰雕展就在那個地方。母親為了要老遠的去探監，清晨四點不到就起床準備，把各項雜事處理好之後，趕緊燒一鍋熱水，用來泡腳。天寒地凍，一會兒水就涼了，繼而燒上第二鍋第三鍋，把雙腳雙腿都浸得暖暖的，這才上路去趕頭班汽車。腿腳因為浸泡過熱水，就不至於還沒有到達便已凍成一對冰棒。想像得出這一路來回有多麼辛苦。

有一次，又到了可以開放探監的日子，在裡面的弟弟卻得了重病，母親一點都不知道，還是照樣的老遠來看兒子。監獄裡的醫療已經無法處理弟弟的病，而我弟弟病得氣如游絲，無法行走，只是維持了一點意識而已。弟弟讓人用擔架抬著，到了監獄大門口，卻看到母親遠遠的走過來，他一時十分躊躇，要打個招呼呢還是不打招呼？打招呼的話，讓母親觸景傷情，不免傷心。不打招呼呢？又可能此去再不回頭，母子相見最後一面的機會也就沒有了。正這麼想著，他已經給人抬上車開走了。

幸好那一次沒有病死。

在承德，有一處名勝名曰棒棰山，其中一段路纜車可通，當時的票價是一人人民幣五元，新臺幣對人民幣最多三塊，十分便宜。但是母親不肯搭纜車，我以為她怕高，弟弟說，她怕的是票錢，因為在最艱困的時期，他們二人一個月的生活費，也只有十五元人民幣，恰好就是這個時候我們三人搭纜車的票錢。

我曾經問母親，文革的時候死了多少人？她說沒有見到統計數字，但是，她看到的是「每一條街都有人死」。可見森森然的肅殺之氣，滲透在他們每一刻的生活裡，臺灣曾經經驗過所謂白色恐怖時代，同樣的殃及許多無辜，當然可惡，但其實大部分的人小心一點兒，還是可以正常的生活，並沒什麼感覺，這與文革不可同日而語。

在母子相別數十年後重逢，千絲萬葛糾纏不已的心事，剎那間湧上心頭，堵在喉頭，只得化為淚水，哭嚎流瀉。母親哭了整整三日，也到了我們該回北京的時候了。

想來母親應該有許多故事可說，是故意不說，還是來不及說，還是忘了沒得說，或是欲說卻難說，我都不得而知。

此後二十年，我從未主動探問往事，以免觸動她的痛苦。就身世而言，似乎不太完全，就母愛而言，絲毫無損。我是我媽八十歲生出來一下子就四十多歲的孩子。

二十年過去了，北京探母自不下二十回，從母親的八十歲到如今之百齡高壽。每一次分別都有心理的壓力，來時高興去時傷感，母親想什麼，在那一刻，我知道，只是誰也沒有說出口來。從母親送我到機場，到送我到樓下，再到只能坐在輪椅上，在十樓的公寓門口道別。今年夏天去探母歸來之際，母親連從輪椅上站起都十分吃力了，我們擁別之後，母親一定也要跟到門口，正要拐彎到電梯那邊的時候，我回頭望了一眼母親，她掙扎著抓住門邊，也只能彎著身子勉強站立，危危顫顫的也望著我，在此刻，我知道，她只是不肯說，又是不肯說，其實，她已接近全盲了。

作者簡介

——亮軒（1942-），本名馬國光，美國紐約市立大學傳播碩士。曾任國立藝專廣電科主任、中廣公司節目主持人、《聯合報》專欄組副主任，世新大學口語傳播系副教授。曾在《聯合報》、《中國時報》等五大報開闢專欄，著述不斷。回憶錄《壞孩子》一書感動兩岸文壇，入圍二〇一一年臺北國際書展大獎。著作有《亮軒書場》、《亮軒開講散文篇》、《青田街七巷六號》、《情人的花束》、《亮軒極短篇》、《不是借題發揮》、《吻痕》、《亮軒的秋毫之見》、《說亮話》、《風雨陰晴王鼎鈞》、《邊緣電影筆記》、《二〇〇四／亮軒》、《假如人生像火車，我愛火車》等二十六種。目前在幼年與父親生活過的市定古蹟「青田七六」老宅擔任志工導覽。二〇一二年開始於自宅開闢「亮軒書場」，以美學為講述核心，唱作俱佳，實踐其理念：「學習是一種狂喜，一種最頂級的娛樂」，場場爆滿。曾獲頒「中山文藝散文獎」及「吳魯芹散文推薦獎」。

捨身飼虎

蔣勳

朋友去了尼泊爾，從加德滿都搭車三小時，去僻遠的南無布達（Namo Buddha）山頂的創古寺。創古寺旁有捨身崖，朋友告訴我說，「捨身崖」就是六千年前佛陀前世捨身飼虎之處。

「捨身飼虎」的故事記述在《本生經》中，《本生經》歷述佛陀許許多多累世一次一次捨身的故事。

大家最熟悉的《本生經》故事，如尸毗王「割肉餵鷹」，尸毗王正是佛陀前世一次修行，為了救一隻鴿子，把自己身上的肉割下來，放在天秤上，讓與鴿子等重的肉能餵飽老鷹，饒過鴿子。

佛陀也有一世是薩埵那太子，在懸崖上見母虎產子，沒有食物，就從懸崖跳下，把身體餵給老虎吃。

朋友千里迢迢，去到捨身崖，崖道入口有畫，畫的就是薩埵那肉身修養老虎的畫面。

朋友知道我常讀《本生經》，也曾經介紹過敦煌石窟以這段故事繪製成的壁畫，因此特意拍攝下來，寄給我參考。

我看了很覺訝異，因為畫面表現方式與敦煌的壁畫完全不同。

敦煌壁畫從北魏到唐代常常表現「捨身飼虎」故事，但是都是薩埵那從懸崖縱身躍下，把身體餵給老虎吃。

尼泊爾捨身崖的圖畫，看起來很新，應該是近代人的作品，而且技法樸拙，沒有現代學院美術訓練，看來是由民間工匠製作，很可能在當地傳法的歷史中一直有這樣的畫法。

畫面中薩埵那脫去衣服，衣物掛在樹枝上，他坐在樹下岩石上，右手拿刀，從身上一片一片割下肉來餵給老虎吃，身上已經血跡斑斑。

薩埵那腳下有一頭母虎，五隻出生不久的小老虎，畫法都稚拙如兒童畫。尼泊爾民間工匠對故事的理解與中國古代敦煌壁畫的畫法如此不同，引起我的好奇。

以理性思考來看，敦煌從懸崖跳下的畫法較為合理，《本生經》也是如此描述，因為母虎與小虎身陷絕谷，沒有食物，才引發薩埵那從懸崖跳下。

但是尼泊爾工匠畫法有民間孩子氣的天真，薩埵那直接面對老虎，身上一片一片割得遍體鱗傷，左手中還拿著一片肉，臉上卻沒有做出痛苦的表情。

這種畫法其實很接近歐洲中世紀的宗教畫，也是由民間工匠處理，信仰虔誠，不計較技術細節的合理，卻十分感人。

畫面中用了金色，宗教畫通常在尊貴的人物身上會用金色，信眾也會用金箔供養佛像，歐洲中世紀耶穌聖母的光圈也常用純金箔裝飾。

薩埵那臉部上金色，下身的圍布、雙腳，也用金色，天空兩名菩薩從缽中取花灑下，他們的臉部也是金色。

色。

如果金色是代表「修行」的光，那麼這件作品引人深思的是——幾隻啃食人肉的老虎也都是金色。

或許，《本生經》的原意是在傳述所有眾生都在修行中嗎？施捨肉身是在修行，啃噬肉身也可能是另一種修行嗎？

《本生經》剛開始看，會以為只有佛陀菩薩在修行，只有捨身者在修行，慢慢或許會發現經文常常告知：老虎也在修行，老鷹和鴿子，也都在修行，卵生、胎生、有想、無想，眾生都在修行途中，或快或慢，或早或遲而已。

《本生經》現在讀的人不多了，我推測是因為其中描述「修行」的方式太過艱難，不是割肉，就是跳懸崖。

我們今天也會說「施捨」，在路邊給一名乞丐錢是「施捨」，冬天把穿過的舊衣服給窮困寒冷地區的居民是「施捨」，許多朋友捐助天災受難者財物金錢米糧是「施捨」，認養一些失學兒童的學費、營養午餐，甚至餵養流浪貓、流浪狗，當然也都是「施捨」。

「施捨」對現代人來說並不陌生，也不一定要像「割肉」那麼艱難。

最近去福州遊鼓山湧泉寺，古寺唐宋人碑刻極多，石階上山，沿路都是高大蒼松翠柏，初春時節，遊客不多，是遊大陸寺廟少有一次的清靜美好經驗。

山不高，到了頂端，俯瞰腳下城市在雲霧中，靜觀塵寰，也不在山高，能有疏離，好像就可以不拘泥耽溺了。

湧泉寺山門在側邊，一座古意門坊，孤立在山道上，無門無扉也沒有牆，一地都是落葉，走進山門，門框兩側一副對聯：

「淨地何須掃，空門不必關。」

我看了很久，好的聯語簡單平易，不賣弄做作，卻直書現實之境，直入人心，發人深省，不是愛舞文弄墨一味愛表現自我的文人所能企及。

一地落葉，無扉空門，眼前實境，卻都如機鋒偈語，引人深思了。

進了大殿，殿後供奉布袋和尚，大肚子，笑咪咪，身上背一個布袋，這是唐以後中土發展出來非常民間的修行樣式，其實也就是我們街坊鄰居的尋常百姓的日常生活吧。

布袋和尚座旁有一對長聯，很生動有趣，我抄錄了下來——

上聯：「日日攜空布袋，少米無錢，卻剩得大肚寬腸，不知眾檀越，信心時，何物供養？」

下聯：「年年坐冷山門，接張待李，總見他歡天喜地，請問這頭陀，得意處，有甚來由？」

看完聯語，我也在想，我有「何物供養」？是錢財米糧嗎？還是自己的肉身？

或許重新思考了中土佛教信仰後來為何慢慢疏離了《本生經》，唐宋以後，石窟壁畫不太表現「捨身」故事。割肉畢竟有難度，從懸崖跳下，把肉身餵給老虎，也都有難度。中土佛教信仰回到日常生活，踏實做人，背上一個空布袋，行走於街市，能夠「大肚寬腸」、「歡天喜地」，每天和氣待人，在仇恨吵鬧咒罵中保持笑咪咪的心情，或許才是最難的修行吧。

但是，朋友寄來的尼泊爾「捨身」圖畫，還是讓我合十頂禮，知道肉身艱難，肉身能供養眾生，是要天人讚歎的。

作者簡介

——蔣勳（1947-），福建長樂人，生於西安，成長於臺灣。中國文化大學史學系、藝術研究所畢業，一九七二年負笈法國巴黎大學藝術研究所。曾任《雄獅》美術月刊主編、東海大學美術系主任、《聯合文學》社長。多年來以文、以畫闡釋生活之美與生命之好。寫作小說、散文、詩、藝術史，以及美學論述作品等，深入淺出引領人們進入美的殿堂，並多次舉辦畫展，深獲各界好評。著有散文《說文學之美：品味唐詩》、《說文學之美：感覺宋詞》、《池上日記》、《捨得，捨不得——帶著金剛經旅行》、《肉身供養》、《此生——肉身覺醒》、《此時眾生》、《微塵眾》、《少年臺灣》等；藝術論述《新編美的曙光》、《美的沉思》、《天地有大美》、《黃公望富春山居圖卷》等；詩作《少年中國》、《母親》、《多情應笑我》、《祝福》、《眼前即是如畫的江山》等；小說《新傳說》、《情不自禁》、《寫給 Ly's M》；有聲書《孤獨六講有聲書》；畫冊《池上印象》等。

白馬走過天亮

言叔夏

民國一百年許多人都結婚了，包括怎樣也想不到的劉若英。我曾經不止一次聽過身旁的同志友人們說唯一可能結婚的女性對象就是劉若英，「大概是因為她看起來非常淡薄的樣子吧。」我對劉的印象一直停留在國中時代的〈為愛痴狂〉，土黃色墊肩大夾克的她在ＭＶ裡徹徹底底地燒了一把吉他。我還記得那是第四臺剛開始普遍的時代，有一個頻道從半夜三、四點開始就會陰魂不散地輪播著每天幾乎一模一樣的ＭＶ清單，沒有主持人也沒有任何旁白。這份清單大概以一個月左右作為週期會定期更新，大約是加入了每月新進榜的歌曲。有段時間，我總是在起床趕第一班公車上學的五點鐘時間，會反覆地聽到這首歌。

回想起來，那真是一段奇異的年少時光。我所住的那個小鎮在離任何學區都遙遠的地方，於是小學一年級起我就學會了在擠滿眾多高年級學生的公車上突圍拉到下車鈴的求生技能。國中以後，母親讓我去上位在市區的教會學校，這個技能的規模於是被擴張到更大。我記得上課的第一天輪到自我介紹，當我說出自己畢業的小學時，臺下的一個同學非常認真地說：

「你一定是第一名畢業的吧。」她用很誠懇的語氣對我說：「要不然怎麼可能進我們學校。」

我知道她沒有別的惡意，但這段話裡我只聽到兩個部分：她用「你」來稱呼我，用「我們」來稱呼自己。「我們」當然包括未來的「我」，可是卻無法化解當下的我站在臺上的那種困窘。我下意識地抓緊了制服裙子的皺褶，不知道該將自己的手腳擺放在哪裡。下了臺以後我發現那裙子變得更皺了，而且沾滿了白色的粉筆灰，後來一整天除了被點名和上廁所的時間以外，我都坐在自己的位子上，一動也不肯動。

對那個學校的人來說，我所來自的地方對他們而言無異是甲仙或都蘭之類的地名。我沒有邀請過任何人來我家，也沒有同學提出過放學後一起去補習班做功課的邀約，整個中學六年，我都過著獨自搭乘公車上下學的生活。從我家到學校的通勤時間大約要花上一小時，公車會從繁燈夜景的城市一路蜿蜒爬上大坪頂，繞過山區而下。我總是無聊地對著窗外刷過的景色發呆。車廂的人漸漸稀少了起來，公車搖搖晃晃地，從城市漸漸駛離，常常一不小心就使人陷入了瞌睡之中。冬天的天色暗得極快，在一本搖著搖著就幾乎要從膝上掉落的英文課本裡醒來時，四周已是荒瘠暗黑的山野。

不知道為什麼，那時的我非常喜歡那樣甦醒的時刻。天花板上老舊的日光燈管白晃晃地，像水族箱般地籠罩著整個車廂。周身稀少的人們看起來都那麼孤獨，一個個散落在藍皮座椅的角落裡；他們有人像是水鳥那樣地垂頭睡著，有人蜷起身體緊挨著鐵皮的車廂眈坐，腳邊堆放著一個好大的旅行袋，他要去什麼地方？要去那裡做些什麼？我想不出這班夜車能抵達一個更黑更暗的地方了。車廂上方懸掛的吊環無聲地擺盪著，像一個隧道般的夢境。窗外大片大片瀑布般的黑色裡連一盞路燈也沒有，只有窗玻璃上倒映出的暗褐色的自己，車子一撞上了窟窿就五官迸散，支離震顫。

若年少時代的某些路徑實則含有某種隱喻，那麼這條隧道般的返家旅程也許便成為了我日後某種抽象道途的原型。長大以後我發現我不能習慣跟人一起回家，即使是順路也不行。我喜歡自己從一個喧鬧的聚會中離開，喜歡和親密的朋友告別後獨自消失在極黑極深的夜色裡。這簡直是一種儀式或姿態，需要一條巷子或一段四站左右的捷運來抵達。抵達自我；自我像是一座空空的井口，井裡什麼也沒有。在那孤獨的距離與風景之中，沿途的灰塵與細瑣皆被滌洗瀝淨，將我清潔地接迎回到自己的房間之中。

那種黑色一直讓我感到非常地安心。我後來就成為一個在那種黑色裡生活的人。寫不出論文的時候任性地不寫，過很長時間日夜顛倒的生活。在半夜三點的廚房裡煮麵條呼嚕地吃完，聽很多電子音樂，一整晚反覆倒帶看電影裡喜歡的片段。衣服與書籍雜亂地散落在地上，它們親密地將我包圍。夜晚裡所有的人都睡眠了，街道空無一人。有時我會拎著鑰匙出門去便利商店，買回蕎麥涼麵與蘋果牛奶。有一次我遇到一個自動門被上鎖的便利商店，我在門下站了好久卻始終等不到它開。後來我隔著玻璃門看見櫃臺後的店員在收銀機下方竟打起盹來了。他的睡臉如此安詳簡直他就是這個店裡所有飲料書籍便當酒瓶的一部分。我後退幾步，整個店看起來像是一只玻璃箱子，一個水族箱。我忽然明白他們的關係其實是魚與水蘊草，而我只是一個水蘊草睡眠時作的夢。我是一個拜訪者。

但其實我真的只是夢。十五歲的自己夢見了三十歲，像背起大袋去一個很遠的地方折返回來，我忽然就三十歲了。在三十歲的深夜房間裡，我經常想起十幾歲時的自己，想起那時的冬天清晨是如此地黑暗，我甚至再也不曾遭遇過那樣絕對性的黑。那種黑色只存在於人生的某個時期，像底盤一樣地嵌合著只有那時才能擁有的所有缺口。我想起那時的自己總是摸黑在睡夢的邊境裡醒來，坐在床上安靜地發呆。想起窗外冷空氣的清冽氣味，混雜著夜色即將褪去的某種氣息，潮水般地湧進窗來。我會躡手躡腳地穿越過睡眠的家人們，在不開燈的客廳裡扭開電視頻道，在電視光管的搖晃中，開始做一些刷牙或梳髮之類的窸窣情事。

我想念那樣孤獨的時光，在天色亮起來之前，我在黑暗的客廳沙發上蜷起身體，什麼也沒想地盯著電視螢幕裡流瀉溢出的ＭＶ。那些影像伴隨著電視機裡發散的光暈河流般自我的臉上流過；那些歌曲都極傷感極惆悵極九〇年代。天空。心動。恨情歌。我願意。白天不懂夜的黑。誘惑的街。為你我受冷風吹。聽著聽著就讓人流起淚來。但我其實不知道自己為什麼流淚。也許是年少的敏感與脆弱；也許是天亮的預感伴隨著歌曲的消逝逐漸逼近；也許這客廳裡的黑暗就像光圈般地從頭兜攏包圍了我，世界變得極小極小，只剩下自己和眼前的螢幕。而天亮像一匹白馬從窗外走過，走過以後，家具、牆壁，還有我雙手環抱的自己，便漸漸地在黑暗中清晰了起來。我好像在那些天亮前的歌曲裡抵達了未來的自己，像作了一個三十歲的夢，手指的前端伸得好長好長，幾乎要抓住了什麼，那在夢中被我追捕的物事總是在指尖的前端，一碰到了邊緣就要被遣送回返。

回到哪裡？回到生活，生活裡的我是一個十五歲的孩子，穿起制服搭乘一班清晨的早車去一個遙遠的城市，在耶和華佇立的校園裡讀書。讀很多書。關於地球的傾斜角度與星星排列，等邊三角形的離散傾軋，右心房與上腔大靜脈的路徑圖，中南美洲的氣候與極地所有所有等高線軸。並且從未談過戀愛。每天中午，我總是獨自一個人到圖書館去，不是為了讀書，只是不能習慣中午吃飯的教室氣氛。我厭倦女生班級的午餐時間總是充斥著誰喜歡誰與討厭哪個老師的話題，我討厭那些必須在進食行徑中反向掏出隱私以示交易的活動，而且我無法忍受各種不同的便當菜色混雜飄散在同一空間的雜交氣味。這些都使我感到受傷。午間的圖書館只有一個很老很老的女管理員，她老得好像從有這座圖書館開始她就一直在這裡似地。我穿越她那像是某種高地植物般的存在，在一排一排光影斑駁的書架間遊蕩。午間的百葉窗被陽光吃得一痕一痕，斜斜地曬進幽暗的書庫。很薄很薄的光，攤在地上像水一樣。在那介於光與暗的交界縫隙裡，我發現自己的影子變得非常非常地淡。我忽然理解到，這個中午，這老舊的圖書館再也不會踏進第二個人了，書頁的聲音從牆壁的縫隙裡窸窣地傳來，我覺得自己變成了這個學校裡的鬼魂，在魍魎之間晃蕩。

我從索書號800開頭的書架上取下了一本書，根本不認識作者只因為書名叫作《追憶似水年華》，我趴在閱讀桌上不很認真地讀著，有一搭沒一搭地，到現在我都還記得開頭第一頁的標題就叫作〈在斯萬家〉。我根本忘記在斯萬家發生了什麼事，冷氣運轉的聲音轟隆轟隆響著，我只記得窗外的白日好亮好晃好空曠，我轉頭注視著那曝光般的白色，驀地感到心慌了起來。好像有人就在那白光的盡頭端起相機對我拍攝，喀嚓喀嚓，使我反白，把我照乾，將我照片一樣地懸吊起來。我不知道自己會成為什麼樣的人，會到什麼地方去，會在哪裡過著什麼樣的生活，會遇見什麼樣的人。我忽然覺得非常非常地想哭，胸口和鼻腔都被什麼緊緊地揪住。我翻遍全身所有的口袋想找到一個陰涼黑暗的洞口去擺放自己燥熱的手指，卻很遺憾地發現這條制服的裙子裡沒有任何的口袋。在那個手足無措的時刻裡，我忽然極度極度想念起那些天色未亮前的黑暗客廳，和那首彷彿天氣般反覆播放的〈為愛痴狂〉；電視螢幕裡的劉若英背著極大極大的吉他無謂地唱著：

我從春天走來，你在秋天說要離開……

我已經忘記那個中午，在斯萬家的書桌上，究竟有沒有掉下眼淚了。而流淚與否，或許也已根本不那麼重要了。我知道此後將臨的許多日子，我必會一次次地落下淚來。我必會。如同所有必將來臨的天明。九〇年代白馬般地自窗外走過，彷彿一個天亮。

天亮以後我就三十歲了。如此而已。

作者簡介

——言叔夏（1982-），生於高雄。政治大學臺灣文學博士。東海大學中文系助理教授。曾獲林榮三文學獎、國藝會創作補助、九歌年度散文獎。著有散文集《白馬走過天亮》、《沒有的生活》。

剛剛好

張曼娟

二〇一〇年底到二〇一一年初，我被突如其來的重感冒擊倒，低溫的夜裡，聆聽遠方跨年狂歡的煙火爆響，一邊計算著下次服藥的時間。我用極嚴格的方式管理自己的病，絕不少吃一次藥，想要盡快康復，甚至要求醫生為我注射，因為我不耐煩在養病這件事上花費太多時間。事實上，我想，許多年來我都不耐煩在自己身上花費時間。

而我並不是那麼沒耐心的人。見到因為發燒而痛苦流淚的孩子，我的直覺反應是將他們擁抱在懷中，直到他們緊繃的身體放鬆；聆聽朋友的憂傷或失落，我願意一遍遍複習每個細節，直到他們在陪伴中感到安心。

對待他人，我總是不厭其煩。對待自己，卻是很不耐煩的。

為什麼會這樣呢？我想，那是因為我並不覺得自己是可珍貴的人吧？長久以來，我看重的是別人，從不是自己。我常覺得自己擁有的一切只是幸運加上僥倖，而我偏又是對「無常」感受很深刻的人，於是，愈來愈往內在心靈退縮，變得更封閉而孤僻，世界也愈來愈小。

感冒初癒的那一天，和朋友吃了美味的香蕉鮮奶油蛋糕，在微博貼上照片並且發表感言：「一塊好吃的蛋糕，能帶我們脫離一切穢汙坎坷的現實。」那天深夜，疲憊的我，看見了一位大陸網友的回應：「愛你的人是多的，因為有很多愛你的人你並不知道。因為太愛，所以漸漸被神化，因為被神化所以不敢靠得太近，怕你被這凡間的濁氣玷汙，所以才在遠方看著你吧？常常想著在無人的夜裡，在一盞燈下獨自寫作的你，穿越古籍經典的你，為了他人感傷而感傷的你，可曾記得給自己倒杯熱水，添件衣服？」這段話與我的香蕉蛋糕一點關係也沒有，卻令我震動，怔忡許久，直到淚水模糊了電腦屏幕。

我想起不久前，與讀者見面的簽名會上，母子二人笑嘻嘻的來到我面前，請我幫他們簽書。「我們都是妳的讀者喔。」與我年紀差不多的母親這樣說，念高中的兒子俊逸有禮，靦腆地笑著，點點頭。他們是下班下課後搭高鐵來的，趁著夜色還要趕搭高鐵回家。我想起曾經在許多場合裡，遇見我的讀者將二十幾年前的我的書，用書套好好保存著，看起來完全沒經歷過歲月，那樣嶄新。「這本書我有三本，一本是自己讀的，一本是借人家的，這一本是要特別珍藏的，我的寶貝。」我也想起在馬來西亞演講的時候，要求合照的讀者朋友總會將閃光燈關閉，因為將近二十年前初訪大馬我曾說過，不斷刺入眼中的強光令我暈眩不適，而他們竟然一直記得。

我的讀者或許都是比較內斂低調的，平常確實感覺不到，但是，當我在餐廳用餐時，發現自己的料理更豐盛些，便明白主廚是我的讀者。當我在醫院做健康檢查，醫護人員溫柔的呼喚我的名字，我知道又遇見了我的讀者。我在旅途中，在飛機上，在銀行櫃檯裡，在許多熟悉或陌生的街角，都能遇見，我的讀者。

相逢只一笑，明日又天涯。我從許多微笑的眼睛中，看見了珍惜的光芒。在這樣的光芒中，又怎能不看重自己？

而時間過得飛快，曾經，走進演講場聽見亢奮的掌聲與歡呼；如今，演講場中的少年臉上有著無可奈何的表情，他們是被規定坐在這裡的。「我知道你們根本不認識我，更不是我的讀者，我知道你們真正想看見的作家是誰。」我說出了兩、三位最暢銷、最受歡迎的網路作家的名字，少年們這才活絡起來，他們熱烈的掌聲代表的是贊同。對這些少年來說，我已經太老了。

卻有朋友輾轉告訴我，他們曾經向公部門遞過企畫案，計畫拍攝我的紀錄片。出版已經滿了二十五年的作家，或許有些故事能夠表述出過往的歲月留痕吧。結果，他們的企畫案被退回，退回的理由或許不好明說，於是，給了「她還太年輕」的說法。對這些公部門執事來說，我竟然太年輕。

在「太老」與「太年輕」的矛盾中，我卻覺得是個剛剛好的時機，該為自己編一本散文精選集與小說精選集，記錄不同年齡的自己，看見的世界，感受到的人生。這是為一直以來與我相伴的讀者們編選的，也是為可能有緣相遇的新讀者編選的。我一直記得自己年少時在圖書館裡，最愛閱讀的便是作家的精選集，在翻閱著一本書的當下，彷彿便能觸摸到作家靈魂的輪廓。

這真是一件奇妙的事，我的世界這樣小，認識的人這樣少，卻一點也不覺得匱乏。原本以為出書之後，世界會變大一些；後來以為到國外工作之後，世界會變大一些，如今才明白，這樣的小小世界，其實最適合我。這個世界中許多美好的相遇和際遇，使我的生命豐盛滿盈。

我的世界有點小，卻是剛剛好。

剛剛好，遇見最美好。

作者簡介

——張曼娟（1961-），中國文學博士，具文學作家與大學教授身分，現為東吳大學中文研究所教授。一九八五年出版《海水正藍》，獲選為影響臺灣四十年來最鉅的十本小說之一，三十年創作約四十餘本，出版發行擴及全世界華文地區。近年投入「文普書」寫作，並成立「張曼娟小學堂」，致力推廣少兒經典閱讀。教學、創作之餘，從事電視、廣播等媒體工作。

嗅覺像是

李欣倫

懷孕初期，嗅覺變得十分敏銳，常常聞到像羽毛般很細很輕的氣味。偶爾是驚喜和祝福，但多半時候可能是詛咒。

由於靈敏的嗅覺，我的家一下子陌生了起來，原來熟習的東西立刻帶著堅硬的疏離感，以前只見形體的什物，現在全都以具體的氣味現形：木地板紋理的氣味，未乾的毛巾仍舊附著細密的潮濕，紙袋裡頭的纖維原來是素樸安靜的，牙膏則飽含著森林的色澤。水晶肥皂的味道一下子變得霸而烈，還有塑膠袋的氣味，都讓我的胃立刻翻攪起來。最喜歡的還是晾曬過後的衣服的味道：陽光的、洗衣精的、恐怕還有飄飛過來的葉子的、蟲子的印記，即便是襪子，在三月陽光的照拂下，都帶著友善而潔淨的品格。

最可怕的莫過於廚餘的氣味，包裹在塑膠袋裡的發黑的香蕉皮、蔬菜根、香菇頭、蘋果核、放了太久的麵條，釀出令我發嘔的氣味。到了傍晚，隔壁鄰居開始煎魚，雖然聽不到蒼白的魚泊在油鍋裡滋滋響的聲音，腦海卻不自覺地浮現魚直視上方氤氳的油水氣的樣貌。我暈眩作嘔。孕後，煎魚的氣味變得更加跋扈，我會趁著這個時間出門散步，讓房子外頭的街道、公園、路樹、舊的遢鞦韆、鐵椅邊的細瑣環釦的味道，給我新的氧氣。

我上街，不單為了散步，也是為了換氣，無論聽什麼樣的音樂或做什麼事情，魚的味道會像惡意的傷害那樣占住我的鼻腔。但上街也不是沒有危險的，當然，首先得避開幾個聚在行道路上抽菸的男女。不過那些穿著體面但面容疲倦的年輕男女（多半是房屋仲介、附近的上班族和開著小巧時尚店鋪的年輕夫妻）看到了我和我的大肚子，會自動收起菸或快步移動。對此我心存感激。

街上有很多很多的氣味。最好是剛下過雨，最好是那種短暫但彷彿傾盡所有氣力的專注的大雨，將藏匿在地下的暑熱或髒穢一併解放、進而滌淨的那種帶有寬恕和慈悲的大雨，此時走在街上不但清涼，更能細細品嘗那悠遠的、好像遠古時代器物出土的情感記憶的芬香，不過我得小心走就是了。最好的也會是孩子，無論是剛被母親從公園拎回來的、全身汗濕的孩子，還是剛洗完澡、身上飄散著沐浴乳香味的孩子；又或者那些既非玩耍過又非洗完澡的孩子，他們只是靜靜地坐在嬰兒推車上，無所顧慮地筆直盯著你，或像集中心力對付一道難解的數學題那般研究著他小小的手和衣服上的扣子，你可以聞到淡淡的奶味還是初生特有的香氣，依稀，彷彿。

不知是否因為他們給了我對未來孩子的想像，我甚至聞到了他們的聲音，笑語、哭聲以及屬於他們獨有而成人難辨的牙牙語系，我聞到了他們放鬆或緊張的肢體（端看他們的父母親正深情凝視他們還是冰冷的教訓），聞到了構成一個孩子究竟會勇敢還是怯弱、滿足還是匱乏的種種。我好像可以聞到，如果那時有風，有薄薄的陽光，有茄冬樹葉彼此摩娑的細微聲，我想我聞得到。

需要避開的有很多，尤其是香水。我一向沒有搽香水的習慣，朋友曾在多年前送了一罐高級香水給我，至今還躲在櫃子裡無從發揮也無法揮發，雖然那是挺不錯的淡淡果香，但愈來愈懶於裝扮的我能綴點披肩就不錯了何況香水。不過最大原因還是我以為香水宜謹慎使用，即便它有效地詮釋著人們的個性和喜好，有的人恐怕也因香水而更有安全感（隱形的衣裝，像是有些女人不化妝是無法出門的），有助於讓人們新長出一層便於社交的皮膚或臉孔，但很多時候不合宜、不對味的香水卻能快速地毀壞一個人及他努力經營的人際圈。總之，當我走在街上或坐在餐廳裡，旁人的香水總令我分心，懷孕前不太能忍受的氣味，在孕後更張牙舞爪起來，香水簡直像背後靈還是吸血蛭那樣緊縛著我的鼻腔、鼻毛，還有記憶。

是的，最可怕的莫過於，當氣味輕易攻破了我的感官之後，便開始快速地具象為某個東西，附著於腦海：討厭的味道已遠，無論是香水、從大型黑色垃圾袋細細流出的臭水，或非常高調地散發著人工氣味的廁所芳香劑，這些沒有形體的氣味固執地攀附記憶，長出相應的形狀。於是，當我離開灑了不明香水的人或大型垃圾時，其氣味還是頑強地陪伴我走過下三條街，讓我無法思考，甚至正想著誰或什麼，想像中的人或什麼都一律籠罩著難聞的氣味。

所以，懷孕期的我時時作嘔，強迫性的想像和記憶殘留使之惡化。

曾有段時日，我不是想睡就是作嘔，醒著的時間都在作嘔中度過，並不真正嘔出什麼，但噁心感不時湧現，只有睡覺的時候可以暫時擺脫。這時，酸食確實是理想的，能稍加緩解。於是我極度渴望酸食，吃什麼都得擠檸檬或加醋，整天尋著梅子吃，那十分帶種、帶勁的烈性酸味最能提神，否則我會發嘔到對人生充滿絕望。

某天，我被渴望嗜酸的慾望驅動，簡直就像中蠱似地走進距離最近的一家店。妳得喝些酸的，妳得喝些酸的，身體發號指令，於是我走進麥當勞，在櫃檯點了柳橙汁，戴鴨舌帽、將棕紅色長捲髮束起來的女店員注視著我，「沒有柳橙汁了。」我聽不懂，「現在沒有柳橙汁了，」她彷彿正努力抑止怒氣那樣補充：「柳橙汁機正在維修。」過了幾秒之後我才明瞭她的意思，「沒有柳橙汁了。」不知是身體抗議還是習慣使然，我在她面前摀嘴作嘔，她有點驚訝，皺了眉，大概自從她來麥當勞打工至今，從未遇過沒順利點餐便作嘔的客人，於是我努力地克制一波波的噁心感，試圖恢復往昔的禮貌優雅，「那給我檸檬茶好了」，雖然我不應該喝茶，但現在只有好吧至少聽起來酸的東西能拯救我和我表面的文明有禮，「還有一個薯餅」，我很驚訝我這麼說了，其實我並不餓，且不斷作嘔的狀態恐怕不需要薯餅，更讓我驚訝的在後頭：當女店員努力擠出微笑說現在薯餅買一送一喔，我幾乎想都沒想就點頭說好，同時盤算另一塊給ＳＹ好了。

拿了檸檬茶和買一送一的薯餅回到座位上，我看著店裡的人：（假裝）看著學校教科書同時和小情人打情罵俏的中學生、瞪著平板的年輕男子、邊戴耳機邊讀語言書的短髮女生、邊啜飲咖啡邊翻閱報紙的中年男子，我不禁想，他們曾有噁心的感覺嗎？不是因為見到政府官僚說話的抽象式的噁心，也不是對社會、紛雜的物事感到厭煩或憤怒的象徵性的噁心，是真的從體內深處像惡水般接連翻攪的、紮實而肥沃的噁心，他們曾有過嗎？如果沒有，我不禁羨慕他們起來。隨念又想，他們也許正面對著身體內外的某個私密問題：肥胖、荷爾蒙、失眠、痔或者癌、或終年如厚雪覆蓋的深度疲憊和強烈頭痛，對抗或者投降；曾想狠狠對抗但最終不得不投降？再怎麼說都是辛苦的人生，我們都是這樣面對和努力對抗著自身的人不是嗎？

當我回神，我已把兩塊薯餅都吃掉了。

該死，這無法自主的身體。

那兩塊薯餅彷彿宣告著某個時代的結束：噁心感消失，食慾則像冬眠後的熊異常抖擻。突然強烈渴盼某些食物，就想辦法去覓食，如果在深夜，就僅止於想像，倒不曾發生像電視劇中，妻子搖醒丈夫，命他去隱在巷弄裡的小攤，買回私房滋味。

深夜醒來我曾想過：炒得油亮的翠綠豌豆，一入口那些小小籽仁便迸散口中；水來青舍的泡菜，單手將海苔包裹漬得入味的泡菜和紫米飯甚是美味；媽媽做的茶油麵線，搭配切得細碎的芹菜末，提振味覺，又醒了眼目；還有家鄉某個蔬食小鋪，由一個駝背的阿婆熬煮的羹湯；前往波卡拉的路上，我用十元買的當地零嘴，盛裝在數學考卷紮成的三角錐裡、紅的黑的黃的綠的豆子；想念加德滿都某家店的豆子馬鈴薯湯……我熱切地想，那些幾乎被遺忘的吃食，輪番來到深夜臥房，想到眼淚幾乎流下來。

此時，噁心感如同陳年往事，簡直無從想像。就這樣，口中滿是旺盛的口水，滿腦則是拉麵臭豆腐蒜炒高麗菜滷百頁豆腐的美味，我強迫自己入睡。

作者簡介

——李欣倫（1978-），中央大學中國文學系博士，現為靜宜大學臺灣文學系副教授。父親是中醫師，受此影響，十多年來的寫作關懷多以藥、醫病、受苦肉身為主，如《藥罐子》、《有病》、《此身》，近期的散文集是《以我為器》，寫女性從懷孕到生產的身體，進一步思索新生、死亡等生命議題。

家庭代工

宇文正

聚餐時Ｋ聊起了早年兄弟大飯店的盛況。侍者送上潮州蒸粉果，大家辨識其中餡料：花生、香菇、荸薺……說到荸薺，來自中部的Ｗ說童年時幫忙家裡的代工，削荸薺，常常削到手，「Ｋ在兄弟大飯店喝下午茶的時候，我在削荸薺削得傷痕累累呢！」講得可憐見的，眾人大笑，紛紛說：「Ｋ的確是貴族出身啊！」於是各自說起童年做過的家庭代工。

這票人大致以五年級世代為主，童年時臺灣經濟尚未起飛，家裡做些代工是普遍現象，但是不同地域，卻也有不同的代工類型。Ｗ住中部，家裡務農，他熟知田事，種稻、插秧、收割都做過，家庭代工也以農事為主，因此還削過荸薺。Ｌ則說他幫叔叔家填裝過藥物膠囊。「什麼？膠囊還可以手工填裝？太不衛生了！」一時眾口紛紜：「你叔叔不會是藥頭吧？」

而我小時住基隆暖暖，基隆是港口，家附近有個冷凍工廠，許多女性到冷凍工廠工作。小時候常聽鄰居同學說週末去冷凍工廠剝蝦，她伸手給我看，手都泡白了，有時還會被蝦的尖刺刺傷。我自然不曾去過，雖然一樣窮困，我父母疼愛小孩，讓孩子去工廠打工，大概想都不曾想過。但也不是說我就是公主了，只是我們家的代工比較「溫暖」。

是真的溫暖，媽媽做的代工都是繡花、打毛衣、鉤鞋面之類的手工輕活，一年四季家裡經常堆著毛衣、毛線，熱啊！我們家門口有個小院子，陰天時，幾個媽媽常聚在院子裡繡花，出太陽或是天雨則移到我家客廳。在村子裡我們都喊「媽媽」，楊媽媽、龍媽媽、李媽媽……後來出了眷村才發現外頭喊女性長輩「阿姨」。媽媽們邊繡花，邊聊女人家的事，我則穿梭其間，幫忙「穿針引線」。要到現在，我的眼睛開始老花了，某日穿針，針線拿遠穿老半天，才忽然領悟，當年那些媽媽們是多麼需要我呀！小孩兒眼神好，左手拿針，右手執線，滴溜一下就穿過去，再跑回我的家家酒玩具堆裡。幾分鐘以後又一個媽媽喊：「丫頭啊，過來一下！」

媽媽們做的不是那種細緻的刺繡，而是用粗針、粗毛線在織好的毛衣上頭繡上麋鹿、雪花之類的圖案，好像是外銷到歐美地區的成衣。我太小，沒讓我學繡，只叫我穿針，但我大哥有時興起也幫忙。大人們最愛看他拿針線，因為他是左撇子，左手拿針居然也能靈活刺繡，大人們便覺得備加可愛。

除了穿針，我專門跑腿，誰突然要什麼東西，便派我去她家拿。那時家家戶戶都不上鎖的，告訴我在哪裡，我便自己開門進去找。但找不到的機率很大，其他大人便笑，彷彿我多傻，後來證明多半是她們自己記錯地方了。大人的指令真的很奇怪。也是要到現在我才明白，記錯了，是很正常的呀！但有件事就真的是我傻了，那天媽媽們在院子裡繡花，我媽燒水，要我在爐子前看，水開了就叫她。我盯著那鍋子茫茫然，我怎麼知道怎麼樣叫作「開了」？專注盯著它，一看到水咕嘟咕嘟冒上來，這大概就是了吧？我踮起腳尖拿勺子去舀了一瓢，一路顫危危走到院子：「媽妳喝喝看，開了嗎？」

眾媽媽們當然是笑翻了，母親嘆口氣：「生出這種傻ㄚ頭！」

再大點，我便拿起針線幫忙了。搬來南港後，母親很快又能找到新的代工，這回是用鉤針鉤一種網狀鞋面，這種鞋賣到什麼地方我就不得而知了。那時我小學六年級，阿姨開了成衣代工廠，媽媽白天去幫忙，晚上回來便鉤鉤鞋子，一邊看電視。我放寒暑假，媽媽照樣去阿姨那裡幫忙，我早上寫了作業，下午常主動幫媽媽鉤鞋子。母親回來發覺桌子上整整齊齊擺了一疊鉤好的鞋面，又驚又喜。啊，我這一生，是否隱隱全為了取悅媽媽而努力呢？

從小熟用鉤針的經驗，常讓我國、高中的家政老師「自嘆弗如」。大部分的花樣，我看一看便知道是怎麼織的，而我編織的速度如機器一般，同學眼花撩亂，常引起圍觀，像看馬戲團表演。交圍巾作業時，有時乾脆幫好朋友也織一條交差。這還曾引起同學間的「爭風吃醋」，鴨鴨在我的紀念冊上故作悲秋：「為什麼妳送給○○的是一襲溫暖的圍巾，給我的卻是一片枯黃的落葉？」我大笑：「鴨鴨真是太沒氣質了，那片楓葉多美啊！」

民國六十年代末至七十年代初，電子業興起，掀起新的代工潮，我許多同學的家裡都在「做電子」，那是客廳即電子工廠的年代。但媽媽沒興趣，這段時間，她的「代工」業相當偉大，她當起了保母。坦白說，她要帶孩子，全家沒有人贊成，她實在不是那種好脾氣的賢妻良母，她性情剛烈急躁，翻臉跟翻書一樣。以前住眷村時，我最要好的鄰居妹妹小萍常在我家做功課，快月考時，媽媽考我們倆聽寫生字，小萍許多字不會寫，還被我媽打手心。她不能理解教過的字為什麼不會寫。我怕小萍挨打，常寫在橡皮擦上悄悄滾過去給她。我大哥叛逆期來得早，小學時被我媽揍，他躲進床底下，大聲宣布說他不要讀書了。媽媽說：「很好呀，你不要讀書，明天就去山上放羊！」村子後山上，真的有一些羊，但我從沒有見過「牧羊人」是誰。我只知道，當多年後我大哥決定去德國念書時，我們對他說：「你終於要去放洋了！」

媽媽幫人帶孩子，大概會搞得全家不得安寧吧？大家覺得我們忍受她也就算了，別人家的孩子……還是別鬧了吧？事實證明，對待別人的孩子，或者，也許媽媽年紀大些了，真的不太一樣。鄰家兩歲多的小妹妹來我家，五個人寵她。吃飯時，她說「要蝦蝦！」馬上有人剝好獻給她。她媽下班回來帶她帶不走，我媽說：「妳先回去休息一下再過來帶好了。」她媽苦笑搖頭。這種心情，我做了母親才懂，孩子託付給別人，知道她被疼愛，放心了，可是她若從此跟自己不親了呢？多複雜的心情。小女孩很快即將有弟弟，她媽仍希望我媽帶，我們全家再度投反對票，懷疑她現在耐性還不錯，是因為恰好這女孩子好帶，再來一個，絕對雞飛狗跳！但男孩一出生，媽就去醫院探望，回來堅定地宣布，這個孩子她帶定了。我們反對當然沒用，不堅持己見，就不是我媽了。滿月後，小名「小宗宗」的男嬰來到我家，我們恍然大悟媽媽為什麼非帶不可，這個嬰兒真的太可愛了，他馬上擄獲全家人的心。

母親過世時虛歲剛好五十，告別式上小宗宗的母親帶著他們姊弟來給母親遺體磕頭，感懷母親慈愛把他倆帶大。說起來，母親生我大哥時才剛滿二十歲，四、五年裡生三個孩子，換成我，會不會急躁呢？到她帶小宗宗姊弟時已經快四十了，她已成長，我們卻還當她是那個二十歲的新手媽媽！媽媽一生，不曾正式上班工作過，以不間斷的各式家庭代工，加上爸爸微薄的薪水，讓三個兒女接受高等教育。因為父親獨自渡海來臺，她一生沒有公婆姑嫂、沒有同事，不懂得人際之間的幽微，不知爭鬥，她最後的代工任務，是純真的嬰孩，以致她離開這世間時，仍然純真得像孩子一樣。

作者簡介

——宇文正（1964-），本名鄭瑜雯，福建林森人，東海大學中文系畢業、美國南加大東亞所碩士，現任《聯合報》副刊組主任。著有長篇小說、短篇小說集、散文集、傳記、童書等多種。散文作品入選《臺灣文學三〇年菁英選：散文三十家》；近作《庖廚食光》獲選「二〇一四年開卷美好生活書」、《講義》雜誌二〇一五年度最佳美食作家。

麻雀樹，與夢

鍾怡雯

夜裡醒來，彷彿聽到鳥叫。凝神一聽，又沒了。鳥不會失眠，不會半夜起床，是我睡得淺，老疑心天快亮，才會一醒就幻聽。社區的麻雀愈來愈多，牠們話多又長氣，特別喜歡呼朋引伴，一隻抵得上十隻叫聲秀氣的綠繡眼，一整天聽下來，日日月月聽下來，牠們的聲音住進我耳膜，就在耳裡形成自動播放的背景音，沒叫也像在叫。

大前年的事了，社區入門口那四棵高及二樓的棕櫚還健在時，麻雀分批夜宿棕櫚和小葉欖仁。棕櫚最後被鋸了，只剩樹墩。失去樹和樹影的掩映，紅磚牆在陽光下亮得刺眼，樹墩的年輪對著藍天無語。

好端端的幹麼鋸樹？

問了幾個鄰居，說是隔幾間的鄰居嫌麻雀吵，推說棕櫚的根會破壞地基，逮到機會便把樹殺了。這是個藉口。真正的禍首是住在棕櫚樹上的麻雀。棕櫚是被誤殺，殃及池魚。誰教棕櫚長在他家正對面，還讓麻雀夜宿，就更該命絕。不只一次，我在四樓陽臺撞見鄰居揮著竹竿像起乩。他在打空氣嗎？起初我總像撞見別人的隱私般心虛立刻縮回屋裡，彷彿我該為那意外負責。次數多了，終於忍不住好奇。

趕麻雀，他說，麻雀很吵。啊？我一下沒詞。原來天籟也有被嫌的時候，跟雨聲太大風聲太猛，或者雞啼太早擾人清夢的理由一樣。麻雀在入夜前返回樹梢，一隻麻雀的話就夠多了，超過五十隻以上的麻雀此起彼落的發聲，那分貝，或許真是接近噪音了。

但是揮竿老兄未免太歇斯底里。他的竹竿對準自家陽臺上方，趕的是盤旋的黑蚊吧怎麼趕得了麻雀？何況，不也就黃昏前的短暫時光，上了陽臺不看天光雲影，卻獨獨對麻雀抓狂？連我家小傢伙上了陽臺都會賞花賞鳥賞蝙蝠，聞一聞晚風捎來的神祕訊息，觀望天空極遠處準備降落或剛起飛的飛機。貓都懂得往好處看哪。我始終覺得麻雀和棕櫚都是替代品，真正的禍首，恐怕是他心裡那隻讓他什麼都看不順眼的魔。他該殺的是自己的心魔，不是無辜的棕櫚。

何況是黃昏。一天的結束，夜的開始，身心鬆軟的時刻。回到自己的窩，做飯打掃睡小覺，散步拔草看夕陽。或者什麼都不做，在沙發上賴著。夜晚之前，那麼一段短暫模糊的時間，適合做些不花腦力的事。當然，最好不做事，等著雀鳥叫來夜色。

鍾太太最常在這時間按門鈴，送來自己種的，或是親人種的菜，偶爾也有朋友做的饅頭包子之類。一年四季她總是季季有餘，產季到了什麼都過量，我要少一些還會挨罵，不要就更不得了。她常常讓我想起祖母。客家女人。黑皮膚。成天在勞動，好像腳底上了陀螺。我高她半個頭，可是她天生勞作的骨架竟比我寬大，只是沒肉，風鼓起她寬大的衣衫，像掛在架子上行走。我祖母夠固執了，跟她比，還得甘拜下風。這女人可硬頸的，大小病都撐著，什麼痛都能忍。牙痛痛上七天，胃痛個把月。有一回腳板腫成兩個大，就乾脆不出門。我從中醫那兒領來藥布紗巾裹腳帶上門。從落地窗看見她靠在沙發打毛線，筆電開著，電視新聞播著。一心三用，大概在分散腳的痛感。隔天再去，一夜消腫。新鮮草藥效果好，第二片她二話不說就收了。

我也是客家女人，有得拚的。

有時我在樓上，她按完門鈴把東西放門口，用手機吩咐，門口有東西記得下來拿。不廢話，說完收線，也不留時間給我問那東西是什麼。我從三樓陽臺拋下謝謝，揣著問號下樓，反正是禮物，別囉唆，收便是。一樓的燈如果亮著，她會進來閒聊。黃昏小覺睡過，偶爾也一起在中庭散散步。她是包打聽，社區的大件事問她，蠅頭事也問她，即便不問，她也會翻出幾筆瑣碎新聞，陳年舊事。那一家啊，她指著長滿雜草的院子，兒子半夜離家，他媽還怪警衛放他出門。這媽有理嗎？什麼時候啊？怕有幾個月囉。

那時，垃圾車的聲音遠遠近近，雀鳥的黃昏大合唱正興頭。

我從不覺得麻雀吵，頂多，算是聒噪吧。聒噪淘氣些，吵可不是個好詞。

砍掉棕櫚，麻雀也不抗爭，認命的投靠六棵小葉欖仁。社區是鳥類的大遊樂場，依體型分，有大的鴿子斑鳩喜鵲，中的八哥白頭翁，或者小的綠繡眼，可聽可看的真多，常常讓我分心。小葉欖仁是交誼廳，要說吵，我家大概是全社區最吵的。

麻雀最愛講話，從日出講到日落講個不停。老實說，牠們真是比社區愛聊天的太太們長舌。都聊些什麼呢能那麼起勁？麻雀如果有生命哲學，大概是「活著，就是要講」吧，連飛行時也能喳喳喳。我家剛好正對四棵小葉欖仁，麻雀的私語成了我的耳語成了幻聽。還好我聽不懂，牠們講牠們的，我做我的睡我的。聽懂了我就沒辦法在這兒住下去了，成天聽鳥的流言，我還能過人的日子嗎？

鳥族醒得早，隨著天光和季節調整作息。春末夏初時，清晨四點多五點吧，鳥聲開始起落，這起床號隔了個中庭倒像音量恰如其分的時鐘，報時的聲音不遠不近，一聽心裡有譜，喔，天色快亮了。

去年春天，從怡保回來隔天清晨，我到三樓灑水，咦，有什麼不太對？

磚牆。眼前這磚牆怎麼特別顯眼？停了幾秒，突然醒過來，喔，小葉欖仁。小葉欖仁被腰斬了。四樓高的大樹剩不到兩樓，樹幹筆直朝天，無枝無葉，紅牆因此在天光中顯得特別醒目。受傷的殘樹木訥訥地，有苦說不出。麻雀失去了棲息之地，我的視覺彷彿也頓失依靠。不論從哪一樓望出去，都覺得很空洞，一如我的心情。

怎麼老是拿樹開刀？

我不忍心說它們醜，一照面，卻仍然無法遏止這樹好醜的直覺。好歹給樹留點枝吧？都把樹砍成沒樹的樣子了。沒有枝椏，麻雀要住哪？冬天牠們住屋簷，整個社區凡有瓦片之處，都有牠們的巢。夏天就不行了，牠們得在樹上掛單。

每天望著光禿禿的小葉欖仁發呆。八重櫻一如往常，稀落開過便冒綠葉，交差似的，好像長葉子才是它的正事。大概小名取壞了，我們都叫它小櫻。叫久了連開個花也小家子氣。吉野櫻倒是滿樹燦爛。大櫻名字取得好，花開得爭氣，葉子也長得氣派。

幾番風雨花開花落，大小櫻什麼時候綠葉成蔭了竟沒察覺。人回來了，心還掛著母親。離家二十幾年，第一次清明節返馬，不是掃墓或祭祖，而是憂心母親有什麼閃失。手術後剩下一個不會走不能講話的母親，這半條命可不能再丟了。清明節是大節日，我擔心她熬不過，步步為營，提防死神再下手，回去守著。然而，五天後，在返臺的飛機上，我決定放手。母親用各種方式告訴我，她得走了。

回來後便看見被腰斬的小葉欖仁。

有一天我在二樓整理舊衣物，突然發現，吉野櫻的枝葉在二樓窗戶外搖曳，社區中庭，社區外的竹叢，遠處的大樓，以及更遠處的天空雲影，被它茂密的枝葉掃呀掃。搬進社區隔年種的，十年花樹竟然高及三樓，成了社區最有氣勢的大樹。

樹在搖曳，風在葉與葉，枝與枝之間的舞動千變萬化，我看得入神，發起呆來了，滿腦子母親有苦說不出的表情，像那些遭橫禍的樹。

看樹跟發呆，就成了母親過世前過世後，我最常做的事。

發呆時多半也在看樹看麻雀，腦子千百種念頭和想法在轉。這世界仍然正常運作，我的卻有一個角落開始塌陷了。常常我在三樓陽臺站著。鍾太太坐門口整理成堆的菜，有時她會來喊我去選，或者就乾脆用報紙包好，整大個塑膠袋拎著，面無表情朝著我家走來。不到六十，她已背微駝，走路有點老人樣了。

等我再次從怡保回來，八重櫻和吉野櫻的綠蔭愈濃，小葉欖仁掙扎著從腰斬之處冒出新枝。大別母親之後，這世界彷彿失去重力，走起路來腳底沒辦法著地似的，跟鍾太太被地心引力拖著走不動的樣子，全然相反。母親一放手，我成了斷線風箏在空中飄浮遊蕩，不知什麼時候能夠降落，落點又該在哪。

就看樹。看樹枝樹葉，也看看不見的根。有根多好啊。

一天黃昏在社區散步，忽然發現燈光下的吉野櫻長滿一粒一粒的什麼，走近一看，喔，麻雀。吉野櫻長了一樹麻雀。

不只開花散葉長櫻花果，夜裡，這樹還長得出麻雀，隔天太陽出來，像霧水一樣消散無痕，枝歸枝，葉歸葉，讓人懷疑昨夜的麻雀樹是個夢。真希望半夜幫母親穿殮服的場景也是個夢，日出之後，還能打電話叫媽。

麻雀樹之夢竟然持續了一個多月。如果真是夢，這夢也太長了些。四月底到六月初，我夜夜倚在二樓的窗口，簡直看痴了。這樹，怕長了上百隻麻雀吧？

難怪近黃昏時叫得特別起勁，原來麻雀變成吉野櫻的住戶了。這些麻雀，嘖嘖嘖。等垃圾車的鄰居說，我們早就發現了。隔壁的太太說，我一大早就被鳥吵醒了。她睡三樓開落地窗，正對我家吉野櫻。很好，那就早睡早起吧，反正晚睡也得早起。吉野櫻開花時，她家視野最好，窗口一站，整株花樹入眼。她家春天，是社區最美的春天。吉野櫻給了美的，也給了吵的，這很公平。人生嘛。

最吵的不是早上，而是黃昏。

麻雀占位子時總是三心兩意。上下左右東挑西選，位子換了又換，有時七、八次了還無法定位。挑位子時碎碎念，搶位打架時更不得了，又氣又急像開罵，懂鳥語恐怕會發瘋。小傢伙可不這麼想，麻雀一來牠總是很激動，發出一長串頻率奇怪的類鳥叫節奏。我學法語，貓學鳥語。牠學成我的生活可要大亂了。

麻雀一安靜，夜，便真正來了。

白天的麻雀很神經質，一點聲光都讓牠們起疑。夜宿的麻雀神經大條，或許因著夜色的掩護，對人類完全無動於衷。從前牠們住小葉欖仁時，只聞聲不見鳥，小葉太高了，樹葉又密。如今牠們在昏黃的燈光下現形，鄰居紛紛跑來觀賞「睡覺的麻雀」，指指點點，不停說，好可愛好可愛。

麻雀把頭埋胸口睡得圓滾滾，那麼安詳，那麼自在，如果真是夢，也是讓人微笑的溫暖美夢。或者，借用鄰居的措詞，好可愛的夢。

麻雀不只可愛，還很聰明。牠們千挑萬選的好位子，都在吉野櫻中段的葉子底下，下雨時，層層天然屏障幫牠們擋雨。我從二樓看出去，夜雨中的麻雀動也不動，雨從牠們頭上的綠傘滴落，順勢往下滑。

幹麼擔心麻雀淋雨？牠們比我睡得還沉哪。

夜雨麻雀。我把大發現告訴鍾太太，順便問，奇怪麻雀怎麼不住這棵？我指著茂密的八重櫻，它的花期比吉野櫻早一個月，綠葉擠挨著，像把大綠傘。那樹枝是斜的，爪子不好抓。哪，看到沒有，這斜斜的怎麼睡？八重櫻的枝椏果然呈傘骨的放射狀。妳當過麻雀啊？我轉過頭。也可能八重櫻只有一層樓高，麻雀沒安全感？

她對麻雀沒興趣，反問，妳媽過世啦？妳都沒有跟我講。彷彿忍了很久，一臉嚴肅。講了我媽也不會活過來，我笑。她卻笑不出來。

麻雀叫聲淹沒整個社區，牠們又在搶位子了。她說，很多年前見過我母親一次。剛搬來的第一年，父母親跟團來臺灣玩，在女兒買下的房子裡，沉沉地睡了一晚。大概，也在社區散步過吧。那時，吉野櫻還沒來，社區才住進七、八戶。

母親應該無法想像十年之後，這綠葉成蔭的庭院，滿樹的麻雀。她聽過鍾太太，是越洋電話裡最常提到的鄰居。同樣客家人，老是送菜給我。逢過年還特地燉一大鍋肥滋滋的三層肉送來，屋簷下的兩個人天天吃，吃到年假放完，冷凍庫還有存糧。買點東西給人家。每回母親都這樣叮囑。

入夏之後，麻雀回到開枝散葉的小葉欖仁。麻雀樹，就更像夢了，跟母親離世一樣。

有一天在三樓灑水，側身，卻見葫蘆竹停了隻麻雀。牠在看我。把手伸過去，沒想到牠竟跳上掌心，愣頭愣腦地打量我，眼神那麼單純那麼乾淨，一下看進了我的心。不知人間險惡啊，小東西。麻雀的頭好小好滑。比貓頭小多了。

牠沒走。偏著頭，還是看我。我也偏著頭，看牠。人鳥相望。那一刻，整個世界退得很遠很遠。

母親過世後，第一次，我流下眼淚。

這不是夢，我很肯定。

還是天天看樹，天天煮飯。腳底漸漸有了重量。我得回到日常生活。我家在這裡。

作者簡介

——鍾怡雯（1969-），出生於馬來西亞金寶市，臺灣師範大學文學博士，現任元智大學中語系教授。著有：散文集《河宴》、《垂釣睡眠》、《聽說》、《我和我豢養的宇宙》、《飄浮書房》、《野半島》、《陽光如此明媚》、《麻雀樹》；論文集《莫言小說：「歷史」的重構》、《亞洲華文散文的中國圖象》、《無盡的追尋：當代散文的詮釋與批評》、《靈魂的經緯度：馬華散文的雨林和心靈圖景》、《馬華文學史與浪漫傳統》、《內斂的抒情：華文文學論評》、《經典的誤讀與定位》、《雄辯風景：當代散文論Ⅰ》、《后土繪測：當代散文論Ⅱ》、《永夏之雨：馬華散文史研究》；翻譯《我相信我能飛》。

影色

林文義

和服女子及家僕在盂蘭盆節前後，逐夜暗訪勤讀中的書生，悄靜無人的長巷幽幽，家僕掌燈，繡著一朵大紅牡丹，推開紙門遂是天雷地火的情慾歡愛……那年，我剛滿十歲，目瞪口呆地但見闃黑的戲院巨大的銀幕，那青春秀氣的女子被扯下和服上襟，裸露出纖緻、圓美的肩線以及鼓脹的半球乳房——啊！我不由然張口輕呼，母親的手掌立時遮掩我的雙眼，厲聲警告，冷冽得像那片幽藍的影色——囝仔人，不能看！分明就是女子迷醉般糾纏地扭曲著一張情慾熾熱的臉，紅唇緊閉卻難以忍抑地急促著呼吸，狂吼著郎君之名……欲生，欲死。

囝仔人，不能看！守舊的母親一向堅執她古老的道德觀，不單是電影中的男女情慾，少年成長過程中，嚴禁我登山（會摔死），不准我游泳（會溺斃），更阻止我的行車請求，遂以減少零用金怕我求學歲月騎機車恐生禍端，就在我以插畫、寫作的稿費及在西餐廳打工所儲存的積蓄買了二手的偉士牌，故意騎到母親的面前，她鐵青著臉，半個月不跟我說話。

極端保守的母親，偏偏有個叛逆的兒子，其實而今想來是她一生沒安全感的自我防衛，認命自苦地圍困在狹隘的蒙昧裡，真是辛苦母親了……

不能看。在學校狹隘、闃黑的放映室裡，我首次怦然心動地觀賞日本導演大島渚的情慾電影——名叫阿部定的妖嬈女子最後把男人的性器割了下來……血淋淋地噴灑在她最高潮時，昂傲的美麗乳房之間。女同學羞紅著臉，男同學不知所措，教授先生則點燃手裡慣常的荷蘭石楠木菸斗，氣定神閒地端詳著青春、情熱，已知或不知的學生，深意地結論——這就是電影藝術，就是經典，就是人生。

有時，電影比人生還要真實吧？賈西亞・馬奎斯老年最後一部小說彷彿自我遲暮的投射。九十歲的小說家最後的人生竟是要找到一個十六歲的處女，似乎歡愛極至，死在那青春方綻如嫩花纖草的處女裸體上就是如願的，終極幸福……我在小說改編的電影中邂逅了這份不幸，不幸的不只是純粹的情慾，而是，愛情。

多麼荒寒，無依，悲愴的生命。

川端康成之死，初心是愛徒三島由紀夫的自戕，再者是迷戀作為家務助理，友人的十八歲女兒，示愛未竟，終以煤氣殉命……實情真是如此嗎？另說：諾貝爾文學獎是作家的「魔咒」，未能再突破先前的文學精進，憂鬱、自譴的完美主義者，最終只好抉擇這條悲壯的末路。必得如此嗎？很多年後，重讀川端的異色小說《睡美人》已是在我六十初度的微諳青春遠遁的直覺裡，看完小說再尋得改編的電影，恍然大悟！作家是如此的坦然與誠實……一生忠實讀者的我，含淚地寫下致敬之詩——

詩集打樣的封面單張
突兀包裹古老小說的泛黃
凝凍青春或是隱匿
最初情色的怦然不安

遺忘終究決意尋回
好似索求少年肉體因為
閱讀私密文字逐頁流洄
泛出體液和心之情怯

多麼猥瑣的老人
愛撫深眠的少女
何如放蕩的小說
故作敗德的作者

初夏才行過他筆下的
伊豆四野盛開紫陽花

暗戀的舞娘才十四歲
此時深眠一絲不掛……

枯枝般十指微顫慌亂
裸女似笑彷彿有夢
那麼請教川端康成先生
書寫時是否老淚縱橫？

終於明白無路可出
終究年華印證生命殘酷
詩集封面包裹小說
我初老的哀傷如此突兀

猶如三島由紀夫小說《憂國》，作家自導自演的影片，主題的「二‧二六事件」兵諫事件反而失焦地著重於赴義前軍官與新婚妻子，最後一夜的歡愛……年輕時候初讀林白版，由鍾肇政老師翻譯的川端名著《睡美人》那仰臥的裸女如此情色的封面，正是藝術系出身的詩人沈臨彬的插畫，魅惑而撩人。外出隨身攜讀時，遂以詩集書衣包裹，就怕引致他者注目；三島小說與電影鏡頭如出一轍，形容軍官新婚妻子的乳房如富士山的弧度，櫻蕊般的美麗。

年少習畫之時，深切迷戀安格爾名繪〈汲泉女〉，手執雙耳陶瓶的少女縱是裸身，卻純淨如天使。鄂圖曼帝國年代的後宮粉黛，豐腴如芭蕉，纖美若櫻桃。在家堂而皇之示以母親，她驚呼後怒責，直說汝去學畫，竟然是這般不見笑的汙穢？我盡心解釋這是藝術，母親搖頭哀嘆——脫衫褪褲，不成體統！

很多年後，母親遍行過除了南美洲外的世界各地，那是父親病逝後她哀傷終年的五十八歲。我懇切規勸她就出國散心吧，此後直至八十二歲還讓小飛機帶她繞遊瑞士阿爾卑斯山脈俯看層疊群峰……逐漸老去卻依然時而不忘端整儀態的母親，再也無力外出旅行，終日靜靜地面向電視螢幕，偶爾喃喃自語，我心疼時而播放她年輕時喜愛的電影光碟。母親鍾情於《齊瓦哥醫生》的奧瑪．雪瑞夫及《阿拉伯的勞倫斯》的彼得．奧圖……是啊，彷彿遠溯相與的青春年華，那雙噙淚深情的詩人眼瞳，那金髮藍睛、文哲氣質的英國革命家……母親有著被父親辜負的愛與恨，曾經能夠再去追尋的晚年幸福，她卻彷彿自棄地任其飄散，何以那般安於認命？她說，終究還是放不下對我這兒子的牽掛；是我的任性，一生讓母親憂心……

母子一起看影碟成為某種親近的方式。偶見情慾片段，溫柔或暴烈的男女肉體綿纏、繾綣，反而做兒子的我會有所靦腆、不安；還是憶起十歲那年電影院初見日片《牡丹燈籠》時，兀然見到女鬼和書生的歡愛情節，母親慌亂地以掌遮掩我童眸的訝然，老來的母親反而沉定地稱美，男主角帥氣，女主角嬌柔，今時她最屬意的是：李察・吉爾，直說那灰白髮色好看。

有次剛推開家門，母親呼叫我快坐下來看HBO正在播映的電影——怎會這樣？爸爸竟愛上兒子的女朋友……她驚呼的形容。我慢條斯理地彎入廚房，冲泡了兩杯咖啡，而後閒適地與之同座，影色如此曖昧而迷情，女主角纖美的裸體與男主角的暴烈襲奪形成一個高難度、猶若瑜伽的姿勢（往後我在李安電影《色戒》見及湯唯和梁朝偉的歡愛一幕，彷彿依稀如同），吮吻、揉搓、啃咬……哇！害啊害啊，他兒子上樓了，撞見怎麼辦呢？母親激動了起來，比電影中人還焦急。只見兒子滿臉愉悅地回家決意稟告父親，要和心愛的女友緣訂終身的喜訊，推開二樓房門，無比殘酷地驚見：論及婚嫁的最愛女子與父親裸體合一……

情慾的終極竟致心碎的兒子跳樓，偷歡的父親不著片縷地奔出，緊擁傷逝的兒子的遺體，哀嚎震天動地！片尾悲戚得靜默無聲，身敗名裂的外交官父親自逐異國，在機場的某個轉角，驀然看見那錯愛的女子牽著小孩，伴隨丈夫，幸福滿溢地輕快走過。

唉——哪會按呢？母親搖頭，與之同悲。

好的電影，連情慾都轉折著人生的不幸。壞的電影，對於情慾反是絕對的冒瀆及折損；近觀某一宣稱舉世熱銷的外文小說改編的電影，看到半場，幾乎難以忍受地想奪門而逃。剛畢業的大學女生，惑於高富帥，寧為性奴隸，最後渴求真愛不得，悟而告別……情慾本人性，不必偽道德，但見此一電影之劣先於小說家假以譁眾取寵的惡念，電影則是極端造作、虛矯，傷害應是好演員的女主角徒裸肉身。

你情我願的真愛相許，再情慾還是非常美麗。

作者簡介

——林文義（1953-），臺北人，著有散文集《遺事八帖》等四十四冊。小說集《革命家的夜間生活》等六冊。詩集《顏色的抵抗》等二冊。漫畫集《逆風之島》等七冊。獲二〇一二年臺灣文學獎散文金典獎、二〇一四年吳三連獎（散文類）文學獎。近著《30年半人馬》、《歲時紀》、《最美的是　霧》、《夜梟》、《二〇一七林文義：私語錄》。

2015

漂流的星球

袁瓊瓊

記憶是非常個人化的東西。我們自以為正確的記憶，時常是經過虛飾和扭曲的。關於我的眷村記憶，亦復如此。

數年前，我回到眷村裡的舊家。距離我十五歲離開這裡，已逾四十五年。

這四十五年中，我始終記憶著的，我從四歲生活到十五歲的這個家，在這樣長久的歲月中，並無改變。我父親親手砌的圍牆，牆頭的鏤空花磚，紅色的對開木門，院子裡的橢圓形花圃，水泥小道，甚至我父親手植的茶花……

一切保持原狀，這原狀與我的記憶密合到不可思議的程度，甚至連茶花，都並沒有長得更高或更大；時空在此以奇妙的狀態重疊。身在過去的空間裡，我迅即回到從前，成為當年的十五歲女兒。當年之所以離開舊家，是因為父親去世，而返來的女兒，已經比當年逝去的父親年紀更大了。

在記憶裡，這棟狹長的屋子，分割成四間小房，我十歲的時候，父親在屋後加蓋了一間自成門戶的大房。這間房子最初是父母親居住，後來為了貼補家用，租給附近大學的學生。其中一名後來成為我父母的義子，直到現在仍有來往。

這房子後來在我的第一部長篇小說裡，被回憶和描繪。無數情節在這房子裡進行，我在小說裡建構我的回憶，借給書中人使用。整整一年，我的舊居成為心靈之家，我和我的角色在其中進出，我的記憶完整而且鮮明，而且，我以為是正確的。

這次回到舊家，我發現存在我記憶中的，後院的屋頂陽臺原來是不存在的。並且，不是四個房間，是三間。我同時面對了我記憶的不正確和符合著我的記憶的現實。而我的記憶，究竟是以什麼標準來扭曲我的過去呢？存留的是為什麼被存留？而遺棄的又為什麼被遺棄呢？

關於眷村的記憶，或者說，一切在歲月中被中阻的事物的記憶，我想都有這個問題，所謂的真實，往往只是有限的真實。而每個人又各自擁有不同的真實。

我對眷村一直有種浪漫的親切和孺慕，可能跟我尚未成年就離開眷村有關。那種年紀看世界是透過自己的生活狀態去看的。我自己的原生家庭幸福美滿，父母親給的關愛比限制多。我沒吃過眷村生活的苦，只享受到眷村生活的好處。做任何事都有同伴，那時候好像任何地方都會有村子裡的人。你認識他們，他們認識你。這認識而且不是只對你個人，是包含你的父母，你的兄弟姊妹，你的背景。因為生於、活於眷村，我們從小就不是NOBODY。在那樣的年紀，我們覺得「全世界」都認識我，而我也認識「全世界」。

成年後遇到了一些人，聽他們講起眷村，發現他們體認的眷村和我的認知不一樣。有個朋友是這樣形容的：「眷村是長了毒瘤的母親。你不能不愛她，又不能不恨她。」與我母親談舊事，很奇怪，她的回憶與我完全不同。她對眷村的回憶不盡是美好的，並且充滿了不堪和痛楚。

眷村的生活沒有距離，對孩子而言，我們像是同時擁有許多的父母親與兄弟姊妹，我們常常吃在別人家裡，睡在別人家裡，自己的事被當作眾人的事，可以向每個人求助。但是對大人而言，這種生活表示沒有隱私。眷村裡串門子是隨時隨地可以行之的，家家門戶大開，除了晚上睡覺，沒有人關門。甚至也有人晚上開著門睡。我小時候最有趣的回憶之一，就是在中午大人打中覺的時間，跟小夥伴一家一家跑去看人睡覺，那真是千奇百怪，無奇不有。我樂趣的來源，卻也是許多人最大的痛苦。眷村最多的是流言，每一家都有真實的和捏造的故事。大家在茶餘飯後傳來傳去，加油添醋。而傳言往往又反轉來影響生活。在眷村裡，萬一不幸成為了被評估的對象，日子是非常難過的。而村裡的三姑六婆最大的生活樂趣就是散播流言。

這種生活氛圍跟某些臺灣小鄉鎮相仿。但是眷村的不同是人與人之間因為財產或地位所產生的階級來不及建立，又缺乏對於土地的共同感情。眷村裡人從四面八方來，除了別鄉背井，一無所有，全無共同處。而一無所有又容易產生一種悍然的理直氣壯，因為沒有什麼會失去。眷村的人全都失根，被截斷了移植到他鄉，某種程度的扭曲和變形幾乎是必然的。眷村子民的「無著落」感，可能要幾代才能夠消除。我們之所以強，之所以弱，其實都由來於此。

而悲哀的是，這是獨一無二的命運，從前沒有過，未來不會有。因此，眷村的經驗既不能承先，又無法啟後。眷村子民存在於歷史洪流中，每個人都是漂流的星球。

我不知道中國的千年歷史中有沒有過類似的事件。超過百萬人口的大遷移，與任何朝代的囤墾或移民不同的是，這群移民者是被迫來到中國最南邊的這個海島，並且渾然不知他們永遠不能回家。

一九四九年十二月七日，國民政府將行政院由四川成都市遷往臺灣臺北。這是最後一個由大陸撤退的政府單位。這個動作正式宣告了大陸棄守。從民國三十六年起陸續來臺的所謂「外省人」，在這一年年底，達到了百萬之譜。這個數字，包含了隨政府來臺的六十萬官兵，公教人員，以及這一大群人的眷屬。另外極少數，不到百分之一的平民人口，多半是來臺經商，工作，或來臺遊歷，卻在一九四九年末，發現故鄉正式對自己關上了大門，許多人不及告別，便永久與親人分離。

這一群渡海來到臺灣的人，被稱為「外省人」。雖然其間也不乏帶著金條遷臺的，但多數是軍公教人員，俱都身無長物，吃住都是問題。幸運的人被安置在臺灣各地臨時搭建的房舍，配不到住處的人就只好自己設法。我母親是其中之一，那時候她十九歲，挺著大肚子，借住在新竹鄉下的農家，晚上就打開軍方發放的行軍床，睡在屋外。

母親在南京長大，幾乎不曾經歷過農村生活，這時候在陌生的環境裡，周圍全是陌生人，講的是她聽不懂的語言，而我父親那時還不知是死是活。她當時的懼怕與缺乏安全感，應當也是多數那個年代來臺的「外省人」的共同感受。然而母親算幸運的，隔年她生下了我，父親也隨著最後一波部隊的撤退來到臺灣。軍眷多數跟著部隊走。我的父親和母親，可能在軍隊移防時待過臺灣的不同鄉鎮，之後，落腳在臺南。

暫時安定下來的這群「外省人」，又生了一大群「小外省人」。男孩多數叫「臺生」，女孩多數叫「臺鳳」。這群日漸增生的人口，一直流離散居在軍隊駐紮地的外圍，或者是學校，或者是寺廟，甚至自行在空地搭建棚屋暫時容身。一九五六年，蔣宋美齡發起「軍眷籌建住宅計畫」，她指示婦聯會向民間籌款建築眷舍。六個月裡募到了六千萬臺幣，以當時饅頭一毛錢兩個的物價來估算，可謂巨款。這筆錢一共蓋了四千棟眷舍。落成後全數捐贈國防部，由軍方統籌分配。

這個計畫持續十年，到一九六七年第十期工程結束的時候，一共建成三萬八千一百棟眷舍，分布在十一個縣市。這裡的「棟」指的是一整排房子。通常一棟會有十來戶。粗估一下，算房屋單位，大約四十萬戶上下。近年的統計，全省的眷村一共有八百八十八個。可能在一九六七年之後，便不再有新建的眷村。但是眷村會自行「增生」，每家每戶，只要有能力，就會加蓋，延伸自己的前後院，或者在平房上加蓋小樓。眷村在後期，幾乎完全脫離原本規畫的統一和規則的「原型」，成為奇妙的建築型態。而不可思議的是，全省的眷村，「變形」之後依舊非常相像。這麼一大群不同省籍不同背景，不同教育程度，不同性情的人，被放置在一塊，共同生活多年之後，居然也就有了相同的思想，相同的審美觀，相同的人生態度。不能不說，群居的影響力可能超過血緣，超過種族。

眷村興建的目的是臨時安置，不考慮長遠。最初的建材只是灰泥和木頭，我記得小時候常常在牆上挖洞，每次被罰站面壁，就會對著牆挖洞，指頭摳摳就可以挖出來。不過後來改建成磚牆，就沒辦法了。眷村多半是一家挨一家，大有可能每一家都有洞。群居生活，偷窺是生活內容之一。幾乎到處都有神祕的洞，公共廁所裡，幼稚園圍牆，兩家隔間的牆。平常就明目張膽地用紙頭塞住，偷窺完了，那位「神祕眼」的主子也會敬業地把紙頭再塞回去。那些在洞眼裡微微露出的紙角，既帶有刺激性，也帶有暗示性，或成為某種識別記號。

眷村無論規模，形式都非常相像。可能只有軍種之別。父親是陸軍，我們住的是陸軍眷村。所有的房子都漆白灰，木頭牆柱露在外頭，外牆也一樣，不過木頭會漆成綠色，陸軍綠。眷村裡唯一的色調，就是這種清鮮的草綠色。以及刺目的鮮紅，多半是漆在大門上。全都是平房。一律長方形，一間間緊鄰，同棟的住戶共用前後院。後來為了劃分地盤，有人用竹籬笆跟隔壁戶劃分界線，之後大家學樣，一一用竹籬笆來做圍牆。「竹籬笆」也就成為眷村的代號，提起「竹籬笆」，人人知道談的是眷村。竹籬笆牆的象徵性比功能大，因為多數不高，兩隔壁站在籬笆前對話。只要稍抬下巴，就可以面對面。籬笆牆不密實，沒什麼隱私可言，真要看什麼，透過竹籬隙縫，照樣看得清清楚楚。

這是早期眷村模樣。後來大家經濟情況較好，家家戶戶開始裝修，給自己修紅磚圍牆，還有紅色木頭門。景況特別好的人家，則給紅磚加刷灰色水泥，多半比鄰舍的牆要高，牆頭上還插碎玻璃。早期眷村裡房舍分配並不以階級為唯一標準，也考量眷屬人口的多少。理論上從分派的眷舍大小是看不出階級的。然而法令歸法令，人性是另一回事。那大體一樣的眷村房舍，到後來，按照戶長賺錢能力的高低，依舊分出了階級。

所有眷村的基本配備也都一樣，無論規模大小。一定有個大門，這「大門」其實沒有門，只是兩個兩公尺高的長方水泥柱，分列兩旁。上面寫村名和落成日期。一條大路就從村子大門直接通往村內，從村子的正中央切過。大路旁，靠近大門附近，有兩大主要設施，一個是村長辦公室，前面有個大廣場。另外就是幼稚園，幼稚園有軍方聘請的老師來教學齡前的孩子，說是上學，其實是托兒。當時的軍眷婦女要忙的事還滿多。我記得小時候我媽常常到幼稚園去，跟一大堆鄰居媽媽們圍坐著勾髮網，好像還縫些什麼。幼稚園因為有操場，學校裡還有禮堂，眷村媽媽們時常在幼稚園活動。後來天主教進入眷村，幼稚園的禮堂又兼做了禮拜堂。

眷村是很奇怪的環境。村裡的人來自四面八方。村子裡充斥各種省籍的鄉音。國民黨來臺，第一件事便是統一語言，學校裡要講國語。許多臺灣土生土長的孩子都吃過這種虧，因為不會講「國語」。事實上，我們外省孩子真正占到優勢的人也不多。我父親是四川人，在家裡聽慣了四川話，初入學時，老師說的話我聽不懂，我說的話老師也不大懂。眷村裡的「國語」其實不標準，各種省分的口音都雜了一點。我認為眷村裡是日久天長之後發展出了一種融合大江南北的腔調，以北京話為基礎，但是加入了一些各地方言裡獨有的俚語。眷村的「腔調」是學不來的，一開口，同樣來自眷村的人立刻會分辨。眷村的人也有相同的氣息，甚至相同的相貌，如同某種基因密碼，只有同類的人才能分辨。

眷村某種程度是封閉環境。每個眷村都自成一國，只與其他的眷村來往。眷村子民的生活版圖就是從這個眷村到那個眷村。整個臺灣省，似乎其他的地方不存在。我們多數生於臺灣成長於臺灣，求學時跟臺灣人同學，但是早期的眷村孩子，多數不會講臺語。要直到第三代，臺語才進入眷村，成為鄉音之外的第二種語言。會這樣，跟許多眷村第二代娶的是本省老婆有關，也跟外省人的沒落有關。許多人在社會基層討生活，必須要使用庶民語言。

眷村是軍方的附屬單位。只是管制不那樣嚴格。我小時候，村子大門口還會站衛兵。聽說別村不是這樣。可能是因為我們村子裡有大官，砲兵學校校長的官舍也在村子裡。孩子們上學，軍方有交通車接送，隨車還指派士官長管束孩子。每個月兩次發放油鹽米麵糧食配給，也是軍方大卡車開進村裡來。生了病，是去醫護所讓軍醫診治，連娛樂也是軍方包辦，文康人員會來村子裡拉起白布放電影。有時藝工隊到軍區演話劇。我們可以跟著父母親到軍營裡去看。每年砲兵學校校慶，開放軍區，我們就跑去看那些大砲，坦克車什麼的，在軍營裡跑來跑去，還有人發點心給我們。

因為副食配給照人口發放，孩子越多，配給就越多。副食券如果用不完，還可以折現。可能是這個原因，眷村裡的孩子家家都生得多。我們村裡有生到十三個的。家裡空間不夠大，大人就趕孩子到屋子外頭玩。在眷村裡，只要是玩，不愁找不到人，我們玩的遊戲一大堆，官兵抓小偷，騎馬打仗，跳房子，玩彈珠……整個眷村就像最儉樸的遊樂園。

眷村每一家的格局都差不多，生活習慣也差不多。我們對別人家就像自己家一樣熟悉。我們玩捉迷藏，會直接躲到別人家裡去，藏在床底下，或躲在簾幕後頭。大概也看到些不該看的事體，不過小孩不懂那些，似乎對於我們的心理也沒什麼不良影響。

後來看到一篇寫眷村童年的小說，作者小時候跟朋友常玩的遊戲是到鄰居家「串門子」。這串門子不是形容，完全是具體行為。一群孩子會從這一家前門進去，後門出來，再繞到另一家，同樣的，前門進去後門出來。每一家的景象大同小異。大人要不是在打麻將，要不是在睡覺。他們這樣「遊行」的時候，大人如果正忙，多半懶得搭理。我自己沒幹過這種事，不過想必在我們村子裡也是行得通的。

眷村的個人經驗，都不免會成為共同經驗。一九八三年，侯孝賢朱天文編劇，陳坤厚導演的《小畢的故事》，描寫的是眷村的叛逆少年小畢，成天跟壞朋友到處找人打架，砍砍殺殺。最後氣得母親自殺。死了母親之後，悔改的小畢去念軍校，成為一個好人。一九八五年，導演李佑寧拍了《竹籬笆外的春天》，鍾楚紅和費翔主演。鍾楚紅演一個眷村女孩，漂亮，愛玩。跟小飛官戀愛，懷了他的孩子，結果小飛官卻摔飛機死了。她最後跑到臺北成了「Bar Girl」，在那個年代，是差不多等同妓女的行業。

《小畢》與鍾楚紅飾演的那個角色，在眷村裡非常典型，幾乎每個眷村，不分軍種不分南北，至少都會出一個。小畢這類的男孩，叫作「太保」，鍾楚紅飾演的那種女孩，叫作「太妹」，這兩個稱謂就代表了所有的不成材的孩子。而太保如果沒在未成年前被殺死的話，救贖之道是上軍校。太妹的下場是陪酒賣笑，這也是事實，不光是電影編的。

眷村裡的外省第二代，分流到兩個方向，一種是極為優秀，一種則極為頑劣。優秀的孩子，父母親多半管教甚嚴，除了上學就是回家。念到了大學畢業就出國留學。早年臺灣大環境不佳，軍人的生活困苦，薪資極低。然而竟培養出那樣多的留學生，想來不可思議。

好孩子出了國很少回流。眷村的繼承者結果便是那些當年沒念好書的孩子。他們或者「力爭上游」，加入了黑道。或者安於平凡，在社會底層討生活。眷村逐漸成為社會邊緣人的聚集之地，所有被社會拋棄或鄙視的人，原住民，老兵，貧民，無業遊民；近幾年是外勞，外籍新娘，這些人隱藏在眷村的紅磚牆間，被忽略，也被遺忘。

作者簡介

——袁瓊瓊（1950-），祖籍四川眉山，出生於臺灣新竹，專業作家及電視電影舞臺劇編劇。一九八二年赴美參加愛荷華國際寫作班。最初以筆名「朱陵」寫現代詩，繼以散文和小說知名。曾獲中外文學散文獎、《聯合報》小說獎、《聯合報》徵文散文首獎、時報文學獎首獎。已出版著作涵蓋小說、散文、隨筆及採訪等共計三十二種。《自己的天空》並入選「百年千書」。有三十年以上編劇經驗，戲劇作品散見臺灣與中國大陸。曾入圍金馬獎最佳編劇提名。

媽媽一直認為我不愛她（她不知道有一種愛，太燙了，因此必須鬆手），我想是因為我們出門走在一起時，很少拉手。因我以前很怕她，怕成習慣了，她就像我筆下的天可汗一樣，因此過往畏懼其威嚴而不太敢握。她脾氣來時擋不住的，將我的畫作往外丟，連罵我幾個小時而不疲憊。不過母親生病後，她的這些暴怒都指涉我的任性，我的任性其實才是點燃母親怒火的導火線，或者該說我們太不相同，她務實（現世安穩的存錢觀），我務虛（神佛的未來世界）。

以往我畏懼她的記憶老是鎖碼在沒有上班與沒有結婚的女兒身上，後來她眼睛差了，雖然常握著她的手，但心理上不是撒嬌，比較偏向是功能性的導盲犬，怕她摔倒，怕她走錯方向，怕她黑暗無助，怕她感覺孤單。當時我這隻母親的導盲犬其實比較是盡義務地對她效忠，在心境上仍對她懷有恐懼，仍是怕她不知何時會生氣。秋老虎何時要咬我一口仍未可知，不歡而散的場面也不時發生。

我有時候會想，母親會那麼容易生氣，會那麼氣著某些族群，是否她在外頭被欺負了，是否她離家那幾日發生了什麼事情？誰這麼大膽，敢在太歲頭上動土？或者母親為了賺錢，鋌而走險？這些話，當時在囍門咖啡座不敢問，現在也將隨著她的失語，塵封冰山。

寫作的筆刀，固然可以發揮想像力，但那是小說介面的，於今動員想像之於書寫母親的生命是毫無意義的。

因為母親的一生總是和現實搏鬥，想像是小說家的事，她不屬於我熱愛的世界。

晚年的天可汗力道漸失，脾氣竟好多了，這使我們有和往事喝杯茶的和解契機出現，也就是囍門咖啡座的約會時光。

不斷叮咚叮咚的囍門咖啡館，母親念英文的7，聽起來就像「囍門」。以前年輕時老幻想在島嶼的盡頭或者海邊開一家咖啡館，想的名字無非是什麼霧中風景或是優雅的狀態之類的電影名字，和囍門如此清晰意涵的名稱不同。

日本最酷的導演北野武曾說他對父親最美好的記憶是父親帶他去看海，因此他的電影常出現大海。

我對母親最美好的記憶是我們在囍門咖啡座談往事，吃小時候她捨不得買的零食。

全臺如此密集的7-ELEVEN，唯獨這一間標記著近幾年我和母親的相聚座標。

那時我每週幾乎都會帶母親到超商喝咖啡，有時一週兩三次，尤其沒出國沒活動的週日時光。眼睛昏暗的她喜歡聽見「歡迎光臨」、「謝謝光臨」，在母女都靜默的時光，她清楚地細數著叮咚的次數。泰半時光我都是個聆聽者，聽她對我的抱怨：抱怨我沒錢，抱怨我沒結婚，抱怨我寫的文章沒有多少讀者，抱怨我個子不夠高（嘆，這不是有她的基因……），抱怨我常四處趴趴走，抱怨我常心太軟（卻唯獨對她硬……）。如果她現在能繼續她的抱怨該有多好，原來母親的話要當寶，原來母親的話蘊藏著幸福之喜，為何我在佛前發了那麼多的大願，卻沒有發願她可以對我一直說話、一直抱怨下去。

那時我和母親在超商常遇見饅頭人與詹姆士，熊大與兔兔。

這些可愛之物，原來可以解憂。但我在母親面前總是裝酷，總是穿著她最不喜愛的所謂禪風氣質裝，黑灰白，自以為超凡，其實也是媚俗。

當時母親的眼睛就幾乎只剩下左眼零點幾的一丁點視力了，而右眼則幾乎無法恢復光明，但母親耳朵卻仍好，腦筋也十分清楚。歡迎光臨，謝謝光臨，這樣的擾人聲音，聽來卻極其可喜。在超商附設的位置喝咖啡也很好，隨時可以採買零食來吃，買個一兩百元擺在桌上看起來就像是大戶了。

通常拿的零食都是海苔五香乖乖小泡芙夾心餅乾……都是我愛吃的，母親每嘗一口就說好吃，有回還抱怨她自己來買都沒有我挑的好吃，一問才知道原來她眼睛不好，買到的根本不是五香口味，而是椰香口味的。後來每次要離開超商前，我都會多買一兩包給她帶回家。

超商附設的咖啡座，耳聽庶民聲音，比如有一家人超怪的，總是半夜帶著兩個小孩一起來超商買零食吃，我帶電腦來的每一回幾乎都遇見他們。頂多是七、八歲的孩子半夜不睡覺？而且看起來像是大樓鄰居各自帶自己的孩子來聊天，像是單親爸爸與單親媽媽，兩人聊的話題都是想湊成雙，孩子卻不買帳，一個像過動兒沿著架上的分隔走道，在整間超商的貨架間奔走。

記得母親第一次來超商購物時，每一件她都說好貴，以前柑仔店便宜。更遑論跟母親去超級市場購物了，她簡直看傻了，尤其是對罐裝的嬰兒食物，每一個小玻璃罐上頭貼著肥嘟嘟的嬰兒食品，她看著老說以前差點把我養死了，因為忙到忘了餵我吃東西。都是鄰人提醒她說嬰兒看起來好像奄奄一息了。

每回來囍門咖啡館，大概都會消費兩三百元，她喜歡把所有的零食擺滿桌子，好像這樣我們母女占用四個人的位置且坐了有點時間就不會不好意思了。

我的咖啡館現在變成母親新居旁邊的超商，八里住家後面終於有超商了，等了十多年，等到了母親，等到了她的囍門。但她再也無法喝咖啡了，無法前來了。即使很費力地把她搬上輪椅，把她推到囍門，以她的個性如今此模樣，她也不想去。

「囍」門成單，化為「喜」門，成了我的映照。但喜從何來？如果能將吃苦當消業，或許承受得住這樣的苦痛，佛家的隨緣消業，原來如此務實，如此指向未來。若非如此，色身如此難堪，每一秒都是漫漫如斯，難以橫渡長夜。

只剩我一個人的喜門咖啡館，沒有太多的零食了，只有幾片餅乾和一杯咖啡一臺電腦，想著母親的一生，想著許多朋友的母親，想著那些身體好好時卻總是過度勞累不知休息的父母們。

那些光燦或者腐朽的故事，牽繫著許多孩子。母親的背影，勞動的背影，起身彎腰，彎腰起身，背景是整個雲嘉平原的綠意，以她的童少青春的汗水所灌溉的田園牧歌，現在已經成為一間醫院，一所科技大學。甘蔗田的熱帶滋味，竟如此苦澀。

我們曾在這個感情座標如此庶民之地談著往事的幽影，我們母女倒覺像是童年的雜貨店，架上到處是食物，此是母親可以接受的消費地，文青雅痞常去的咖啡館，不屬於母親。她喜歡明亮的所在，她喜歡聞到食物的氣味。

現在我聽到叮咚聲音和屬於超商特有的氣味時，內心都會萌起一股莫名的疼痛。

我從不知道我會如此懷念和母親在這裡的定期約會，深深懊惱著以前總把約會時光浪費在最終會離開我的男人，甚至以為的深刻友誼最末也讓我腹背受敵。只有朋友才會背叛，只有戀人才會不相愛。而母親不是朋友也不是戀人，她是永恆的存在。

我寫下這樣的字句時，母親已然不再和我約會了。我們最後出現在這家再平凡不過的超商時間是二〇一六年一月一日的午後時光，新年。

那回我照例在前一天晚上答應她隔天會回家，回到家時卻見她在沙發上睡著了，我的開門聲使她醒來，帶點驚醒的樣子。我現在回想，那時她已經常昏睡了，而我們都不知道那是疾病訊息。

生命有預感，母親彷彿知道自己將來會失去話語術似的，在她失語之前：我感覺媽媽在告訴我「要『珍惜』，不要浪費時間在不值得的人身上」。依循著暗示，我和母親開始了「囍門約會」，在小小的附設咖啡座中，母親告訴我許多沒有向人傾訴過的故事，那些黑夜暗影的不堪，或者母親說得非常滑溜的俚語。有時她說到有趣時，我會從包包拿出紙筆，簡單記述一下，媽媽見狀都嗔說，唉，連這個妳也要記。但說的時候滿臉都是笑意，她感覺自己還很有用，可以說故事給寫作的女兒聽。

和母親聊天，是近年養成的習慣。那是一間開在母親老舊公寓附近的超商，走出母親公寓的小巷子，就是一條通往高速公路的大路，因而超商開得頗大，靠窗和裡面都有兩排位置。我和母親喜歡坐在窗前，可以看見街上人生，又可見到店家人來人往，聽著叮咚叮咚、歡迎光臨、謝謝光臨，好像我們母女是定點觀察員，在超商耳聽八方。母親聽著，卻轉換成數字，直說這家生意可真好。

在臨靠窗的大路，車水馬龍，母親望著窗外不禁說起通往南部的這條高速公路，母親不僅常在這裡搭上遊覽車，更聽她說起年輕時鄉下許多親眷曾參與興建這條路，有了這條高速公路，省道那彎彎曲曲的南北之路就少走了。光是說起往返這條路，母親就有很多的故事。

去接我上來，去接姊姊上來，母親南北往來很忙碌。我記得童年每回都被母親一個人孤單放在老家，我印象裡都是見到母親才破涕為笑。母親最愛拿我童年哭哭泣泣痴盼她歸來一事說說，尤其是我離家很遠時，她就會說妳以前那麼愛看見母親，怎麼長大卻老是離開我？

往事如流水，而耳邊依然是叮咚叮咚，歡迎光臨，謝謝光臨。

那時母親好像忍很久似的終於開口問我，他們怎麼一直在光零光零地說著。什麼是光零？我噗哧一笑說就是歡迎妳來啦。真多禮數，她笑回。

柑仔店妳記得否？她問。

母親問的是在鄉下的那間柑仔店，姑婆開的，其實就是一些菸酒餅乾之類的小店，我的幼年時光，姑婆的柑仔店是整個村莊最亮眼的所在。從祖母廳堂往稻埕直直走去，迎向一片綠意稻田，小路往右拐，就是姑婆的柑仔店。姑婆會給一些餅乾糖果，永遠都不用給錢。

我一直以為那是免費的，把姑婆笑翻了，說只有我才可以不用給錢。母親後來聽姑婆轉述也笑著說，每個人都免費，伊的店早倒了。

在我還沒離開這個家之前，我幾乎是專門跑雜貨店的小廝。母親的醬油鹽巴味精米酒香皂雞蛋罐頭蘆筍汁沙士……父親的香菸打火機紹興高粱，但我去採買時是如此地不情不願，因為那間雜貨鋪的兒子是隔壁班的同屆男生，我要吐出要買的事物總是有點困難，特別是為父親採買，對方大概也認為我父親是個酒鬼吧。我當時就想如果我能靜默地自取，然後結帳不知該多好。可惜父親等不到鄰近巷口開超商他就離開他以菸酒組合而成的微小世界。靜悄悄地來，靜悄悄地走，只餘那間柑仔店成了紀念父親之地，隨著柑仔店關門，接著超商開門，記憶轉換成母親上場，不再羞於啟口，不再有時間限制。

除了聽覺忙碌，還有嗅覺也一直更替，泡麵關東煮微波便當咖啡飄香蒸熱牛奶……我和母親的小小桌上有如大富豪，擺滿了飲料零食，彷彿我們準備談至天荒地老。但其實都只是短短三、四個小時，坐到有點不好意思，或者坐到我得去寫點東西了。沒有一次見面母親說要先走，每一回都是我先看著錶，然後母親才說妳要忙就去忙吧。聽她這樣說，我就會多待一會兒。但無論如何延長時間，終是得離開母親了。有時候母親會善意地說，妳在這邊寫東西，我又不會吵妳。怎麼說就是捨不得我離去，但寫作是一項個人的祕密儀式，黑魔法似的降靈大會，即使我寫的字於母親是天語，不怕被她讀到，而是氣氛不對，感覺不對。尤其母親那一雙牢盯著我的眼神，如焚燒我的熾熱火光。

強者母親，嘴巴不求饒，因此對於我說「不」的回應總是故意顯得淡漠。這種淡漠讓我看了反而難過，我於是就想，算了，寫東西也沒什麼要緊，再拖點時間交稿就好了。但繼續留下來的時光，通常也是有一搭沒一搭，萬一不慎碰觸地雷，那就慘了，反而以怒氣收場時，我就懊惱剛剛應該見好就收。

地雷是母親碎念我穿衣服不搭不七或者不存錢之類的現實問題。除此，禁忌的話題可以談，但母親幾乎不談關於她的傷心處，尤其是失子這件事。

母親失去孩子是我還沒出生的事了。

失去孩子的母親，母親從來沒有訴說她的痛苦，一句也沒有。

在超商密談的咖啡時間，母親談剛出生就失去自己的母親、談當少婦時失去了最愛的弟弟、談之後的幾場失去，失去丈夫失去自己的父親失去自己的哥哥……但母親不提的失去有兩種，一種是她覺得不值一提的，其中以我的祖母為最，因為祖母的離世不是她的失去，是她的獲得，婆媳恩怨終於畫下句點。問母親何以如此怨懟阿嬤？她無辜地笑說沒有因哪有果，那妳要去問伊，為何伊這麼看不起我？為何她總偏心？妳難道忘了妳每次回鄉，她都沒有主動叫喚妳吃飯，但卻一直親切地叫喚著妳大伯的孩子們。說起祖母，母親總是心口頓起大火，沒有一回不難過。但我記得祖母因癌症住院時，母親常帶上我去探望她。印象最深的就是祖母的手臂到處都被針孔扎得瘀青，老人家血管太細，找不到血管，四處烏青。母親當時頗為心疼，她也感到一股同理似的心疼。母親在醫院也遭逢祖母過去生病的光景，我見也有痛感。會打針的護士一針就到位，不會打的，把母親的整隻手拍得紅通通的仍找不到血管，就是找到也打不進去。

歲月流逝，以往和母親喝咖啡時，我看見母親的身體正逐漸衰老，那時我心裡有個感覺，在這裡的約會，將會是我和母親最終的和解之地。整座城市都是我的咖啡館，或該說整座咖啡館都是母親的故事館，她輕描淡寫說的往事，卻常在我心海投下炸彈似的回音，彷彿打撈古沉船的寶藏，沾染著青銅色的發黃時光。

在咖啡座上聽母親說話，聽母親的每日一句：要嫁水尫出人眾，毋嫁金銀歸（全）厝間。寧可沒錢，也不要生到傻囝仔。好運得時鐘，歹運得番火殼。有錢阿姑半路接，無錢阿姑譙到壁。這句話母親是說給我聽的，她說妳將來別讓妳姪子看不起妳，沒有錢的姑姑連姪子都不理。

超商時光是母親說故事時間，超商時光也是偷聽別人故事之地。比如咖啡座旁一對母女，母親一直跟女兒說，現在的男人不可靠，女人現在要學聰明，沒有麵包就不要在一起。女兒說男友現在開的是跑車，住的是一千多萬的房子，薪水十幾萬，和他出去買東西從來沒有看他考慮過價錢，和他出國去的旅遊地都要花上十幾萬元的，他公司拿到的合約也都是幾百萬以上的……妳還想要知道什麼？我都告訴妳了，我每回接他的電話妳都不高興，妳還要我怎樣。

那個母親聽了女兒說的話卻愁容滿面。女兒繼續愛理不理的，覺得母親不了解她。母親依然苦口婆心地繼續說著這社會啊，男人啊，愛吃時苦苦追，吃後嫌奧貨。好啦好啦，不談啦。那妳要買的保養品，媽媽幫妳出錢，不然妳沒錢。那個媽媽心軟了。

這對母女好像我和母親。

母親之前提起我的前男友也曾是這樣。又怕我傷心，又想搞清楚狀況。

算了吧，最後總是這樣結束。

現在，我好想跟那個女兒說，媽媽的話要聽！

超商時光，隨身帶著小筆記本，記錄每次母親說的有意思故事片段或者俚語。就是因為聽了母親說許多故事，才深深感到我原來寫的小說不過是她生命裡的冰山一角。

超商時光更像是和解時光。

我們和往事下棋，有時是我理解她，有時是她理解我，有時是她問我話，有時是我問她話。但畢竟是我理解她多，她對我還是有很多的不解，但我本來就沒有要她理解我，我只盼望不要誤解她對我的愛。還有我必須解開她曾對我的語言傷害，她一貫的語言銳利。我和母親還有一個和解是她突然有幾回問及我過去一段感情，那也是她唯一知道的一段情，因為被她撞見。那是一個高大的男生，是我小學同學，母親頗喜歡他，但他後來移情別戀，搞失蹤。母親以為他傷我甚深，因此問得很遲疑。然我早已把他放水流，只因是小學同學，所以偶爾還有些牽扯。母親非常關心地詢問，且為我打抱不平的姿態頗感動了我。因母親問了我關於這段情非常細節的事，我感受到她疼愛我而湧出的源源不絕的同理心。因為談到感情，我聽著母親竟說起過世非常非常多年的父親，母親暗夜流淚的淒涼瞬間勾痛我的血肉。但母親接著說出口的言語卻嚇到了我，母親說年輕不懂事，早知寧可嫁給外省郎，也好過嫁給妳老爸，伊係無路用的尪。

以前我頂多聽母親說父親如何沒有責任感，他如何沉浸在自己的世界而不管母子的生活，如何抽菸酗酒……但從沒聽她說這麼重的話，否定過去，否定父親。在母親的時代是寧可剁給豬吃也不嫁外省郎，但阿姨也嫁外省郎，後來母親覺得阿姨比她好太多了，阿姨領軍人薪俸至今，可能因此讓她有此想法吧。但當著女兒說出這句重話，仍是夠嗆的。嫁給妳爸和婚姻死亡差不多，她又補充一句。原來，母親需要和解的對象不只我，更多需要和解的是來自父親。

在囍門咖啡館，和解的號角響起，自從母親的話語流淌到我的心海後，那曾經隱藏在心裡對她的怨懟，不僅因之理解，且得以昇華。我心疼地聽著，眼神以一種感謝的淚光回應著她，母親看出我掉淚了，她問我哭什麼？我搖頭，只覺傷心。母女一場，她的苦痛如此巨大，我卻把她一個人留在原地多年，自許天涯海角是家，流浪經年，忘了她的擔憂。

母親不知如何安慰我，只說要堅強，自己種一欉，卡贏靠別郎（自己種一棵樹，好過依靠別人）。她的手揉搓著超商的衛生紙，因我的流淚而不知所措，我擦乾眼淚，對她微笑點頭，用紅濕的眼睛盯看著母親新紋的眉毛，如黑色羽翼的堅定，黯淡的渾濁眼珠子露出慈祥的微光，很奇特的是看不見的那隻眼睛反而非常晶亮。

後來換母親流淚，因我不小心提及姊姊過世的事，母親忽然嗚咽起來。麥擱問，汝姊姊一世人真可憐，母親哭著說。

在超商這樣庶民之地，如此明亮的所在，我們的眼淚顯得如此珍稀。

我在母親身上看到了熟悉，原來母親的感性並不比我少，只是感性的開關不同。原來我內心的強悍，是傳承自母親。父女同種，母女卻同根，父親死了路途只是遙遠，母親如果走了，回家的路就斷了。家等於母親。沒有母親的家，是再也不想回去了。以前母親在家，我怕回去，現在母親不在家，我也怕回去。我一生都在逃離她，沒想到世界繞了一大圈，才明白有母親在的地方才是家。

妳真是一個太過自由的人，四界走，沒人管，按母親的說詞，我是一個沒人管的野女孩。但常和母親在囍門約會後，慢慢地我彷彿被她給釘在感情的十字架上，突然有種動彈不得之感。有一天，時間會再繼續轉動，我會再度雲遊吧，但那時候上路，我會帶著母親的記憶一起上路，帶著她看世界。

帶她走過她在場與想在場的世界。

那個世界也許沒有囍門咖啡館，但肯定有母親的身影隨行。

我承繼父親的任性，也繼承母親的韌性。但母親容易煩憂，我卻不是那麼煩憂的人，或該說煩憂事物不同。她常因不安全感而強烈需索金錢，雨天要先存好雨水，免得日後旱災來了，她常叮嚀我。而父親則很少表現出對生活與未來的不安全感，父親帶著靜默如鐵卻又放逸如水地度過他的半百人生，在母親眼裡，他的優點全成了缺點，毫無畏懼變成毫無責任。而母親卻總是感到不安，她常常煩惱這煩惱那，不安全感其實是人類個性的集體遺傳，我們在擁有的時候害怕失去，沒有的時候卻又苦苦追求。威廉・高汀在《繼承者》寫：「我們繼承整個時代、家族，以及個人基因形塑了我們自己，但我們有機會突破的是看見和改變。」承繼母親的韌性，也看見母親藏匿在背後的不安全感，母親的心靈難以安頓，而我則在文學、藝術和佛學裡找尋到一絲安頓之處。我和母親有著相似的強韌本質，但卻走上了完全不同的道路。母親的內心是一座沒有被開發的濕地，母親的大腦也是一座沒有被開發的叢林，母親心靈一直存在著危機感，她習慣以外顯的強悍去遮掩軟弱。示弱對母親是困難的柔軟，但她需要有人傾聽，卻不擅長表達。而我的強韌就像是一扇「任意門」，不行就彎到另外一邊，多方嘗試好讓自己得以活下去；但母親缺少這一塊的訓練，於是她的強韌轉變成為了頑固，只能掩蓋自己內心的脆弱。但本質上，我們都是同一款人，我以柔克剛，她以剛克柔。我的個性會發生水災，她的個性會發生火災。

我一直以為我的水滅不了她的火，但癱瘓後的母親卻最依賴我的陪伴，彷彿我是止痛劑，為她帶來嗎啡似的虛幻安慰。

原來，她的傳承早已給了我。家族傳承，母親與女兒，承襲的又豈只是外在。

超商時光，理解時光，我開始把母親身上的一些特質融合到自己身上。對事情開始有所計畫，也更能理解別人的苦。這幾年在現實生活裡遇到許多困難，在超商的對話，讓我對母親遭遇的磨難感同身受，而母親也理解我的感情風暴與在外地流浪的生活種種。以前所執著的情之苦，與我和母親的感情相比，忽然都顯得微弱和渺小。情人可以很多個，母親卻只有一個，情人微不足道，母親卻可以寫上好幾本書而未竟。

我一直有著老么與獨生女的任性，母親以往常說我真耐教（臺語，其實意思剛好相反，耐教是很難教）。以前我老是排斥和她相像，後來才發現我根本就傳襲著她的某些特質。時間幫我們打了一場漫漫長夜似的和解戰，在母親彷彿預知即將碰觸死神衣角前，和解鐘聲響起，兩年的超商約會。巷口這家超商咖啡座，彷彿心靈會客室。走出這家超商，尋常我往右走去取車，母親往左走回老公寓。每一回，我們都會同時回頭，再看一眼，然後揮手。最後一次我回頭，而她竟沒回頭。那一晌，我好失落。

沒有機會問母親，為何那一次她轉身之後，沒有回頭？是她有所體悟，回頭是一種執著，所以不要再回首了。又或者只是一個隨機的遺忘？又或者前方有更吸引她目光之物，使她瞬間遺忘了回頭。又或者她回頭的時間恰巧和我回頭的時間錯身，或許母親也以為我沒回頭而正失落著呢。

母親倒下來，毫無預警的天崩地裂，母土裂開，劃開眼淚的航道，劈開黑暗幽谷，湧出血水的苦痛。

往事果然不堪回首，而我卻不斷回首，甘願化為鹽柱。

我在這間有著和母親晚年約會的回憶之地，偷天換日。

作者簡介

——鍾文音（1966-），淡江大傳系畢，曾赴紐約習畫。專職寫作，以小說和散文為主，兼擅攝影，並以繪畫修身。一個人周遊列國多年，曾參與臺灣東華、愛荷華、柏林、聖塔菲、香港等大學之國際作家駐村計畫，講授創作等課程。曾獲中時、聯合報、吳三連等國內重要文學獎。二〇〇六以《豔歌行》獲（開卷）中文創作十大好書。已出版《一天兩個人》、《少女老樣子》等多部短篇小說集、散文集與長篇小說等。小說《在河左岸》改編成三十集電視劇，深受好評。二〇一一年出版百萬字鉅作：臺灣島嶼三部曲《豔歌行》、《短歌行》、《傷歌行》，並已出版簡體版、日文版與英文版。二〇一七年最新散文集《捨不得不見妳》。二〇一八年最新長篇小說《想你到大海》、《凡人女神》。

感謝孤獨

郭強生

在等待外勞的那段空窗期，我經常在父親上床就寢後，獨自來到巷口的超商，點一杯三十五元的熱咖啡，然後坐在店門口的板凳上，放空。

所有其他工作得暫停倒是其次，不斷重複的單調也可以慢慢適應，最讓人不習慣的，反倒是夜晚到來。當一切勞動隨著父親入睡而告一段落之後，一時間我總有種不知今夕是何夕的迷惘。不知道是該高興這一天又順利平安落幕，還是該對於未來一切之不可預測繼續懸心。

悄悄出門，抽根菸，慢慢啜飲著熱咖啡，故意讓自己放空。除此之外，我無法期盼還有什麼更好的獎勵給自己。

外面的世界都有點陌生了。

感覺自己像是來到某個遠方的城市，語言不通，地圖失靈，我無法跟任何人互動。大半生都以創意分析解讀評論這些抽象性的思考維生，突然過起了一種純粹勞動性的生活，一開始完全抓不到節奏，好像我被塞進了另一個人的生活。

老實說，如果不是有那些願意離鄉背井來臺的外勞，一整天陪伴在老人身邊，像我這種毫無親友家人幫忙的老單身，要如何應付得過來？在我們的國家沒人要做的工作，有她們的相助應是大幸，為什麼她們仍會遭到異樣眼光？

忙完一整天，獨自在超商門口喝杯咖啡時，我特別能體會這些外勞的心情。那樣與周遭格格不入的疏離感。

那種等到夜闌人靜後，終於可以擁有一點點自己時間的盼望。

或許這時，她們正開始忙著打開LINE或視訊，與遠方的家人聊聊天，聽聽老公或父母的安慰打氣，聽聽他們收到了匯款之後做了哪些事，孩子的學費繳了嗎？新房的貸款付了嗎？也許感到眼角有些濕濡，最後還是笑著報了平安，道了晚安，等在眼前的明天不是同樣的勞動，而是再八、九年後，全家經濟改善後的新生活……

但是，那樣的夜晚，我沒有任何人可以說上幾句話。沒有人，除了我自己。

好吧，也不完全只有我自己。

因為每晚跟我一樣按時會出現的，是一個蓬頭垢面、衣著邋遢的男子，帶著他那條年事甚高的老狗。

他跟我應該差不多年紀，連續幾天都穿著同樣的那身運動褲與破汗衫。不是遊民，因為會看見他回家，就住在我們老家的同一條巷裡。

那隻老狗體積很大，混種的黃金獵犬，常是臭哄哄的，主人沒替牠刷洗。或許也不能說是男子的失職，因為那老狗行動很遲緩了，洗澡對主人與狗來說，也許都是一種痛苦。

我們彼此從不打招呼，就這樣每晚相同的時間出現，一起發呆。

後腿已無力站立的老狗，起身前都得讓主人先把牠的下半身抱起，再慢慢放下讓牠著地。

老狗不時用怯怯的眼神望著主人。

然後，就在我眼前，那天晚上老狗怎麼也站立不起來了。男子使盡力氣想要把大狗抱回家，但實在是太重了，他試了幾次後放棄，無助地跟他的老狗對望著。

我心想，他會開口要我助他一臂之力嗎？

就在這時候，超商收銀員出現了。瘦竹竿似的男生，推出了那臺他們店裡用的運貨板車。

把狗抱上推車回家的過程，那男子從頭到尾都是默不作聲的，不像有些人把寵物當人，會不停與毛小孩說話。他也沒有驚惶，好像對這一天的來臨心裡早有準備。從他搬運老狗的動作之熟練，任何人都不會懷疑他經常如此幫助狗兒移動。

但，總覺得這一切看起來仍少了點什麼。

他與狗兒的關係不像朝夕相處的家人，倒有點像是一起服刑的犯人，每晚出來放風。

如果是一隻小狗，或許還可以像現在許多飼主用嬰兒車推著毛小孩散步，但男子知道，用板車推著這樣一條大狗走在路上太誇張了，所以每晚他們也不走遠，出門就只來到巷口超商，歇息，沉默。

一個非常小的兩人世界，小到多一點聲音都好像會變得擁擠，最後只能安靜地一起孤獨著。

●

我不知道那男人是否獨居，是否還有其他家人。總是看他獨來獨往，破衫亂髮，不會打理自己，也不與人互動。可是也並非完全麻木不仁，至少，他渾身上下每一處都寫著「我不快樂」，如同一株人形仙人掌。

我發現周遭環境裡，這樣的人似乎越來越多了。

（這樣的人，往往身邊都有一隻貓或狗。）

那男子，散發著一種對生活不抱持任何期待的萎頓氣息，帶狗出門彷彿是他不得不然的最後生存妥協，容不得再有任何多餘的情緒來侵犯。我們從沒有過任何交談，事後想起來，這或許便是原因所在。

我不知該同情主人，還是該同情那隻狗。

雖然主人照顧了牠的生活，但卻也把牠關進了一個沉悶、委屈、冷漠的世界，在一種共同毀壞的情境下相依為命。

是男子的不離不棄值得效法？還是散發著臭味的老狗，沉默地承受著飼主的失能潦倒反更值得同情？

●

超商前，老狗寂寞地等待著牠的倒數。

除了接受自己已老殘之外，牠沒有其他的選擇，只能繼續一天又一天地老化衰敗著。牠對死亡沒有想像，也無從理解，更不需要有告別的準備。

但人類不同。

理性與感性。墮落與昇華。肉體與靈魂。自由與歸屬。中心與邊緣。過去與未來。記憶與遺忘。擁抱或轉身？隱藏或公開？出走還是歸返？To be or not to be？……

活著，就是永遠在整理著這些牽絆。

人類可稱為高等生物的證據，就在於知曉自己在經歷著什麼，可以決定自己要以什麼方式面對衰老，能否還來得及做出改變，還有機會將該原諒的、該放下的、該感恩的、該無憾的、該有愧的……這種種列出清單。

動物的老死只有一種樣貌。人，卻可以從重如泰山到輕如鴻毛，從千山獨行不用相送到族繁不及備載——

但絕大多數的人還是難以接受，走的時候是自己孤單一個人。

卡繆的《異鄉人》裡也有一對人與狗的故事。

主人翁的鄰居之一就是個獨居老人，養著一條癩皮狗。每天，老人拖著老狗出門，老狗一定死也不從，最後換來一頓拳腳與辱罵，同樣的劇碼日日上演。直到有一天，狗不見了，據老人的說法，是趁他一不注意時溜走了。老人非常後悔又焦急，擔心老狗會被捕捉後處死。

（也許，真正應該掙脫枷鎖的，是人而不是狗。）

有一陣子，還真有不少朋友會帶著同情的口吻建議我，要不要養一隻狗作伴？狗很貼心很療癒喔……我幾乎都是不假思索便回答：不。

狗太敏感了。許多朋友養的狗在我看來，比主人還需要吃抗憂鬱症的藥，困在自己無法表達的情緒裡，突然在你跟前團團繞著吠叫，下一秒又黏膩如嬰兒般依著人發抖。我不是沒擔心過，自己萬一養狗就會成了卡繆筆下的那個矛盾老人，跟我的狗陷入難解的愛恨糾纏。

嗯……也是，狗很需要主人的關愛。聽我這麼反駁，不肯放棄的朋友會繼續建言，似乎認為我的孤獨已經滿到了警戒水位：那養貓好了。貓咪不膩人，牠們很獨立——

那養牠要幹麼？我在心裡反問。

孤獨的人身邊一定就要有另一個體溫嗎？

讓另一個生命成為自己生活裡的排遣，送美容院穿寵物衣戴鑽鍊，我想不出有比這更殘忍可笑的事。

此外，真正讓我糾結的是，多半的時候，寵物都會比主人先走。每個生命的盡頭都是同等的莊嚴，何苦要另一個生命鞠躬盡瘁，只為了給自己作伴？

經過這些年才慢慢意識到，在感情的世界裡，我一直就像那隻乖順的老狗。認定了身為一隻狗就得有一個主人，否則就叫作喪家之犬。

同時我也像那個不快樂的狗主人，總是帶著老狗坐在路邊，向這個世界低嗥齜牙：「你們看看！你們看看我為這隻狗所做的一切！像我這樣一個有感情有人性的人，竟然被你們誤解排擠，害我最後只能晝伏夜出，孤獨地坐在這裡！」

我跟我的孤獨，多年來就像那隻老狗與牠的主人，始終彼此廝纏。

雖然我不需要另外一隻狗的陪伴，可也沒有人認養我的孤獨。

前情人的浴巾，一直被我掛在陽臺衣架上。任它風吹雨打了兩年，我始終假裝它並不存在。不論是把它收藏摺起，或是扔掉，都有太戲劇化之嫌。我只是偶爾瞟它一眼，讓它繼續風乾，等待它成為標本。

終於等到這一天，我抽身成為了旁觀者，看著那條浴巾時不再心驚，也沒有突襲的回憶，發現自己並沒有想像中軟弱，終於可以對自己說——

我現在很好。

雖然不是第一次等待漫長的傷口癒合，但這一次，我突然很想永遠停留在如此無波無痕的狀態，讓這一句「現在很好」成為細水長流。

（可不可以從現在起，專心求一個自在就好？）

（一直渴望卻不知究竟為何物的愛情，能不能就當它是，放在銀行裡一筆不想動用的定存？）

曾經給我帶來痛苦的人，請他們離開。擦身而過的，從來就不值得頻頻回顧。要學會少一點自苦，多一點自嘲。大方發一則簡訊給放鴿子的對方：「沒禮貌」。約會不成功，就當是接受了一次市場問卷調查。我沒有車……沒上健身房……我也不愛旅行，不愛名牌，不愛肌肉男……不愛不愛，你愛的我統統不愛，謝謝。

高舉「單身萬歲」、「單身無罪」這類理論大於實際的標語也多餘了。不如就事論事，既然百分之九十的人生都是單身，那麼一個人過絕對比跟另一個人一起生活要拿手。應該要為自己拍拍手：「哇你真行，可以一個人活這麼久！」、「能夠一個人解決這麼多問題，不錯喔！」而不是：「為什麼還是一個人？」

曾經擁有過的武裝，就把它們一件一件當作是借來的道具，好好擦拭裝箱，因為人生已來到了要歸還它們的時候。

成見歸還。不甘也歸還。

猜疑算計、軟弱逃避也都打包上路。

少了不甘，還原到四十歲還有夢的時候。

少了猜疑，還原到三十五歲還會談理想的時候。

少了成見，還原到三十歲還能交到好朋友的時候。

因為少了……就還能夠……

有一種孤獨，是因為求之不得，被迫放棄了最初所期待中的，與這個世界產生關聯的方式，拒絕再嘗試。

另外有一種孤獨，是因為心安理得，讓自己安靜沉澱，決定專注在認為值得的事情上就好。

五十而知天命，不是因為能未卜先知，而是漸漸知道哪些人哪些事，已經與自己無關。

最難面對的孤獨，是在求之不得後找一個替代品自欺，最後連自己都變成了陌生人。

作者簡介

——郭強生（1964-），臺大外文系畢業，美國紐約大學ＮＹＵ戲劇博士，目前為國立東華大學英美語文學系教授。曾以《非關男女》獲時報文學獎戲劇首獎，長篇小說《惑鄉之人》獲金鼎獎，《夜行之子》、《斷代》入圍臺北國際書展大獎。散文集《何不認真來悲傷》獲開卷好書獎、金鼎獎、臺灣文學金典獎肯定。《我將前往的遠方》獲選金石堂年度十大影響力好書。除小說、戲劇、散文之外，評論作品亦豐。

華文散文百年選•臺灣卷（貳）

國家圖書館出版品預行編目（CIP）資料

華文散文百年選，臺灣卷．貳 / 陳大為，鍾怡雯主編．-- 初版．
-- 臺北市：九歌，2018.09
面；　公分．--（華文文學百年選；8）
ISBN　978-986-450-210-3（平裝）
855　　　　107013054

主　　編——陳大為、鍾怡雯
執行編輯——張晶惠
創 辦 人——蔡文甫
發 行 人——蔡澤玉
出　　版——九歌出版社有限公司
台北市 105 八德路 3 段 12 巷 57 弄 40 號
電話／02-25776564・傳真／02-25789205
郵政劃撥／0112295-1

九歌文學網　www.chiuko.com.tw

印　　刷——晨捷印製股份有限公司
法律顧問——龍躍天律師・蕭雄淋律師・董安丹律師
初　　版——2018 年 9 月
初版 2 印——2021 年 8 月
定　　價——380 元
書　　號——0109408
I S B N——978-986-450-210-3